成吉思汗傳奇

江上鷗 著

從小汗到一代天驕

上 大漠蒼狼

目錄

主要人物表

成吉思汗（大蒙古國汗）
朮赤（成吉思汗長子、西征第二軍團指揮）
察合台（成吉思汗次子、西征第一軍團指揮之一）
窩闊台（成吉思汗三子、西征第一軍團指揮之一）
拖雷（成吉思汗四子、西征軍本軍指揮之一）
哲別（大將、征歐軍團指揮之一）
速不台（大將、征歐軍團指揮之一）
阿拉黑（大將、兵團指揮之一）
速客圖（大將、兵團指揮之一）
托海（大將、兵團指揮之一）
孛兒帖（成吉思汗妻、皇后）
忽蘭（成吉思汗第二妃）
也遂（成吉思汗第三妃）
別勒古台（成吉思汗異母弟）
合撒爾（成吉思汗弟）
失吉忽托忽（成吉思汗義弟）

布托（成吉思汗妹夫）
脱忽察爾（成吉思汗女婿）
鐵木格（成吉思汗弟）
闊列堅（成吉思汗子、忽蘭所生）
耶律楚材（謀臣）
塔塔統阿（謀臣）
邱處機（全真教教主）
雪格諾克（阿力麻里國太子、西征軍從征部隊指揮）
阿爾思蘭（海押力國太子、西征軍從征部隊指揮）
拔都（成吉思汗孫、朮赤之子）
莎魯禾特尼（拖雷妻）
忽必烈（成吉思汗孫、拖雷之子）
旭烈兀（成吉思汗孫、拖雷之子）
傑斯麥里（西征軍速不台軍團先鋒官）
梅克隆爾（西征軍哲別軍團先鋒官）
耶律薛闍（東遼國太子、拖雷軍團先鋒官）
姚里氏（東遼太后）

葉賽寧（吉卜賽人、拔都伴當）
巴比西魯（窩闊台軍團十人長）
申虎（哲別之子）
兀良哈台（速不台之子）
馬哈木・牙拉瓦赤（出使花剌子模使者）
默罕默德（花剌子模國國王）
扎蘭丁（花剌子模國太子）
斐里敦古里（玉龍傑赤守將）
穆智爾（馬魯城守將）
叶納勒朮（俄托拉爾城守將）
鐵木爾・密里克（氈的城守將）
拉沙（格魯吉亞國國王）
葉瓦涅（格魯吉亞統將）
月即伯（亞塞拜然國國王）
姆斯梯斯拉維奇（加里奇侯國加里奇侯）
姆斯梯斯拉夫・羅曼諾維奇（基輔侯國基輔侯）
丹尼爾・羅曼諾維奇（弗拉基米爾・沃淪侯國沃淪侯）

一　萬里傳警

旌旗獵獵、皮鼓咚咚，牛角號扯著長長的憾人心絃的吼聲，嗚嗚地震動莽原。

高吭的吶喊聲，雜亂無序，卻驚心動魄。於是，惶惶不安的鹿、熊、黃羊、狍子、灰狼、火狸從林子裡、山巒間、草灘上潑命地奔逃……朝西逃向水邊那塊狹長的開闊地。因為，只有那方土地還是寧靜的。

自然獸們不知道寧靜中蘊含的往往是更大的危險。

東邊有皇太子朮赤和大將博爾朮、失吉忽托忽、曲出；南邊有窩闊台和大將哲別、布托、脫哈察兒；北邊有察合台和大將速不台、合撒爾，他們帶著隨從，騎在驃悍的天山龍馬上一邊吶喊著，一邊朝西邊成吉思汗、別勒古台和拖雷守紮的袋口轟去。

成吉思汗臂上架著一隻白頭神鷹威風凜凜地叉腿立在馬鐙上，看著他的蒙古族兒郎張開一張張硬弓。

喊聲如雷！

好壯的聲勢。

各路人馬的吶喊聲把野獸們趕得東闖西突，一個個像箭鏃似地狂奔，又惶亂地刹步，搓得草地上的泥土飛濺而起。除了狼和熊這樣的猛獸外，圈內居然還有一隻斑斕猛虎，這不能不使全體狩獵將士振奮。

「大汗，將士們在等您的命令！」大汗的弟弟別勒古台按捺不住地說。他胯下的坐騎在不安地騷動著。

四太子拖雷眼瞅著那隻斑斕猛虎，箭已搭在弦上了，顯然他想衝在最前面將那獵物擒下，獻給他的父汗。

成吉思汗捻動方臉膛上的花白鬍鬚，上唇微向上一緊，目光只一彈，戟指猛虎。

他是王者。

別勒古台得令，大聲一吼，「射獵開始！」

刹那間狩獵場箭如飛蝗，朝向各自的目標。

中箭的獵物有的被擊中要害，一箭斃命，有的未中要害，帶箭發瘋似地狂奔。垂死的哀號、慘烈的痛呼，響徹獵場。

然而，獵物的慘叫，是一種強烈的興奮劑，流進獵手的血液中，燃起了更狂熱的殺戮慾。

成吉思汗臂上的白頭鷹早聞到了獵物的血腥，正展翅欲飛。他放開白頭鷹。彎弓搭箭，一緊胯下，駿馬潑剌剌穿進箭雨，衝向那隻斑斕猛虎。別勒古台緊隨在後。緊緊地護衛著大汗，生怕部下失手，生出意外。白頭鷹通人性地按成吉思汗的意思緊緊地盯著那頭斑斕猛虎。

那猛虎顯然意識到了危險在逼近，牠時而狂奔，時而跳躍，時而疾停，時而回竄，牠靈巧地躲避著白頭鷹尖利的嘴巴，保護著自己的眼睛。

挽滿強弓的成吉思汗，瞅準猛虎與鷹周旋的短暫停頓，「嗖」地放出一箭，那箭帶著風聲，飛向猛虎，不偏不倚正中猛虎的眼睛，那猛虎疼痛得滿地打起滾來，鋼鞭似的虎尾，掃得大地冒煙，碎草狂飛。

成吉思汗不失時機地抽出身上鷹劍，躍離馬背，人劍合一，直掏猛虎之心。那劍拔出來時，猛虎已經不再抽搐，他撩起長袍輕拭著鷹劍，連氣都沒有長喘一口，好像真的只是宰了一頭微不足道的貓。

別勒古台上前抱住虎頭，暢飲虎血就像暢飲甘霖。

萬眾歡呼。

他們簇擁著他們神勇威武的大汗，唱著讚頌英雄的歌，馬上馱著獵獲的野獸，踏上了回營的歸途。

「吾圖・撒合里（蒙語：長鬍子），你喜歡狩獵嗎？」成吉思汗問他身側長著大鬍子的重臣。

「我不喜歡狩獵，但我想我得學會它！」

「為什麼？」成吉思汗目光注視著前方，話卻拋向長鬍子。

「臣想這是大汗特殊的練兵方法，你要部下保持旺盛的鬥志，訓練戰馬，同時也為了補給。更重要的是狩獵之中，也有著戰爭必需的計謀。」

成吉思汗仍舊沒有轉臉，鷹一樣的目光望著遠方，只是把聲音拋給他：「這是你占卜出來的？」

「不！是漢人的書上告訴我的！不過，照臣下此刻的心靈感應，好像有陰風逼來。」

成吉思汗緩轡，盯住了地平線盡頭的一個小黑點。

成吉思汗勒馬駐足，等待那飛騎到來。

「大……大……大汗……不好……不好了……」

認出是前些日子派往花剌子模國的商隊中的商人。

他沒將話說完就昏死了過去。

龍顏大怒。

憤怒的吼聲似乎要將這大帳掀上天去。

九尾白旄大纛被震得簌簌發抖。

成吉思汗一腳踹翻了波斯地毯上的案子。

「你是說，四百四十九人成了花剌子模國的刀下冤鬼？」

「是！只剩下小的一人，是放回來向大汗您報信兒的。我們帶去的五百駄金銀財貨被他們搶了個淨光。」被救醒的使者，是一個隨隊西去經商的回回商人，他帶著死裡逃生的驚懼來面對虎威怒顏的大汗，所以抖索著囁嚅地回答。

「這些可惡的魔鬼！」別勒古台憤怒地說，這位御弟性子尤其暴烈。

面對狂暴猛烈得像沙暴一樣的君王的火氣，人人都失了態，人人都不敢吭聲，只有那個長鬍子捋著黑森森的鬍鬚鎮靜自若。他那超出侍從一個半腦袋的高大身材使他鶴立雞羣，以至無法像別人一樣可以隱藏在別人身後，以掩藏自己的表情。不過他落落大方，從容鎮靜，好像雷霆當前他也不會皺一皺眉，但儘管這樣，在大汗的怒吼聲中，他的左頰還是不由自主地輕輕抖了兩抖。雖然無人覺察，顯然對於這樣一個有著較強控制力的人來說，這種表情，已經足見他內心的緊張程度了，因為這件事是他動議提出來的。

「是誰！是誰端出了派商隊這盤餿羊肉？」成吉思汗憤怒地問。

他出班答話，仍是那麼從容：「是臣下的主意，出了這樣的大事，臣下甘願受罰。」

成吉思汗瞪大鷹鷲似的眼睛，那裡流動著火焰，他狠狠地瞪著那人。半天，帳殿內的空氣，就像閃電已經劃過，驚雷就要炸響一樣的緊張。「來人！」

御前帶刀宿衛應聲而至。利刀出鞘，星芒一片。他們習慣於聆聽殺人前的一聲怒喝，他們已經聞到了風中的血腥味。只要大汗再說一個字，那麼他們就會像一羣餓鷹撲向目標。

一年前。

當耶律楚材低頭走進成吉思汗的帳殿時，幾乎遮去了帳殿門口射進的所有陽光。背著陽光的那道陰影直撲向成吉思汗的御桌前。

成吉思汗驚訝地抬起頭來，眼前站著一個巨人，他的長鬍子長及膝蓋，身高八尺有餘，御前的蒙古帶刀侍衛，只及他的肩膀。

他是敗國之臣，但沒有敗國之臣的惶恐。

他一手提著大袍的下擺，但絲毫沒有向成吉思汗下跪的意思。他以緩慢穩健的步伐走到了成吉思汗的面前。

侍衛的手搭在刀把上，他們個個側目怒視。在大汗的帳殿裡，很少有人不脫帽、解帶、叩拜、吻靴尖的，特別是這樣一個敗國的臣子。

成吉思汗起身迎上去與他擁抱，拍了拍他的肩背。顯然這次接見使他很愉快。

成吉思汗的熱情和親切使他受到了感動，他的傲骨有所放鬆。他開始一揖到地。

成吉思汗連聲喊免。他拉著他的手，圍著矮腿的銀桌坐下來。

「你叫耶律楚材？」成吉思汗通過譯員發問。

「是！」

「聽說你是契丹人？」

「是！」

「既然你是契丹人，那麼應該知道遼和金本來是世仇。如今朕已大敗金國，攻克了金國的首都中都城，可以說為你的祖國復仇雪恥了。你是不是應該感謝朕呀！」

耶律楚材搖搖頭說：「您這麼說就不對了，耶律家的祖先一直是金國的官員，代代為金國效命，代代受金國的俸祿，金國首都陷落，雖成敗國之臣，可我怎麼能為金國的悲慘下場而高興呢？」

耶律楚材這幾句話說得很果決，聲音雖不高吭，卻低沉有力，儼然為故國致哀。出乎意料之外，成吉思汗不但沒有因敗國之臣的桀傲不馴而發怒，相反肅然起敬。耶律楚材那飽含深情的陳述，頗具磁性地吸引住了成吉思汗，那話顯然變成了一種無形無相的物流流進了他的心田。勾起了他強烈的共鳴。

他也做過敗臣，當過俘虜。他那當乞顏部酋長的父親被塔塔兒人毒死，部屬塔爾忽台趁人之危，背叛了乞顏部，帶走了乞顏部的牛羊和馬匹。他父親生前的忠僕察剌合前去規勸，塔爾忽台不但不聽，反而刺殺了察剌合。為了怕他長大了復仇，於是塔爾忽台發動突襲，抓住了他，為了炫耀自己的戰功，將他綁著帶到各個部落去巡迴示眾，讓他受盡屈辱。他那年才十歲！可是已經飽受了人間最大的屈辱。如果不是鎖兒罕失剌的兩個兒子沈白和赤老溫搭救，他早就死無葬身之地了。

從騎上他們贈送的白馬，揮鞭衝向沉沉黑夜的那一刻起，他就開始了死裡逃生後的新生命。那時他也有耶律楚材這種感受，他也有耶律楚材這種信念，並不因為成了俘虜而向塔爾忽台屈膝奴顏。更不會因此而失去對乞顏部的忠貞。

成吉思汗道：「既然你對金國的忠心不死，那你有什麼要求？」

耶律楚材說：「亡國之臣無奢求，如果你真要我說，那麼我求一個速死。」他面無懼色，說得斬釘截鐵，好像走向死亡是一條坦途。

成吉思汗一拍案几道：「好！果然是個忠臣。」他十分欣賞耶律楚材不卑不亢的態度。

按尋常的情況來看，一般當了俘虜，大都會告饒放生，保全一命。可是耶律楚材視死如歸，他的勇氣和節操，使成吉思汗大為激賞。

他在心裡說：如果肯臣伏，這倒是一個值得信賴的人。

成吉思汗笑了，他說：「我看這樣吧，從今天起，你就在我的身旁，輔佐我好嗎？」雖然是發問，但卻是不容拒絕的語氣。

可是有人反對。

御弟別勒古台皺著濃黑的眉頭站到了成吉思汗的案几前，雙手一環，拱道：「聖明的大汗，一個侍奉金國皇帝，並且對金主忠心不變的人，你怎麼可以如此重用呢？如果他心裡藏著什麼詭計，豈不是會遺禍……」

還有幾個重臣，也上前奏本，說耶律楚材來歷不明。

成吉思汗搖了搖頭說：「我不會看錯人的。從前哲別聽從塔爾忽台的命令用箭射傷了朕，朕沒有計較，讓他跟隨朕，怎麼樣呢？哲別對汗國的忠心日月可鑒，他現在和木華黎一起成了朕的左膀右臂。耶律楚材連傷害都沒有傷害過朕，又為什麼不能任用他為國效勞。難道敵國的官吏就一定是壞人嗎？」

自從統一了蒙古高原諸部落，汗國空前強大，特別征伐西夏和金國獲勝以後，人口大大增加，疆域天天擴大，討金以後兵力已經發展到三十萬騎，如此強大的汗國，總不能一直靠駿馬金刀維持，需要有治國之才。而蒙古新老貴族中，精於騎射的俯拾皆是，而精通文墨的鳳毛麟角。

生活已經教育了成吉思汗，使他懂得「立國不易治國更艱」的道理，為此要木華黎大將軍在出征金國的時候搜求人才。他特別提出一個契丹人，叫耶律楚材的，他從許多人口碑中得知這是一個博覽羣書、智慧過人的才子。可惜昏庸的金主不會用人，閒置人才，只讓他做了個左右司員外郎。

木華黎指派降將明安前往中都（今北京）尋訪耶律楚材，幾經周折打聽到了耶律楚材已經入了寺廟，成了湛安居士，他蓄髯明志，拒不見客，特別是不見降敵的明安。

明安在寺廟的石階上跪了三天，絕食了三天，就在奄奄一息之時，耶律楚材露了面，他雖然恨明安降敵，但畢竟是同窗、同鄉，他勸他回去，人各有志，不要來勉強他。

明安說明了自己出使蒙古不回，以致降了木華黎的原由，那是因為眼見金主昏庸，朝政腐敗，民不聊生，國運氣數已盡。而蒙古民族生氣勃勃，充滿了活力，大汗有雄主氣度，明君風範，禮賢下士。良禽擇木而棲，故而改志易主。大一統的唐宋大國以來，經多年戰亂，宋、金、遼、夏戰亂頻甚，天下合久必分，分久又必合，現在到了由成吉思汗統一天下的時候了。你深通易理，可以推算一下金何時亡，夏何時滅，遼何時就木，宋何時歸寂。

蒙古民族興於馬背，始脫茹毛飲血之野蠻。一個無文化，無文明史的民族，又是武備如此強大的民族，引導得法，有貞觀之治，乃天下蒼生之福；不加引導，掩來殺去，如洪水猛獸，天下受其所害。所以明安認為：與其蓄髯明志，永不事敵，何不引一朝雄主入文明之路，庇蔭黎民，造福天下。

耶律楚材沉默不語，顯然明安的這番話深深震動了他。

古刹鐘聲，洪洪皇皇，餘音還在繼續。

「成吉思汗求賢若渴！」明安掏出了成吉思汗頒發的白綾詔書。

當木華黎得知天下第一才子已經接了白綾詔書，他欣喜萬分地立發「飛箭諜騎」，限期將這一消息傳告至成吉思汗的金帳。

成吉思汗將手一揮道：「耶律楚材是朕派木華黎大將軍千里尋駒尋來的寶馬，

他不是敗國之臣，更不是降臣，而是朕夢寐以求的隱逸高人，他的大帳就設在金帳旁邊，爾等要隨朕一起聽他講治國之道。」

耶律楚材撲通一下跪倒在地。他對成吉思汗感激莫名，士為知己者死，重在「知己」二字。

成吉思汗忙起身上前，雙手扶起，笑道：「先前為什麼不跪？」

耶律楚材道：「因為我不跪拜死神！」

「如今呢？」

「我跪拜聖明。」

成吉思汗放聲大笑：「朕曾經給年輕的軍官起名叫哲別（蒙古話——箭），現在朕給你這位年輕的文官起個名字吧，朕叫你吾圖・撒合里（蒙古語：長鬍子），怎麼樣？」

耶律楚材雙手一捋長鬍子道：「名符其實！」

成吉思汗又道：「你精通什麼學問？」

耶律楚材肅容道：「天文、地理、歷史、術數、醫卜，臣下都略知一二。」

成吉思汗道：「會占卜？」

耶律楚材道：「那是在下所長！」

他的話引起了成吉思汗的濃厚興趣。

成吉思汗道：「你能不能為朕占一下，朕的孛兒帖赤那（蒼狼之意，成吉思汗以此稱呼他的軍隊和士兵）現在將面臨什麼命運？」

「為大汗的士兵占卜，要用適合蒙古人的方法，請給我找羊肩胛骨來。」

「別勒古台，你去！」

別勒古台心裡不願意，但他不會也不敢抗命。

別勒古台很快找來了兩塊羊肩胛骨。並且在大帳前搭起一個石灶，燒起了一堆火。這是個古老的習俗，方式是一樣的，問題就看占卜者是否高明。

耶律楚材接過別勒古台手裡的羊肩胛骨，輕吹一口氣，一綹長鬚飄拂起來，從別勒古台的耳梢拂過，他輕輕說了一句：「吾圖・撒合里！」，然後若無其事地走出大帳，這是耶律楚材式的幽默。

耶律楚材把羊肩胛骨放進石灶的火裡，然後仔細地察看上面的裂紋和燒痕。

成吉思汗走出大帳，立在耶律楚材身後。

耶律楚材回身對成吉思汗道：「你的馬蹄將會在西南方向敲響，大汗神勇的軍隊越過阿爾泰山，進入西遼的疆域，從現在算起，三年之後，西遼就是大汗的領地。」

「你能這麼肯定？」成吉思汗問。

「我只能這樣預言。」耶律楚材回答。

「為什麼？」

「因為，上蒼的神示就是如此，除非我瞎了雙眼。」

「如果預言應驗不了怎麼辦？」成吉思汗盯著這位大膽的預言家的眼睛說。

耶律楚材正面直視成吉思汗的眼睛，那種坦蕩，使成吉思汗似像透過一泓清冽的泉水看到了泉底。「大汗想要什麼我就給什麼，直至我的生命。如果大汗希望，我可以去死。」

他真是個預言家，他的每一句話都像是代成吉思汗說出口的，都那麼合他的意。他甚至感覺到，有生以來他還從未遇到過這樣傑出的人才。他的預言那麼切合西征的實際，他在帳殿中短短一炷香的時間裡的表現，可以感覺得到這位謀士有著非凡的智慧和過人的謀略。這智謀遠遠可以戰勝別勒古台那樣的勇猛。

他相信自己的眼睛。

那是高山之鷹一樣的眼睛。

他相信自己的嗅覺。

像蒼狼一樣的靈敏。

他對反對重用耶律楚材的重臣猛將說：「獵取野馬的時候必須要用套馬桿，可是套索不能永遠套在馬頭上，野馬還得靠調教，不是嗎！朕能領你們打天下，但治理天下還得靠長鬍子這樣的人才來分擔朕的擔子。朕不求你們從金國給朕繳來馬馱車載的金銀財寶，朕寧願擁有像長鬍子這樣的治國之才。對我們蒙古帝國來說，再多的金銀財寶也比不上長鬍子。」

（成吉思汗的慧眼使他和他兒子窩闊台在蒙元帝國執政的三十年間，獲得了一位鞠躬盡瘁死而後已的良相）

與花刺子模國通商的主意確實是他提出來的。

那是當成吉思汗派哲別率領強大的軍隊戰勝了西遼，使得西方疆土與花刺子模國接壤，縮短了和西方的距離，打通了與西方交通的阻隔。從遙遠的西方，橫越沙漠戈壁，開來了許多商隊。耶律楚材諫勸成吉思汗熱情接待來自遠方的客人。

他說：「大汗經常問臣下，怎樣才能使蒙古族強大起來，以我的經驗，對大汗的民族來說，只有關心文化，關心世界各國的文化，武功只能佔領敵人的土地，文治教化才能佔領敵人的人心。」

這些商隊來自遠方，他們經過無數城市和村鎮，而這些商隊中最引人注目的還是那個叫花刺子模國的商隊，他們帶來了非常美麗的工藝品，晶瑩剔透的玻璃器皿，世所罕見的各色寶石美玉，還有巧奪天工，圖案斑斕的波斯地毯。這些寶貨，就是遠征金國的軍隊，深入南宋的探馬都沒有見識過，他們用從金國繳來的綢緞絲絹、文房四寶、茶葉以及古董字畫等等與之交換。耶律楚材要成吉思汗向花剌子模的商人訂購一些西方的武器和宗教禮儀用品，頒布一道命令，凡來經商的人，不管來自何國，卸下貨物以後都必須立即前往大汗的帳殿去等待大汗的接見。因為耶律楚材告訴過他，「要瞭解你不瞭解的事物，才能成為全知的聖人。他們會告訴你各國的文化，使你知道什麼是回教，什麼是基督，什麼是十字軍，什麼是古羅馬。」

而一二一一年大將木華黎的軍隊戰勝了金國，佔領了金國的大部分土地以後，兩國的交流，雖然是不平等的，但仍然對蒙古人的生活發生了巨大的影響，金國的農耕技術引入草原，草原被一片片地開墾成為良田，半牧半農區一片片地出現，金國的打井技術，引來了水，使得牧場得到了改良。成吉思汗看到了這種文化帶來的變化。但是他崇尚武功，耶律楚材崇尚文治，兩人的觀點總是對立的。

「金國雖然有文化，但不還是被朕打敗了嗎？他的文化有什麼用，不過是一堆垃圾。」顯然，接受新思想不是一蹴而就的事。或者他是故意這麼說。

「大汗，您認為您現在已經統治了金國了麼？木華黎將軍就永遠駐在金國不撤回來了嗎？有朝一日木華黎將軍從金國撤回，大汗還能支配金國些什麼？武力只能壓服對方，而不能實現永久的統治，治理國家要靠文化，要有法典，要有高度的治國之道，沒有這些，即使攻下了別人的國家，您也無法支配它，相反，遲早有一天佔領者會被被佔領者的文化所同化、吞沒。」成吉思汗不再吭聲了，他總是被這個長鬍子說得啞口無言才罷休。而他的無言正是一種接受。他默默地吸收著這位年輕政治顧問的政治主張中的精髓。

耶律楚材的主張能夠使成吉思汗贏得民心。

所以當一二一八年夏，哲別率領兩萬大軍用三個月的時間攻克西遼，將這個富饒的國家置於大汗的統治之下後，他對成吉思汗說：「大汗連續數年用兵，需要一個休養生息的機會，我想在短時間內最好不要再發動戰爭，先發展生產增強國力，同時發展貿易，派遣商隊前往西方文化高的國家出售，再買回西方國家的新武器、毛織品、玻璃製品等，這樣我們不但可以瞭解別人的文明，也就加快了蒙古帝國文化的提高。我們的國力也必將因此而強盛。」

成吉思汗對此沒有異議。他立即下令組織商隊前往西方各大國和花剌子模，同時對外來商隊門戶開放，對來蒙古經商的商隊給予各方面的優待和方便。

成吉思汗心中的這個願望是真誠的，作為遊牧民族，從定居民那裡得到了穩定的衣食供應，本來是很滿足的事了，把領土擴張到更廣泛的範圍恐怕做夢也沒有想過。

成吉思汗平了金，滅了遼，統一了北部中國和西中國，他在他的領地上發佈了一連串的扎撒（法典），強調了法治，造成了一片繁榮的樂土，轄治內一片和平安定。

商人的耳朵最長，回回商賈的鼻子最靈，凡有利可圖的地方，哪怕是遙遠的極地，他們也會去做生意。成吉思汗的開放主張，自然受到了歡迎。

由於蒙古民族居無定所，沒有固定的城鎮，商旅就很難追逐、匯集到他們的帳篷城跟前。沒有商旅，日用品就匱乏。大汗的軍隊攻克金、遼時，帶回的是大量金銀財貨，車載馬馱的是珠寶玉器，日用的衣物布匹卻很少，所以只要有商旅來，他們總是出得起價錢。

忽氈有個回回商人叫阿合馬會同地方長官忽辛的兒子，還有一個叫阿勒契合的商人，他們收集了大量商品，像織金的料子、棉織品，撒答拉期地方出產的名貴衣料「撒答拉期」；還有許多日用品，裝飾品；蒙古士兵喜歡的鋒利的彎刀、漂亮的鐵盔、堅固的盾牌、刀槍難入的鐵甲，只要是蒙古人喜歡的他們都收集在馱子裡。然後踏上了東行的旅途。

他們順利地進入了蒙古人的疆土，受到國土守衛者的歡迎，守衛發給他們通行證，根據大汗的法典禮遇商賈，有此憑照便可通行無阻。

守衛看中了他們的貨物，覺得值得向大汗推薦，於是告訴阿合馬，他的貨物必須先送大汗。

當著大汗的面打開貨物，真是琳琅滿目，阿勒契合舉起一塊撒答拉期地方出產的衣料，用回回語比劃著對成吉思汗說，這值二個金巴失里（金錠）。

成吉思汗聽了不由生氣，他對他的負責外交的官員布托說：「這傢伙是欺朕不識貨是不是！以為朕沒見過這種土裡土氣只用十個「的那」（貨幣單位一百個為一銀巴失里）就可以買到的織物？去！把朕庫中的各國織物拿給他瞧瞧。」

布托根本沒有去打開寶庫，他沒收了阿勒契合的貨物，並且把他拘留了起來。然後，把阿合馬和忽辛的兒子都叫來，要他們如實向大汗出價錢，否則連他們的貨物也要沒收。

阿合馬是個聰明絕頂的人，他說：「至高無上、威武勇猛的大汗，還問什麼價錢，那個愚蠢得像頭驢的阿勒契合不懂事，這些上好的撒答拉期和滿馱貨物都是送給大汗和高貴的王妃的禮物。」

成吉思汗像一個精明的買賣人一樣笑了。「誠則有信，信則生財。公平買賣，這是宋國商人的信條，你們回回商人也必須照做。」

阿合馬諾諾。

像他那祖祖輩輩一樣，對知錯認錯的人，他是寬容諄厚的，也不失公正，成吉思汗說：「每件織金料子付一個金巴失里，每兩件棉織品與撒答拉期付一個銀巴失里，那些盔甲和盾牌都付十個銀巴失里。」並吩咐布托對他們三個人一樣禮待。

三人由於阿合馬見貌辨色來得快，反而因禍得福。帶來的貨物賣得比原來想的還要高。

賞賜、慷慨，是遊牧蒙古人的特點。更是為王者——成吉思汗的特點。

過了幾日，成吉思汗召見阿合馬，他對他說：「你們住在朕的白氈帳中，白日遊歷了山川風景，晚上看到了勇士們的馬術，布托領你們走進了不少蒙古包，阿合馬你有什麼見聞？」

「尊敬的大汗，我看到了兵強馬壯、紀綱謹肅的蒙古。看到了大汗崇高的威望，眾望所歸的民心。」

「比起你的國家怎麼樣呢？」

「河山一樣壯美，物產一樣豐饒，但我國等級森嚴貧富懸殊，不像貴國這樣上下親近，均富平等。進入蒙古疆土道路安全，騷亂止息，一派昇平景象。」阿合馬不算恭維的話恭維得成吉思汗不住地點頭，他抓住了胸前花白的鬍子，沉吟有頃說：「朕想用我國的麝香、貂皮、人參、駝毛運往貴國，交換你們的珍珠、寶石和布匹織錦，你看怎麼樣？」

阿合馬自然高興，要是打開了這條官方的貿易之路，將會帶來不知多少好處，減少不知多少麻煩。他連連稱諾道：「如有差遣，我等願效犬馬之勞。」

過了幾天，成吉思汗又把阿合馬召進金帳，他對阿合馬說：「朕的謀臣耶律楚材起草了一份國書，請你連同這麝香、貂皮、人參一起帶給默罕默德國王陛下。」

國書是這樣寫的：

花剌子模國默罕默德國王陛下：

朕在日出之國，陛下在日落之邦，你我同享日月之光，朕知貴國地廣兵強，物產豐饒，陛下也應知我蒙古征服了金國和遼國，有著廣大的疆土和眾多的臣民，有著數不清的財寶金銀。無須覬覦他人國土，所望者，彼此修好，互為利市。朕愛貴國之君如同父之愛子，如果彼此友好通商，無疑於親如一家。那時，將會造福於兩國百姓，想來你我應成為搭此彩虹之人。

蒙古國大汗成吉思

阿合馬和從布哈拉來的阿里、俄脫拉爾來的斯斯夫帶著成吉思汗的國書，帶著大汗給花剌子模國王的禮品：有大小金錠、珠寶玉翠，有叫做「塔爾谷」的駝毛織的名貴毛織品。經過幾個月的長途跋涉，到了花剌子模的都城撒馬爾罕。

撒馬爾罕是花剌子模的新都，它的舊都是布哈拉（又譯不花拉）。

阿合馬前去覲見默罕默德國王。當默罕默德收到阿合馬帶來的禮品時，欣喜不已，但聽阿合馬翻譯國書後不禁大怒。「你說那個黑韃靼，憑什麼說他是日出之國，我國是日落之邦，還說什麼如同父之愛子。誰是父誰是子？嗯！」花剌子模國勢乍強，默罕默德又正英年，境內農桑發達，人煙稠密，城寨林立，文化昌盛，哪裡瞧得起草原的遊牧民族。此刻他做的是將全回教徒一統於麾下的夢想，連巴格達國（非現代的巴格達城）的回教領袖哈里發也不在他的眼中。哪裡還會把成吉思汗看在眼裡。

阿合馬一邊翻譯，一邊心驚得像懷揣了一窩小鹿。他的腦筋轉得像風中盤旋的鷹，他撥動如簧之舌對默罕默德說：「尊敬的國王陛下請您暫息雷霆之怒，成吉思汗的意思不過是他們在東方，我們在西方，別無他意。至於後面那句話，是在下翻譯不當，那比喻的是親密無間的關係。」

阿合馬的解釋總算使默罕默德的怒氣平息了下來。

對於中國的富裕，花剌子模的默罕默德早有耳聞，因為從伊斯蘭商人那裡他聽到過不少傳說。這位回教國王統一了河中地區以後，也曾做過征服這個東方無限富裕國家的夢，這個夢不是過於虛幻的，因為十字軍東征，就曾到過中國的邊緣。現在卻被成吉思汗捷足先登了。他曾派使節巴哈出訪過，巴哈到了中都，正好目擊了蒙古人攻城後的慘狀，由於死屍腐敗瘟疫蔓延，到處白骨如山。默罕默德聽說以後，覺得蒙古人十分可怕。既然阿合馬等人來自蒙古，他想瞭解一下真正的底細。他問道：「阿合馬，你說成吉思汗真的征服了中國？」

阿合馬說：「以真主的名義起誓，我見到的蒙古軍隊確實戰勝了中國土地上的金和遼。」默罕默德又問起了蒙古國的情況，阿合馬哪裡敢如實陳情，他怕激怒默罕默德，於是故意貶低蒙古軍隊，他說：「成吉思汗的軍隊雖然數量不少，但在裝備上與蘇丹您的軍隊完全不能比，他們仗著騎兵行動迅速，不管到哪裡，擄一把就走，如果遇到我國這樣的堅固城防，他們也就無能為力了，因為戰馬連柵欄都跳不過怎麼能跳越高牆呢？」

輕描淡寫地謅了幾句，貶抑成吉思汗，讚揚花剌子模。如同對一個摸象的瞎子引導他誤判。

默罕默德剛愎自用，輕視蒙古大汗，不過，他還是決定同蒙古通商互市。

阿合馬帶著默罕默德的國書重返蒙古，來到帳殿時，已是第二年，亦即成吉思汗之十三年（公元一二一八年）。成吉思汗見到了默罕默德的回書十分高興。就在此時，成吉思汗的帳殿裡到了另一位使者——來自巴格達的哈里發的密使。

哈里發的密使帶來了巴格達國王的結盟書，密使道：「花剌子模蘇丹（國王）侵略成性，妄圖稱霸回疆，正欲向巴格達發兵，本國願同大蒙古成吉思汗陛下結成神聖同盟，合擊花剌子模，以絕後患。」

成吉思汗回望耶律楚材，耶律楚材輕輕地搖了搖頭：「朝令夕改，非明君所為。」

成吉思汗點點頭道，「卿言正是吾意！」他讓通譯告訴密使：「大蒙古已經和花剌子模締約在前，開始互通利市，你瞧他們的商隊剛剛踏進朕的疆土，他們的使者帶來了友好的國書，朕看不出他們侵略成性表現在什麼地方。」

密使無言以對。

成吉思汗不失時機地留了一個尾巴，他說：「當然，如果花剌子模如哈里發所言侵略成性，大蒙古帝國也不會袖手旁觀。」

巴格達的使者快快回去覆命去了。

給默罕默德的回信寫好了，信中說：

貴邦商人安抵我國，市畢回遣，商賈將稟詳情，我國此番特遣商隊，攜東方貨貲，隨同前往貴邦，購易珍物，從今後貴我友愛，情如長河，泯私隙，除猜疑，永通世好……

成吉思汗一邊給默罕默德回書，一邊讓他的王子、大臣、將領準備組織商隊，從各自的部屬中抽調三個人，給他們每人一個金錠，或者銀錠作本錢，讓他們隨阿合馬去花剌子模，收購奇珍異寶。

他的部屬們紛紛遵令從各自麾下抽調了信仰回教的人，參加蒙古商隊。

蒙古商隊共有四百五十人，五百匹駱駝，帶著金、銀、皮革、絲、貂皮等商品。離開了成吉思汗的帳殿。

商隊向西進發，經伊犁，過吹河，經托拉斯，沿錫爾河到達俄答拉城。

俄答拉的守將叶納勒朮見來了這麼多蒙古人，而且帶來了這麼多金銀財寶，不禁動了歹念，他不問三七二十一，命令手下士兵，將人圈在了城中廣場。

叶納勒朮是個郡王，是默罕默德母親托兒罕的族人，受封為哈只爾汗，他向默罕默德謊報，說是抓住了一批蒙古間諜。

默罕默德聞報後也沒有細察，就下令人員就地正法，財貨沒收。可憐，四百多條性命成了刀下冤鬼，他們的鮮血流成了河，四百多人中，只有阿合馬一人是花剌子模商人打扮，得以蒙混過關。他們放他回來向大汗報告這個警訊。

難怪成吉思汗心海裡會颳起如此強烈的憤慨的旋風，因為他對花剌子模國的好意竟受到了凌辱，投之以桃，他們卻報之以毒刺。他詛咒這些吃人不吐骨的凶殘的豺狼。

正當耶律楚材誠惶誠恐，準備引頸就戮時，成吉思汗高喊的不是「正法」，而是「備馬」！

那匹火一樣顏色的坐騎，綴著金線的纓絡，跑得飛快，就像一團飄動的火，銀色的披風，向後揚起如同火上飛的白雲。他飛上了成吉思汗家族的發祥地，被視之為聖山不爾罕山的山頂。

成吉思汗跪在了祭壇上，他脫去了帽子，捧在懷裡，解下帶子，搭在頸上，時而面向太陽，時而又伏地祈禱。

整整三天天夜。

萬丈怒火沒有什麼可以撲滅，唯有敵人的血。

「長生天啊，鐵木真真心修好，反受奇恥大辱，此仇不報，何以為人，我一定要讓默罕默德親吻蒙古巴特魯（蒙語：勇士）的馬靴，長生天啊，我不是這場災禍的挑起者，請賜給我力量去復仇罷！」

二　戰還是和

成吉思汗已經六天沒說話了，他也不接見任何人。六天來誰也不知他所思為何？所想是甚？

耶律楚材六天沒出他的套帳，套帳是在大帳旁邊專為耶律楚材所設，以便大汗召見。他也不見任何人，六天來誰也不知他在幹什麼？不知他在想什麼。

第七天，耶律楚材早早來到金帳前的火堆前佇立。那堆火是拜見大汗時的專用之火，是晉見時必作的程序，只有通過火堆才算是淨化了思想。

金帳前的氈道兩側陸陸續續有諸王、諸子、大臣們走來，他們每天都不誤時分地到這裡來關心他們的大汗。御弟別勒古台、合撒兒隨成吉思汗的好惡而好惡，早就改變了對耶律楚材的態度。他們謙恭地向這位被他們的大哥視作聖賢的長鬍子點頭致意。

成吉思汗的金帳很大可以容納數百人，是真正的流動的宮殿，真正意義上的行宮。

金帳的外層是羊毛打成的白氈，隔寒、隔風，白氈上裹著金錦彩緞，上覆千條彩色皮繩結成的網絡，再以皮繩、堅樁緊繫，以確保堅固。門框和頂柱全部用黃金包覆，一片金光燦燦，所以稱之為金帳。帳前鋪一條紅色氈毹，一直鋪到綠茵茵的草地。帳前右側有一旗桿，上面九足白旄纛迎風招展，這是汗國的國旗，旗上的圖案神鷹，是用金線繡成的，左側飄揚的是九足黑旄纛軍旗，旗上是用銀線繡的神馬。蒙古人以白色為吉祥的像徵，黑色為凶禍的象徵，九足是指九根飄帶、穗子。對著帳殿大門豎立的是高大的黑纓槍，那是戰神蘇魯錠的象徵。

除了帳口朝陽神門打開時可以透進陽光外，只有從帳頂的天窗才可以透進陽光。所以帳中光線不是很強烈。

金帳正中是地毯包裹起來的皮墊，那是成吉思汗的王座。汗位左側是妃子忽蘭的座位，汗座的右側是成吉思汗的幾個弟弟和大臣們的位子。

成吉思汗或坐或臥或是在金帳中轉圈走動，都不會有人打擾他，整個金帳內空無一人，然而只要他咳嗽一聲。宿衛好像貓在他身邊似的，立刻就會冒出來。

宿衛是成吉思汗親手選拔建立的，從千夫長、百夫長、十夫長以及自由民的子弟中選拔，那些體格強壯、有高超技擊能力、容貌優良者才可入選。從事此職的人出入帳殿容易被可汗發現他們的個人才幹，是未來賦以重任的第一步，所以被認為是十分榮耀的事。

宿衛有著特權，未經宿衛許可，任何人不得進入帳殿，包括皇后；不得行走於宿衛的前面；不得過問宿衛人數，夜間睡在帳殿周圍，如遇闖殿者，不問情由，可砍他頭。夜間有急事稟報者，應先告知宿衛，在帳殿後宿衛的崗位等待。宿衛雖是從各千戶、百戶、十戶中選出來的，但那些長老無權毆打或處罰他們，事實上他們的權力相當於那些長老，甚或比他們的長老還要高。

成吉思汗剛剛開口傳耶律楚材，耶律楚材在帳殿外稱一聲「臣在！」待宿衛出現，他就進帳了。

成吉思汗不無詫異地問：「這幾日你就守在帳前？」

「不，臣卜知你七日才開口，所以今早才來此專守。倒是各位王爺和王子在門前守候多時了，他們都很擔心……」

成吉思汗傳王弟和王子進帳。轉而同耶律楚材說話。

他知道耶律楚材的占卜是很靈驗的，在入見之初他預見要征西，大軍出征西遼必勝，果不然哲別帶領二萬大軍打敗了古赤勒黑，相繼攻克了哈密、和闐、喀什諸城，一直追擊敵人到了帕米爾高原。哲別把敵酋的首級和那裡的名駒千匹帶回來獻給了大汗。一切已見應驗。

可是成吉思汗故意責難道：「你不是通占卜嗎，為什麼你沒有預見花剌子模會殺我商隊，擄我財貨？」

「臣占卜向推大勢，再說大汗陛下並沒有讓臣下為西行商隊占一卜，所以臣下沒有預見。」

成吉思汗嗒然不語。

耶律楚材說的倒也是實情。一切都沒有想到。

「那天我看你臉色變了，你是不是怕我會懲罰你？」

「不！」

「為什麼？」

「對我個人來說這是一件大事，對大汗和您的國家來說是一件小事。如果大汗沒有容人的雅量，那麼您就不是蒙古大汗了。」耶律楚材臉面上充滿了虔誠，他對成吉思汗在盛怒之下能夠保持理智，確實由衷讚佩。這絕非常人能夠做到。

成吉思汗笑了。

「聽說你六天沒出氈帳？」

「那是因為大汗六天沒有開過金口，臣下在想，講什麼樣的故事可以使大汗開顏。」

「喔！」成吉思汗表示出濃厚的興趣，他在王座上裹了裹那件白熊皮做的大袍，直起了身正襟危坐著說：「那六天才想好的故事一定動人。」

耶律楚材搖搖頭說，「六天也沒有把故事想好，只像個謎語一樣，有了謎面。」

這種說法是很吊人胃口的，身為大汗的鐵木真也不例外地被緊緊地吸引。「你是在賣關子吧？」

「不是，我可以把故事講給大汗聽，大汗可不要覺得不夠圓滿。」

「好吧，朕這裡洗耳恭聽了。」

耶律楚材清了清嗓子，他的表情是嚴肅的，他講道：「天下最勇猛的野獸，我們東方人認為是老虎，而實際上在西邊巴格達那邊的海外有個黑皮膚土人的世界，那裡盛產著一種稱得上是百獸之王的野獸，特別是雄者，鬚髮怒張，頭如巨大的草籃，人們把牠叫做獅子。當地的國王為了同鄰國交誼，要國人貢獻活獅子。但獅子力大無窮，勇猛無比，就是老虎見了也要退避三舍，牠生活在森林和草原之中，晝伏夜出，行踪詭密，鼻子又出奇的靈敏。行獵者尚在里把路外，牠早已知味而起了，獵人向來敬之如神而遠之。人獸相遇三四人難與相搏，一二人難逃血盆大口，為保自己性命也只能努力射殺砍殺，難見活物。為此國王懸賞，志在必得……」耶律楚材打住，故事到此為止。

成吉思汗聽得正有味，見耶律楚材打住，不由雙目凝注，用目光問道：「怎麼啦？」

耶律楚材搖搖頭說：「臣沒有縛過雄獅，不知他們怎麼才能逮住天下奇獸。」

別勒古台聽了哈哈大笑道：「你個書獃子，一天到晚手不釋卷，自然不知行圍射獵的訣竅。對付野獸，哪個蒙古族子弟不懂？你還用這樣的蠢故事來鬨大汗。」

耶律楚材故作不明白，問大汗：「大汗，真的是我班門弄斧了嗎？」

成吉思汗不無輕謾地說道：「我的大學者，你也有失著的時候，讓蒙古族的好獵手合撒兒來告訴你吧！」

合撒兒說：「要我教訓長鬍子嗎？」

成吉思汗把臉一沉道：「不得無理！」

「好吧！如果由蒙古的獵手來逮這隻百獸之王，那麼，我們會挖一個深深的陷阱，裡面鋪上一張網，放上一隻牠最愛吃的活物作餌，如果牠飢餓的話一定會不顧一切地跳下去，那麼……」說到這裡成吉思汗突然揚手，不讓再往下說了，他已經明白了耶律楚材的用意。他用異樣的目光盯著耶律楚材，這目光看在其他王爺、王子眼裡，像把蒙古刀直剜耶律楚材。而耶律楚材則罔然無知地微閉著眼，安逸地捋著他那長鬍子。

成吉思汗一手搓著鬍子沉聲不語。隨之用手點了合撒兒、別勒古台、哲別一下，然後一揮，那是退朝的手勢。

眾人魚貫出帳，耶律楚材走在最後。他依然風度翩翩地捋著那把長鬍子。

「對於花剌子模，朕想聽聽你們的意見。」成吉思汗對他的兩位御弟說。

「大汗，剛才是不是耶律楚材又給您端了餿羊肉？」別勒古台性子直率，但唯大汗的意志為轉移，所以不假思索，還端出了那天成吉思汗說過的話。

「主意雖然是耶律楚材出的，畢竟人是我派出去的，憑什麼去責罰他，誰也不瞭解這個花剌子模，不瞭解那個默罕默德，不瞭解他的人民，不瞭解他的軍隊，只是從他們來的商隊那裡知道那是一個很大的回教國家，盛產很多奇珍異寶。責備他，也是責備我自己，我們對他們瞭解得太少。我可以原諒他，原諒自己，但我決不會原諒敵人。」

「那就出兵打唄！」

合撒兒比別勒古台精細，他說：「我想大汗您剛才說得有理，我們對花剌子模知之甚少，只聽說它以回教把回教徒團結成了一個緊密堅強得像鋼鐵一樣的國家。從商人運來的物品看，那些東西都已經達到了相當精密的程度，可見如耶律楚材所說他們的文化已經很高。在不瞭解花剌子模的情況下貿然出兵，怕不合適。」

「哲別，你是汗國的神箭，你看呢，能不能把花剌子模射穿？」

「大汗，哲別追擊古赤勒黑到了帕米爾，在那裡聽到了不少關於花剌子模的傳說，關於那個國家，我知道他們穿的甲冑是鋼鐵製作的，與我們使用的革製的甲冑比，恐怕要堅固得多，我用箭射過他們的甲冑，也用矛刺過他們的甲冑，都穿透不了。至於適應這種甲冑的戰陣肯定會有不同的佈局，目前我們對她一無所知，倉促用兵是會吃虧的。」

合撒兒道：「花剌子模國有多大，據說快馬跑兩個月也跑不到邊，就像從鄂嫩河畔騎快馬向南經宋國到大理進安南一樣遙遠，您看從花剌子模來的商人雖然講著各種不同樣的話，有著各種不同的風俗，但他們都信仰回教，可見回教如同海洋一樣，在西方無處不在，我想大汗沒有必要為了那支商隊而把蒙古軍隊的精銳投進那個不知深淺的海洋。」

他問過四駿中的博爾朮、赤老溫。

博爾朮、赤老溫和木華黎、博爾忽，四人並稱為成吉思汗的「四駿」；蒙古族喜歡馬和狗，因為馬和狗是作戰、狩獵的朋友，「馬」是「勇」的代名詞；「狗」是「義」的代名詞，常常用來作為勇士的稱號。忽必來、者勒密、速不台加上哲別，四人並稱為成吉思汗的「四狗」。

主戰者僅有赤老溫。

博爾朮說：「大汗的軍隊兵強馬壯，想來花剌子模不會不知道，大汗統一了蒙古，打擊了大金，攻克了西遼，疆域廣闊，花剌子模不會視而不見，那麼多客商交通往來，默罕默德不會不知道我蒙古的友好姿態，在此情況下竟然敢殺死整個商隊，要麼是發瘋，要麼是有恃無恐。如果是發瘋倒也好辦，如果是有恃無恐，我們就得當心。」

他問過者勒密、忽必來、速不台，主戰者只有速不台。他們都是超級勇士，在他們面前沒有不可攻克的城池。他們幾乎也提到了知己不知彼的問題。

顯然，來自將領的意見，持異議者不會少。

他悶悶地走近右大斡兒朵，那是皇后的帳幕，他重重地咳嗽了一聲，想引起皇后孛兒帖的注意，然而，孛兒帖聽見他的咳嗽聲，沒有像往常那樣欣喜地奔出來迎接自己，反而聽見帳幕裡有咭咭格格的笑聲，他疑慮地走近去，皇后的婢女在門口迎住了成吉思汗。

他走進去，只見孛兒帖正在親自煮著奶茶，雖然當了皇后，什麼都有下人侍候，她卻常常還是要自己動手。孛兒帖皇后的頭髮已經銀白了，她比成吉思汗大一歲，她為成吉思汗生下了四個兒子：大皇子朮赤，二皇子察合台，三皇子窩闊台，四皇子拖雷。也許生育的負擔促使她過早地衰老，雖然全身上下飾滿了奇珍異寶，卻再也沒有鄂嫩河畔那艷壓羣芳的風采了，目光也不像當年那樣明亮了，如今她只是一個雍容華貴的貴婦人。

孛兒帖看見成吉思汗進來，忙端來一杯新煮的奶茶，多日不來，她似乎並不像往日那般驚訝，那般激動，相反目光有些兒狡黠，也許年紀使她手腳遲緩了，她手端不大穩，差一點溢在成吉思汗的錦袍上。

成吉思汗看見案上另外幾個奶杯，便大喝一聲：「還不給我滾出來！」

這下好了，從帳幕角落衣箱後，冒出了幾個腦袋。

成吉思汗故意看也不看地別轉了臉，其實他臉上滿是憋不住的笑。

孛兒帖也噴出了笑聲。她朝衣箱後喊道：「出來吧，別跟爺爺捉迷藏了。」

從衣箱後面站出了四個孩子，一個個滿頭汗珠，髒手把臉抹成了三花臉。一個個虎頭虎腦的，不脫鐵木真家的種。個頭稍大的那個叫拔都，十歲了，是朮赤的二小子，個頭矮一些的叫貴由，是三子窩闊台的兒子，那個虎頭虎腦的叫莫圖根，是察合台的長子，最小的那個叫忽必烈，是拖雷的兒子，今年才四歲。嚴厲的爺爺的咳嗽聲，把他們驚得像小鹿似的逃到衣箱後面躲了起來。

「哈！原來是你們這幾隻狼崽子，來！我的小蒼狼，到爺爺這裡來。」成吉思汗素常鐵板的臉露出了慈祥的笑容。

孫子們一擁而上歡呼：「大汗萬歲！」

「練什麼哪？」

拔都接口道：「我們練角力。」他們確實在皇后的帳幕中玩著角力的遊戲，這是要成為蒙古勇士必備的課程。

成吉思汗捏著忽必烈的鼻子說：「你呢？小忽必烈！」他的子孫太多了，有時常常記不起名字來，唯有這個小忽必烈，因為拖雷常常帶他進金帳，成吉思汗也常常讓他坐上自己的脖子，扯著他的雙手當馬騎。所以分外熟稔。「上馬囉！」成吉思汗輕輕用手一提，忽必烈小腿一提一分，立馬就騎到了成吉思汗的脖子上。

「下來下來，別累著了爺爺，聽見了沒有。」

忽必烈興奮極了，哪裡肯聽。成吉思汗也興致正濃，便讓他騎著在帳幕中兜了幾個圈子，把忽必烈逗得格格直笑，把拔都、貴由他們幾個眼饞的不行。

成吉思汗放下忽必烈，讓他坐到孛兒帖的膝上。他對拔都和貴由說：「你們兩個過來，爺爺要考考你們。你們知道先祖的箭訓嗎？」說完直視拔都和貴由。

拔都點了點頭。

成吉思汗道：「我的小鷹你倒是說說看，說說箭訓這個故事。」

孛兒帖扶成吉思汗坐下。拔都在成吉思汗腳前跪下，接著很虔誠地吻了吻成吉思汗的靴尖，然後說道：「爺爺在祭祖以後召集我父親和叔叔伯伯到帳幕聽訓，您交給他們每人一支箭，要他們折斷。他們接過來不費力就折成了兩截，您抽出兩支箭，他們還是一折兩截，您越加越多又把一捆箭合在一起交給他們中的一個，他們四個人中的任何一個都折不斷箭了。」

「講得很好，知道那是為什麼嗎？」

「合在一起就是團結，團結在一起就有力量，就很堅固，爺爺是要他們兄弟互相幫助，堅決支援，那麼敵人再強大也戰勝不了他們幾個。」

成吉思汗嘉許地撫撫他的腦袋，要他起來。他轉而對貴由說：「貴由，你知道千頭、千尾蛇的故事嗎？」

貴由長得很英俊，人也很機靈，他不加思索地說：「天帝到地上來巡視，到了不爾罕山裡。天帝乘坐的是日月為輪的金車，一路走來看見前面有一條大蛇攔住了去路，這條大蛇有千個腦袋一根尾巴，聽見了天上可汗的車輪聲牠便想給天帝讓路，可是牠有一千個腦袋，各自牽引著身子向不同的方向移動身子，由於方向不一，力量不齊，行動不便，雖然拚了老命，也還是不能從大路上移開牠的身子。天帝等不及，天帝的車伕一甩鞭子，千頭蛇躲不開，被活活地壓死了。天帝的車向前開，又遇上一條千尾獨頭蛇。牠見車子開過來，便昂起了頭看了看方向，搖動了千條尾巴，躲過了天帝滾動的日月輪，回到了牠自己的洞穴中。因為牠只有一個頭，指揮靈，頭尾配合，不會像千頭蛇那樣互相牽扯，對消力量。」

「不對！不對！」拔都嚷嚷著說：「那個故事是說，在一個寒冷的夜晚，有一條長著許多個腦袋的多頭蛇，想鑽進洞去禦寒，但這條多頭蛇的每一個頭都想最先鑽進洞去，各不相讓，結果無法進洞，便凍死在了洞外。」

貴由說的是一種傳說，而拔都說的是另一種傳說，相對要樸素簡單得多。

「都對，都對！」孛兒帖歡喜地摟住了他們。

「可汗看到了嗎，這是您的驕傲，這些蒼狼，一個個都是好樣的。可汗的事業後繼有人。」

成吉思汗捋著花白的鬍鬚，不無得意地點了點頭。

蒙古族人對他們的兒女如同訓練獵鷹。從牠們長出羽毛開始，就把牠們放在肩上，帶牠們出野外讓牠們從抓小兔、小鼠開始行獵。到了十歲就要上馬背練習騎馬射箭的本領，成吉思汗則多了一條，除了要求他們個個要有武功外，還要求他的子孫不再像他們這一代那樣蒙盱，讓他們個個要有知識，不光要識文著字，而且要懂謀略。耶律楚材是他為他們請的漢文西席。

孛兒帖給他們每人一塊乾酪，然後說：「好了，問夠了，也鬧夠了，該讓爺爺歇著了。」

「好！今天到這裡，過些天爺爺領你們去行圍，打野豬好嗎？」

「好！」孫子們同聲歡呼。

成吉思汗叫住了拔都，對他說：「回去找你父親到這裡來。」

孫子們亂鬨鬨嬉鬧著走出了帳幕，帳幕裡出現了短暫的寧靜。

孛兒帖又端上了一碗熱騰騰的奶茶。

成吉思汗上前接過來，愛嗔道：「妳看妳，我不是說過，這些活讓下人去做嗎！看看沒燙著妳的手吧！」

這回孛兒帖真的激動起來了，她望了望自己的丈夫，眼中不由得濕潤起來。雖然他當了大汗，卻還沒有忘記體貼，她想他沒有忘記自己的原因，畢竟她是四個皇子的母親，更重要的是她陪伴他度過了同生共死的幾十年。

「孛兒帖妳怎麼啦？」

「沒……沒什麼，眼睛裡落下灰了！」

「我來幫妳吹！」成吉思汗是認真的。

孛兒帖皇后的淚潸然而下。

成吉思汗敏感地感覺到了孛兒帖的情緒變化，他說：「是不是我到妳這兒來的次數少了？」

「不不不！」孛兒帖連聲否認著，「您是大國的掌權者了，我知道您日理萬機，不用看別的，只看一天天擴大的疆土，就知道鄂嫩河飛起的鷹是越飛越高了。敬愛的可汗，無事您是不會進孛兒帖的帳幕的，請快把來意講給我聽吧！」

成吉思汗拉著孛兒帖的手說：「馬蘭草根連根，還是孛兒帖連著我的心，我想不說妳也知道，最近鐵木真為什麼所困擾。」

「可汗您為花剌子模殺戮商隊所震怒，孛兒帖早已知曉。就像每次出征一樣，您來問孛兒帖是不是應該進攻花剌子模。」

成吉思汗點了點頭，他覺得孛兒帖某些方面似乎遲鈍了些，但在理解他的事業方面卻依然那麼精明老到，他覺得來找孛兒帖是對的。他對孛兒帖說：「是的，像往常一樣，鐵木真要聽聽妳的意見。」

孛兒帖停了好久才笑著說道：「只要可汗願意，您就進軍，假若可汗認為不值得興師動眾，那麼您就不要出動您的軍隊。這幾年您不是一直這樣在做嗎？」

「如果出兵，進入那個深不可測的國家，可能要損失很多蒙古軍隊，妳說這樣我也可以出兵嗎？」

「我的可汗，您什麼時候變得這麼優柔寡斷起來了。如果那棵樹根深葉茂，您不下鋸它是永遠不會倒下的。不過話說回來，孛兒帖老了，不可能陪您衝鋒陷陣了……」

就在此時，帳外傳來了通稟聲，皇后孛兒帖的婢女報告說，大太子求見。

「父汗是為對花剌子模用兵召見孩兒嗎？」朮赤顯得削瘦的臉上佈滿了剛毅的線條，他稟性剛烈，單刀直入。

「是的！」他不喜歡這個兒子，但又丟不開這個兒子。

朮赤是不是鐵木真的血親之子，一直有著疑問。那一年，密兒乞惕人出於報復搶走了他的愛妻孛兒帖。因為二十年前，鐵木真的父親也速該，從密兒乞惕人手裡搶走了他們首領的妻子訶額侖，訶額侖後來成了也速該的妻子，很快生下了鐵木真。密兒乞惕人真能忍耐，真能等待，二十年後他們才下手，他們在也速該的兒子鐵木真娶了年輕美貌的孛兒帖以後才定下了這計劃。孛兒帖雖然奪回來了，但這期間被迫做了密兒乞惕人近闊兒的妻子，帶回來了一個鼓鼓的肚子。連孛兒帖也說不清是帶著去的，還是帶著回的，總之十月懷胎，正在去回之間。正因為說不清，所以她才一直瞞著在外作戰的鐵木真。生產下來，孛兒帖讓使女抱出去埋葬那幼小的生命。使女不忍，告訴了訶額侖夫人，硬是保下了朮赤的一條命。朮赤這個名字是鐵木真給起的，在蒙古語中，朮赤意為「客人」。

痛苦不堪的鐵木真試著讓自己去接受他，因為他自己也是訶額侖母親被也速該父親擄來時帶來的。相同的生命經歷，使他又愛又恨，儘管他試著讓自己大度，但總有著說不出道不明的彆扭。他為新生兒起名「客人」起碼他是接受了這樣一個現實，他決心像對客人一樣去對待來到這個家庭裡的嬰兒。

他知道朮赤將像自己那樣要為自己是不是蒙古血統痛苦一生。

生為蒙古人，要像蒼狼那樣勇敢、殘忍、善搏、一往無前。

為了做到這一點，鐵木真揹負著這樣的異志殺遍了蒙古高原。

為了做到這一點，朮赤也必須做一匹真正的蒼狼，以證明自己的身體具有蒙古血統。

朮赤做到了。他出征西伯利亞，先後平定了不里亞鐵、巴爾渾、兀兒速鐵、合卜合納思、康合恩、托巴思等部落，收伏了乞兒吉斯部的首領。

成吉思汗嘉許他：「朮赤遠征不毛之地，經歷了旅途的艱險，沒有危害百姓，沒有損傷戰馬，征服了林區百姓。現在我把林區百姓全都賞給朮赤領轄。」

直到這時成吉思汗才發現了朮赤身上的長處，這一切都已證明朮赤是頭蒼狼，蒙古族的蒼狼。

「你額吉也說應該聽聽你的意見！」成吉思汗道。

「必須攻打花剌子模！」

「為什麼？」成吉思汗對朮赤坦言感到震動，因為除了孛兒帖以外，皇族中朮赤是第一個如此強烈地表示戰意的，所以他精神為之一振。

「因為她是父汗你的一個夢。」朮赤一下點著了成吉思汗的神經。

「什麼夢？」

「征服！」朮赤說得斬釘截鐵。

成吉思汗不敢置信地盯視著自己一直不願正視的兒子。他曾懷疑他的血管裡流動的不純是蒙古人的血，然而，卻竟那麼相似地與他一樣沸騰。

征服！確實是他的夢，一個獵手宰了一隻狡猾的狐狸以後，一頭凶狠的狼就是他下一個征服的目標。

宰了狼以後，強壯的熊，威猛的虎就是他更進一步的目標。

征服是沒有止境的，只有當所有的獵物在他腳下發抖時，征服才可能宣告結束。

東遼和西夏國這樣的虎已經降伏了，該輪到百獸之王了。

朮赤年輕英武的臉上佈滿著冷傲和倔強，他長得很像孛兒帖，一雙閃著睿智光芒的大眼是他整張臉上最突出的特徵。他勇敢地迎著父親異樣的目光，仍然坦言道：「父汗是風暴，樹定草靜，那是為了下一次更猛烈的橫掃，如果風永遠地靜止下來，生命還有什麼意義呢？」

「為什麼這樣看我？是有人讓你這樣說的嗎？」成吉思汗不敢確信這是朮赤自己的觀點，他想到了耶律楚材，想到他講的故事，他哪裡是講故事，那麼簡單的一個故事，怎麼會沒有答案？分明是藉此點出了自己內心所思。

「不！是耶律楚材的故事提醒了我，用獅子最愛吃的食物作誘餌，就可以逮住活的獅子，用四百四十九條生命作誘餌，那確是殘忍的事，大汗愛民如子，不會故意這樣做，但是當魔鬼似的默罕默德那樣做了以後，四百四十九條生命就是被吞進血盆大口中的誘餌，默罕默德送給了父汗一個極好的師出之名。」

成吉思汗用愛撫的目光看著朮赤這個永遠富有攻擊性的兒子。他和耶律楚材一樣穿透了自己的內心，作為君王，他不喜歡有人有這樣像剔羊利刃一樣的目光，參透自己的靈魂；作為統帥，他卻十分欣喜有這樣的部將和重臣，能夠如此明瞭自己的戰略意圖。

「我想問你，對於一個深不可測的捕魚兒海（貝加爾湖的蒙古稱謂），你沒有像其他人一樣感到恐懼？」成吉思汗覺得他的將領們並不是因為害怕打仗，而是因為對花剌子模國心中無底。

「為什麼要恐懼？難道我們草原的蒼狼，因為崖高就不去飛越懸崖？因為谷深就不去跨越深谷？父汗，朮赤願意率領我那幾萬兵力去翻越懸崖峭壁，去跨越萬丈深谷。」

「我並沒決定要去攻打花剌子模！」

「鷹總是要飛向天外的，如果蹲窩那便是老母雞了，我想是遲早的事。」

成吉思汗又一次強烈地感到朮赤是一頭蒙古草原地地道道的蒼狼。

成吉思汗有著眾多的妃嬪，寵幸過也速干和也遂姐妹倆，如今又寵幸忽蘭。不知為什麼從孛兒帖的帳幕中出來，他首先想要見的是忽蘭，這倒並不是昨宵他寵幸了孛兒帖，冷落了忽蘭。對於蒙古大汗來說征服女人，同征服敵人一樣。他不斷地在戰爭中用暴力去掠奪敵人的妻女，當然這種變態的心理與自己新婚的妻子孛兒帖被密爾乞惕人擄去有關。獨有這個忽蘭，深深地得到了他的心。

忽蘭與孛兒帖大不相同，忽蘭正處在女人最嫵媚的年齡，她豐滿起來了，臉上流光溢彩，作為第一愛妃，她有著無可爭議的威儀和華貴，她的舉止十分得體，姿容十分端莊。她來到成吉思汗身邊是在也遂和也速干之後，卻排在她倆之前作了第一愛妃，原因在於她與成吉思汗是一見鍾情的情侶，是成吉思汗真心所愛，不是戰場擄來的戰利品。

當忽蘭明瞭了成吉思汗的來意之後，她認真地思索了一下道：「可汗您應該去進攻那個國家，她蠻橫是因為她強大，她霸道是因為她先進，可是蠻橫霸道，則驕兵必敗，犯了兵家大忌。我們是哀兵，真心求好的金子般的心被髒血塗汙了，只有用鮮血才能擦亮她。」

成吉思汗不語，他深沉地望著面前這個滿身珠光寶氣的女人，她總被精美奢華包圍著，好似一匹配上了金鞍雕飾的牝馬，令人時時刻刻不想離她的鞍轡。他收回了稍一出神的心。繼續聽忽蘭講下去。

「可汗，如果聽任花剌子模殺戮您的商旅，那麼蒙古就別想在已經征服的土地上立足，與強者搏鬥，戰鬥也許是慘烈的，但沒有比捍衛尊嚴更重要的了，讓所有的蒙古蒼狼投入那場戰爭吧，妾願意和可汗一起走向戰場。」說著她取下了耳上的寶石耳墜，取下了華貴的服飾。「請把寶石金銀和華服美飾取走吧，忽蘭以前是個戰士，給我弓箭和戰馬，我要隨您去衝鋒陷陣。」她越說越激動。「可汗娶了那麼多妃嬪，忽蘭可是從沒責怪過，忽蘭也沒向可汗提出過任何財寶和封地的要求，我甚至沒有把帳幕裡的東西看成是自己的東西。雖然我天天在使用著，忽蘭只把它看成是借來的東西，只要我一離開這裡，一切就不再屬於我。我要與可汗一起出征，讓我們一起到花剌子模的戰場，到那時，忽蘭只要求賜給請求一件事情的機會。」

成吉思汗聽到這裡閃過了一絲不祥的念頭。「妳要說什麼事情，難道現在不能說嗎？」

「這件事只有在戰場上才能說，因為到了那裡，神才會附在我身上，才會給我說話的勇氣和力量。」

三個主戰者，雖然都主戰，各人卻有各人的心思，孛兒帖老了，她出於數十年的習慣和信任；忽蘭還年輕，她主戰是為了她打的那個不肯透露的啞謎；朮赤則點破了他心中光榮的夢想。是啊，征服是他血脈中流動的血液。如果不抓兔，鷹活著幹什麼呢？

如果沒有這個夢，那麼，征服了蒙古高原諸部落以後，又何必攻金征討西遼呢。誰個強大，就是對他的一種挑戰，潛意識中那種征服的慾望，只不過被朮赤揭開了罩著的那層面紗。至於對朮赤，很顯然，沒有了戰爭就沒有了蒙古蒼狼磨礪尖爪的機會，他是不是仍想不斷地證明他是不折不扣的蒙古蒼狼？不管他人如何議論戰、和，成吉思汗從一開始就有著自己堅定的決斷——出兵花剌子模。不過他沒有馬上點兵，如果那樣就不是成吉思汗了。他從耶律楚材和許多重臣武將的勸告中，引申和延長著作戰的另一個側面，他要從另一角度作戰略思考。周密地佈置對那個不熟悉的回教國家的軍事行動。

於是三百名探馬放出去了。

這些在征金攻遼中作偵察先鋒的勇士，像洇入大漠的水一樣，潛向敵國花剌子模。他們的任務：從花剌子模的軍事、經濟、宗教到宮廷的政治格局，從人民生活、風俗習慣到民心民意，總之他要像瞭解鄂嫩河水底有多少塊石頭一樣，瞭解花剌子模。

特使派出去了，他帶著致默罕默德的國書深入那個深不可測的花剌子模都城——撒馬爾罕。

三　拉開血幕

撒馬爾罕。

撒馬爾罕，在突厥語中的意思是富饒或肥沃。

當太陽從東邊越過城牆照耀到青石築成的清真寺的時候，阿訇頌經的聲音便是人們作息的時刻表。這時，撒馬爾罕便從夢中醒來了，城東潺潺溪流邊擠滿了用白紗麗遮著顏面，用罐子頂水的婦人，拉水的毛驢歡快地嘶喊著，彷彿是晨歌。柴拉香夫河清澈見底，倒映著城東的朱班阿山。柴拉香夫河在山腳下分成為兩條支流，一條是河的正流叫白河，一條是河的支流叫黑河。

撒馬爾罕就在兩河之間的島上，因此西遼人稱它為河中府。

撒馬爾罕依仗著這兩條河的灌溉，所以成了河中地區的政治、經濟中心。

撒馬爾罕城東西有十餘里，南北則有五六里，共開了六個城門，城外有大壕非常深險，北面有一座子城，花剌子模的國王的宮殿在城的西北隅，宮殿是用巨大磚石壘成的，四四方方，好像一處高大的平台，全部不用棟樑陶瓦，中間拱券承重，連室數十間，用木門隔開，牆壁用粉彩繪得金壁輝煌，門上則雕刻著花紋，並且嵌著野獸的骨角。地上鋪著波斯地毯，屋裡則陳設著彩繡帳幔。

花剌子模國王世家的祖先是土耳其種族的阿努休，是個奴隸。到了阿努休這一代吞併了呼羅珊國馬魯、尼沙不爾、巴里黑、也里等四郡。後來又奪得了古魯王國，成了強國之君。

然而長久的和平使得君王怠惰了，當宮中值日官敲響早朝的鐘聲時，默罕默德還在錦帳中擁著妃子酣睡。

他不得不起身了，因為昨天宮中值日官就曾報告過，東方大蒙古國成吉思汗又派來了使者，一定要在今天接見他們。

他穿上了白色窄袖衣，披上黑色的大袍，藍眼珠的美麗女侍為他紮上了綴滿珍寶珠翠的腰帶，替他戴上了白布纏頭，纏頭中央有一顆夜明珠，四周用金銀絲編嵌，輝煌耀眼。在女侍端來的金盆中匆匆洗了手，擦了臉，在光亮的鏡子裡照了照他那深陷的眼窩，鸚鵡嘴一樣的鈎鼻，理了理栗色的圈腮鬍子，然後匆匆就餐，匆匆上朝。

默罕默德席地跏趺，壯碩的身軀坐下來像卧下的一匹駱駝，他與大臣們互道了「撒力馬力！（波斯語平安或健康之意）」，君臣上下環列而坐成一個圓圈。

大異密阿米特・布祖兒克起身，他已經鬚髮皆白了，那把鬈曲的鬍子堆在下巴上，像撅起的綿羊尾巴。他單腿跪下奏道：「蘇丹陛下，大蒙古國成吉思汗派來的使者馬哈木・亞拉瓦赤是成吉思汗的摯友回回商賈哈桑的兒子，現在殿外，等待您的接見！」

默罕默德打個哈欠，就像身旁的寵物波斯貓一樣向上伸了伸腰，半睜著眼道：「阿米特・布祖兒克，你給我把他傳進來。我倒要看看這些黑韃靼又耍什麼花招。」

阿米特・布祖兒克應聲出去了，不一會兒，蒙古的使者馬哈木和回回大商人阿合馬被引進了大殿。

年輕英挺的馬合木留著一把飄拂的黑鬍子，十分漂亮，見了默罕默德，曲一腿，連續三跪，口稱「撒藍！」（撒力馬力的簡稱）向花剌子模蘇丹致意。

馬合木初見必行此大禮，如是熟人之間互遇，則相互擁抱以為禮。阿合馬見過幾次，則按規矩，上前握手致意。

默罕默德上下打量了馬合木幾眼，手一揮，示意他們在毛氈茵褥上坐下。

「陛下，馬哈木大人奉大蒙古國成吉思汗陛下之命出使花剌子模，攜來了成吉思汗致陛下的國書。」阿合馬由於語言通，所以先來了開場白。

默罕默德沒有認真地安排接受國書，反頗不以為然地說：「阿合馬你是那個旮旯裡鑽出來的老鼠，你是我花剌子模國的臣民，怎麼替蒙古人做事？」

阿米特・布祖兒克前一天已經見過蒙古特使，也接受了特使帶來的珍寶，此時，他聽這話怕默罕默德先拿阿合馬開刀，便上前打圓場道：「陛下，阿合馬不過是通譯，是為陛下傳言的八哥。」

宰相舍里甫丁說道：「陛下，既然成吉思汗派了特使來，還是先看看他怎麼說！」

默罕默德點了點頭，金髮碧眼的值日禮儀官庫羅哈接過了馬哈木雙手遞過來的國書。

默罕默德示意遞給通譯。

通譯大聲將譯文唸出聲：

花剌子模國蘇丹陛下：

君應知我大蒙古國已經征服了女真，統治了中國諸多民族，戰士像螻蟻一樣多，財富如金山銀海，大蒙古國無須覬覦他國領土，所以派遣使者前往訂約，蒙陛下應允互為利市，本汗才派遣回回商隊前往貴國。商隊到達俄脫拉爾，四百四十九人被守將叶納勒朮悉數屠殺，不知是蘇丹陛下所示，還是貴國守將妄為？此一血案，必須以血償還，被劫財貨必須按價賠償，殺人兇手必須嚴懲。如若置若罔聞，必將大動兵戈。

大蒙古汗成吉思

兔兒年兔兒月（九月）

（蒙古族以十二生肖紀年月，直至忽必烈一二七一年成立蒙元帝國始改以年號紀年）

默罕默德聽了國書以後沉默不語，像隻反芻的駱駝，不停地移動著上下牙關。

馬哈木是個富有經驗的使者，見蘇丹不語，便見機起身告退道：「陛下與大異密們好好商議，在下在行館候陛下聖旨。」

馬哈木上前握過默罕默德的手，然後轉身行去，有值日禮儀官庫羅哈導引將使者送出蘇丹議事殿。

默罕默德見使者已走，便召集大異密、執事官們商議對策。

默罕默德說：「這個叶納勒朮，他不是報告說，抓住了蒙古人派來的探子嗎？怎麼全是商人呢，是成吉思汗撒謊，還是叶納勒朮撒謊？」

阿米特・布祖兒克說道：「成吉思汗是一國之主，不可能撒這彌天大謊，因為如果是探子，必然分散行動，哪有拉著駱駝馬匹集體打探之理。」

阿米特・布祖兒克的話似乎很有說服力，一下把場面說悶了，理虧了，很難振奮的。

武將巴拉則說：「事已如此，只能這樣了，成吉思汗要的是叶納勒朮的腦袋，難道真的要給他！」

國王之母托爾罕的弟弟、撒馬爾罕知事托蓋將軍接話道：「殺我們自己一員重要的守將謝罪，還要賠償損失，豈不是有失蘇丹陛下的尊嚴嗎！」

宰相舍里甫丁說道：「話是這樣講，據我所知蒙古在東方稱雄已久，成吉思汗統一了蒙古高原各部落，又敗了金國和西遼，攻掠了中國南部的宋國許多城池，面對這樣一個強國，如果行事不慎很可能為了一個叶納勒朮，而使撒馬爾罕沉入血海。」

托蓋將軍不無譏諷地說：「舍里甫丁大人，你知道鴕鳥怎樣躲避敵人嗎？牠們把頭鑽進沙子裡，卻露著屁股……不能只見敵人強大得像高山，看不見我們花刺子模雄闊得像大海。」

阿米特・布祖兒克說：「托蓋將軍，凡事都有個公理，我們殺了他們的商人，是理虧，應該道歉，應該嚴辦肇事者，否則真的，為了一顆人頭，可能會使千萬人頭落下來！」

主戰和主和的陣線十分分明。

主戰派的面子觀十分深切地擊中了默罕默德，他怎麼肯在一個剛剛脫胎於野蠻的民族面前低下偉大的頭顱。

就在此刻，蘇丹的母親托爾罕來了，這個自號「世界信仰之保護者」的皇太后，不知從哪裡得到了消息，來質問默罕默德：「我的王兒，你是不是要向黑韃靼俯首貼耳？把我的族人叶納勒朮的首級送給野蠻的黑韃靼？」

默罕默德之母稟性剛強，她後悔當初丈夫死後沒有像東方女皇武則天，也沒有像埃及女王克里奧帕特拉及時抓住權力稱帝，聽從了回教大異密們的意見讓兒子默罕默德接掌了權力。正因為後悔，所以當她的親戚們結黨營私，積聚起一定的力量和財勢，慫恿她暗中與兒子默罕默德爭勢力，她言聽計從，使得默罕默德大權時時旁落，朝中常常出現政令不一的現象。

默罕默德知道如今托爾罕出馬，定是受了戚黨的影響，來對他施加壓力。他一點也不敢反抗，當然他內心深處也對成吉思汗的強硬態度心存不滿。

次日。

議事殿已失去了昨日的祥和，兩旁增加了刀斧手，武士們殺氣騰騰，空氣嚴肅得幾乎要爆炸，只有默罕默德一人端坐在金牀上，其餘執事官、大異密都垂手而立，默罕默德嚴厲召見蒙古特使馬哈木・亞拉瓦赤和回回商人阿合馬。

默罕默德今天精氣神很足，他的聲音冷酷得很，他說：「使者馬哈木，請你給成吉思汗帶訊回去，經查蒙古商隊暗帶刀械進入我俄脫拉爾城，他們抗拒守軍例行檢查，觸犯了花剌子模國法，依律該治死罪。如今貴國無理取鬧，竟要以血還血，按價賠償，孰可忍孰不可忍？本蘇丹斷難答應。現在宣布：請蒙古特使迅速離境！」

喝聲剛過，兩旁衛士就要上來拖人。

馬哈木・亞拉瓦赤不等衛隊動手拉扯，義正辭嚴地斥道：「蒙古人以牛羊為食，隨身不帶小刀何以剔解？貴國商人進入蒙古攜帶大量刀劍盾牌，我方均按大汗法典規定辦事，凡來經商者，一律都發給憑照，確保人馬財貨安全。在哪裡失盜，就由哪裡賠償，而貴國一不發照二不護商，商人憑一把小小的解腕尖刀只能兼作防身自衛，難道這還不應該嗎？叶納勒朮殺戮良民，罪惡滔天，如不懲辦天理難容。我再一次提醒尊貴的陛下：切勿因小失大。」

馬哈木・亞拉瓦赤的話哪裡還勸得轉默罕默德。他一聲怒喝：「武士在哪裡？」

武士們一擁而上將馬哈木・亞拉瓦赤捆了起來。

默罕默德怒道：「馬哈木你是回回，卻效忠黑韃靼，不殺你對不起天神安拉，推出去絞死他。」

主和的文臣紛紛勸阻，阿米特・布祖兒克道：「陛下請息怒，兩國相爭不斬來使，這是各國交往必遵的律條。」

「是啊！外交是對等的，陛下要殺了特使，他們也會殺花剌子模的人報復，所以萬萬殺不得！」

默罕默德豈會不懂！只不過讓馬哈木連連責問得理屈辭窮，便惱羞成怒，前一時氣憤難平，此一時想下台階卻找不到藉口。此時見阿合馬嚇得心驚膽戰，簌簌發抖，於是將一腔怒火全潑向了阿合馬：「阿合馬，都是你這個賣國賊，把這禍水引進了花剌子模，不殺你何以向國人交代！」說完示意托蓋將軍出手，只一劍，就刺穿了阿合馬的胸膛。

阿合馬雙手抱住托蓋的劍斷斷續續地說：「昏庸的默罕默德……沒有戰略目光的默罕默德……剛愎自……用的……默……罕……默……德……你把花剌……子模推進了死亡……的……血海……。」

默罕默德拔出自己的劍，星芒一閃，往上一挑，將阿合馬開了膛。

接著又回劍一撩，寒光左右分晃將馬合木的鬍鬚削落一地。

割鬚代首，奇恥大辱。

鬍鬚對伊斯蘭教徒來說，是權利的象徵，割掉它是奇恥大辱，中國人一般說用生命來擔保，伊斯蘭教徒則說用鬍子來擔保。

也算是默罕默德為自己找到了可下的台階。

默罕默德沒有想想侮辱和殺戮蒙古使臣將會引起什麼後果！更沒想想成吉思汗那頭雄獅聽到特使被殺，被割髮以後將會如何咆哮！

他根本不會想到為了馬哈木的一根鬍子，他得付出一百條生命的代價。

默罕默德親自拉開了血腥的戰幕。

一個多月後，當蒙受恥辱，歷經磨難的馬哈木回到大汗帳殿的時候，出乎意外，正在開御前會議的成吉思汗沒有咆哮，相反出奇的安靜。似乎一切早在他預料之中，他只是熱情地撫拍了馬哈木的肩膀表示嘉許。接著讓外事官布托好生安排馬哈木休息。

御前會議繼續進行。

各路探馬報告來的消息由各派出大臣綜合殿報，窩闊台負責花剌子模國的諜報，他陳情道：「花剌子模地域廣闊，原來為塞爾柱克王朝所統治，後分裂，一部分以花剌子模部落名為國號。西遼曾興兵西攻，打敗過塞爾柱克和花剌子模。後來花剌子模國主塔克斯投靠西方強國巴格達，受到巴格達承認，巴格達教主那昔兒封塔克斯為蘇丹，滅了塞爾柱克。西元一二〇〇年，塔克斯死後傳位於其子默罕默德。默罕默德野心勃勃，併吞了近鄰諸國，使河中地區盡在他統治之下，由此實力大增，自稱是地廣兵強，於是叛變了西遼，並舉兵攻伐，結果大敗。九年前默罕默德與也曾受西遼所害的撒馬爾罕蘇丹鍔斯滿合兵再攻西遼，終於打敗了西遼。凱旋之時，默罕默德率一支軍隊，偷襲撒馬爾罕，殺死了剛剛與他合兵攻遼的鍔斯滿，併吞其領土……」

「無恥小人……」成吉思汗不由罵了一句。

窩闊台接著說道：「默罕默德由此奪得了布哈拉和撒馬爾罕，由於撒馬爾罕地處富饒之鄉的河中地區，默罕默德便將都城從玉龍傑赤遷到了撒馬爾罕。由於默罕默德曾幫助乃蠻部抵禦過西遼，所以向屬西遼的土耳其斯坦亦歸了花剌子模，東北至錫爾河，北至鹹海、裡海，東南到印度，西鄰巴格達南瀕印度洋，幾乎囊括了中亞。如此廣闊的地域，不能說國勢不強大，所以諸將以前的顧慮不能說不對。不過默罕默德躊躇滿志，已經不把巴格達放在眼裡，與之分庭抗禮，因此常常發生摩擦，兩國間挾嫌構怨，相信一旦我國起兵，西方強國巴格達輕易不會援手。此外他自號『地上上帝之英靈』蘇丹，他的母親更是自號『世界信仰之保護者』，而且兩人代表不同的權力集團，爭權爭勢，表面風平浪靜，實質暗藏危機。更重要的是河中地區原來是由許多小國組成，花剌子模把他們征服以後，並不見得都同默罕默德一條心，用當地人的一句話來說：劍和橄欖枝並用，就能逮住你想要的犀牛。」

「軍備情況如何？細緻一點！」成吉思汗進一步發問，他要求情報詳備一些。

「花剌子模城鎮大都有堅固的城牆，城牆用大石壘砌，城高三丈，易守難攻；平時有軍隊號稱二十萬，戰時約可動員五十至六十萬。他們採用募兵制徵調新兵，新徵的兵丁缺少訓練，由於國中以農桑為主，所以不善騎射，而民眾由於種族各不相同，彼此隔閡，風俗習慣及民族風情不同，相互相處並不很和睦，民族之間紛爭不斷，派別很複雜，因此很難團結一心守土衛國。花剌子模國守衛的重點放在錫爾河一帶，他們料定我軍會從北面進攻他們。」

「戰場情況呢？」

「東南為興都庫什山脈，西北為烏斯特爾特高地，北邊為吉爾吉斯草原，中部遍佈紅沙，由俄脫拉爾至撒馬爾罕至布哈拉是大唐時使西域的絲綢之路。國中有錫爾河、阿姆河橫亘在戰地中央，對我國鐵騎的運動是個很大障礙。額爾濟斯河上游是準噶爾草原，地形比較複雜，草場也很豐富，是我鐵騎良好的集結地域。此外，按耶律楚材的提點，我讓探馬繪製了地形圖三幅、俄脫拉爾城防圖一幅，雖然畫得簡陋，卻倒也詳備清晰。」

成吉思汗饒有興趣地看了看窩闊台呈上的圖，嘉許地看了看耶律楚材，耶律楚材卻沒有任何表示，好像與他無干似的，他只是理著他那長鬍子，依然微閉著他的眼睛。

成吉思汗對於偵察敵情很在心，因為耶律楚材給他講述中國古代兵法時反覆提到過一句話：「知己知彼，百戰不殆！」這句精短的箴言使得他頻頻回顧過去的戰事，這才發現過去的戰鬥，凡瞭解敵情細緻的，往往就打得輕鬆，情況不夠明瞭的往往就打得比較吃力，甚至還有失敗，上升到理論竟是九百多年前的中國軍事戰略家早總結過了的東西。所以戰前偵察被他定為金科玉律。面對花剌子模這麼一個中亞大國，他不能不細緻地備戰，敵情掌握不達九成，就談不上用兵，更談不上勝利保證，因為他雖然對他的部屬和兵士擁有至高無上的權力，卻也不能閉著眼將他們往比貝加兒湖更深不可測的大海裡面送。

「察合台！花剌子模鄰國方面情況如何？」

察合台負責派探馬深入花剌子模鄰國偵察，他奏道：「兒臣奉命向花剌子模北方派出探馬，至今還有數十人未收回，他們深入到羅斯、匈牙利、波蘭、奇不察克諸國去了，據初步偵得的情報，以上幾國與花剌子模均無盟約，且歷年相互騷擾，我軍攻打花剌子模，他們很可能會袖手旁觀，看我們兩敗俱傷。」

「那就讓他們坐山觀虎鬥好了，察合台你沒有把羅斯、匈牙利、波蘭、奇不察克周邊的地理環境摸淸楚，沒有像窩闊台派出的人一樣，能夠搞到地形圖、城防圖。派人再探。」成吉思汗臉無笑容，顯然十分不滿。

「是！」察合台汗顏應命。

「耶律楚材！」

「臣在！」

「遠交近攻又是中國兵法的哪一條？」成吉思汗突然問。

眾臣的目光都盯著耶律楚材，以為成吉思汗發現他的智囊在睡覺。故意這樣打岔。

耶律楚材微微抬了一抬眼皮，盯視了成吉思汗一眼，迅即答道：「陛下，可否恕臣不答。」

成吉思汗頓時有所不快，問道：「為何？」

耶律楚材道：「有一位小將想要回答大汗的問題。」

成吉思汗朝耶律楚材身後的御前會議旁聽席上看去，那裡少了一個人。

涉及戰事的御前會議，成吉思汗有特別的制度，除了諸王、諸子、大將、謀臣以外，還要十歲以上的孫子列席。耳濡目染，便是戰爭指揮的最好演練和教導。自從耶律楚材入幕以後，諸子的後人，統交耶律楚材教導，因此凡成吉思汗及諸王子聽到的兵法，諸孫也能聽到，而且由於年輕悟性強，記憶力比起長輩強不知多少。在耶律楚材身後作怪的正是朮赤之子拔都，他見耶律楚材閉目養神，怕耶律楚材出醜，答不上來，所以悄悄伸手拉扯他的衣服下襬提醒他。

「拔都呢？」成吉思汗又問。

耶律楚材道：「他正想回答大汗的問題。」他閃身露出了身後的拔都，他正趴在氈毯上，手中還扯著耶律楚材的衣服下襬。

成吉思汗沒有生氣，他笑笑說：「我的小鷹快起來，你能代耶律楚材大人回答我的問話嗎？」

「大汗問的遠交近攻是戰國時秦國大臣范雎為秦王籌畫的一種外交策略，也就是結交遠邦攻伐鄰國，秦始皇就是靠這一戰略各個擊破，最後戰勝六國，統一了中國。」

成吉思汗喜得嘴都合不攏。他見拔都衣衫寬大不整，不像其他諸王諸子鮮衣楚楚，嗔了一句：「你看你個邋蹋樣。」

「父汗！拔都作為探馬剛剛深入羅斯境內諸國偵察回來，偷跑來參加御前會議，由於在外期間長了個子，一時來不及量體裁衣，所以衣衫不整，這是子臣之過，望乞恕罪。此外不守御前會議列席者不能妄自插話的規章，子臣定當嚴加管束……」朮赤十分惶恐，因為拔都太出格了。這兩樁事都是成吉思汗建立金帳以來聞所未聞的。

成吉思汗把手一揮斥下朮赤。「拔都，你能給我講講耶律楚材大人給你講過的遠交近攻的典故嗎？」

成吉思汗是十分睿智的，他這樣一句，也點明了拔都的智慧來自於耶律楚材，並非天才，就釋了諸將的壓力，因為一個孩子都懂得了遠交近攻的戰略，身為大將如果不懂是很難堪的。

拔都不好意思地藏在耶律楚材身後，不肯上前回話了。

耶律楚材雙手往背後掩去，翹起兩個大拇指，這是耶律楚材特殊的手語，象徵牛的雙角，鼓勵孩子要有雙料勇敢。

拔都鼓起勇氣站起來道：「遠交近攻是秦國一貫使用的策略，秦昭襄王每一戰前必定先和鄰國言和，結為盟友。周赧王十一年，秦伐魏時，先與楚懷王會盟，以歸還原先佔領的上庸作代價；兩年後伐楚，則與魏國會盟於臨晉，以歸還魏國土地蒲坂作代價；九年後伐韓、魏時，又與楚國言和。大汗如果起兵攻打花剌子模，那麼就應該結交遠方的羅斯諸國、奇卜察克、阿蘭、巴格達等國，就會少幾個敵人多幾個朋友。」

成吉思汗不由得擊掌稱好，他暗襯這個耶律楚材果然高明，不但教出了好學生而且為汗國出了好主意。「耶律楚材，你的學生答得對嗎？」

耶律楚材笑瞇瞇地說：「大汗對遠交近攻早已了然在胸，不過是要臣下代天行語，而對於拔都來說則是溫故而時習之。」

「那好，請你代修幾封盟書，分致巴格達哈里發那昔兒，基輔侯等人。」

「臣下明白。」

「布托！」成吉思汗向列班端坐的隊伍中看去。

「臣在！」外事官布托應聲出班。布托在蒙古軍中人稱神秘大探，也是成吉思汗的外事官兼總情報官。他在攻金的戰役中出色地組織了各路情報，確保了攻金戰爭的需要。

「著你組織兩個使團，各挑選珍寶百件，錦緞五百匹，茶葉十封，擇日起程。赴基輔諸國的使團，還要帶上我的小鷹拔都。赴巴格達的使團帶上另一隻小鷹蒙哥（拖雷長子），一定要確保平安。」

布托應聲稱諾。

成吉思汗轉臉又問朮赤、拖雷：「你們有異議嗎？」

「遵父汗令，讓他們去經風雨。」

也許是出於潛意識中的獨立意念，朮赤就像他自己不依靠鐵木真的權力，不依附把自己叫做「客人」的父親鐵木真一樣，他不讓自己的兒子浸泡在優裕之中，同樣要他們顯現蒙古蒼狼的稟性，於是他早早讓長子鄂羅多從了軍，次子拔都一過十歲就撥在軍中餵馬並跟人學掌馬蹄鐵、打製軍刀，此番派探馬深入羅斯諸國，就是跟那個打製軍刀的吉卜賽工匠葉賽寧走的，葉賽寧深目高鼻，懂得波斯語、斯拉夫語和突厥語，是個歸順十多年的善良的老頭，也是大汗的御用工匠之一。他帶了拔都深入羅斯，以吉卜賽人的方式遊歷，並瞭解了沿花剌子模邊境羅斯一方各地的情況。途中拔都也曾二次遇險，是善良的阿拉莎大媽和他的兒子葛利高利幫助了他們，使他能順利地把拔都帶了回來。所以朮赤聽到父汗的決定毫不意外。

拖雷則不同，蒙哥雖然已經十五歲了，卻一直在他身邊，是他親自教習各種武功，乍然得訊要他出使，有點捨不得，但也不甘示弱，因為大哥的兒子早有榜樣在先了。

就成吉思汗來說，此舉也有他非凡的用意，一方面固然是蒙古族固有的傳統，馬背上的民族必須早早地熟悉馬背，早早地成熟為勇士，另一方面，隨著疆域的擴大，非蒙古族的將領和文臣日益增加，那麼以身作則，比什麼命令都來得直接和強烈。他從不姑息和慫恿自己的後代，不讓他們成為紈絝子弟，不能成為戰將的黃金貴族，他只能叫他們成為賤民。

御前會議仍在繼續著。成吉思汗繼續瞭解著各路探馬瞭解到的花剌子模的情報，大到兵力、建制、武備、供給，小到指揮官姓字、兵士情緒等等，事無鉅細，一無靡遺。

沒等到晚上，指派兩個剛剛十幾歲孩子出使的消息已經傳到了各個帳幕。

拖雷的妻子莎魯禾特妮拉著忽必烈，抱著剛剛兩歲的旭烈兀，領著也遂和也速干兩位妃子一起來到了皇后孛兒帖的帳幕中。

孛兒帖見朮赤的妻子沒有來，心中略略感到欣慰。朮赤的妻子是不會來的，她知道朮赤的脾氣，如果背著他來找婆婆，那將會是很壞的後果。她不是不愛自己的孩子，而是相信朮赤的話：「靠餵的蒼狼是廢物，總有一天要餓死，只有讓他們自己捕獵尋找生存之路，才是對他們永恆的愛。」

莎魯禾特妮不願讓愛子遠離。她對婆婆說：「額吉，蒙哥才十幾歲，還未成年，父汗怎麼這樣狠心，竟割捨得下讓他出使巴格達呢？」

孛兒帖變了臉色：「莎魯禾特妮，妳怎麼能這樣說話？如果妳知道可汗九歲時因父親被仇人毒死，從而擔起了保衛全家的擔子，那麼妳就不會覺得十幾歲的蒙哥還是小孩了。」

也遂道：「不過！姐姐，如今不是不同了嗎，成吉思汗家族擁有如此廣大的疆土，蒙哥和拔都怎麼說也是皇家傳人，千里萬里、沙漠戈壁，犯不著再讓一個孩子跟著去受罪。」

也速干說：「是啊！咱們汗國幾十萬人馬，還缺一個孩子嗎？姐姐，您給可汗說一說情……」顯然也遂和也速干是她拉來說情的。也速干那鵝蛋形臉上泛著一層酡紅，顯然她不像也遂那麼潑辣。

孛兒帖嘆了口氣道：「我說服不了可汗。」

莎魯禾特妮情急地說：「難道父汗會這麼狠心嗎？額吉要是不肯，只有莎魯禾特妮去闖殿了。」莎魯禾特妮把旭烈兀往孛兒帖的椅座上一放就要出帳，旭烈兀大聲哭了起來。

「回來！」孛兒帖厲聲喝止。

「如果御前會議決定出征，那麼他的命運是別無選擇的。可汗要誰隨軍，誰就必須捨棄一切。忽蘭已經有榜樣在先了。」

孛兒帖這一句話立使也遂和也速干噤聲了。

她們都記得一二一四年嚴冬剛過，春風剛將春光送上蒙古高原，成吉思汗就向全軍將士發出越過萬里長城，攻打金國的命令。他將右軍的重任交給了自己的長子朮赤，要他率領他的兩個弟弟察合台和窩闊台去踏遍金國全境。那是十分艱鉅的任務，而拖雷隨中軍出征，面對強大的金國，也是第一次命四個兒子統帥大軍，可汗作好了他們有去無還的打算。

「可汗到了愛妃忽蘭的帳幕，問忽蘭出征的準備作得怎麼樣了，忽蘭竟回答說她不想隨軍出征，因為天氣變化無常，她擔心闊列堅的身體。

「可汗不高興地對她說：『忽蘭，妳不是為了與我朝夕相處形影不離才跟隨我身邊的嗎？妳是害怕見到流血的場面而畏懼不前呢，還是憐惜自己和孩子的生命而怯步呢？』

「那時的闊列堅被裝在一個皮口袋裡，由一名忠心耿耿的老僕帶著行軍。可汗不再言語，他默默地走出忽蘭的帳幕。

「闊列堅是可汗最小的一個兒子，老來得子人生大喜，可想而知可汗有多麼喜歡闊列堅了。可是朮赤、察合台、窩闊台還有你丈夫拖雷，四個兒子全部應命出征，如果，此行全部戰死的話，怎麼面對我孛兒帖？最後剩下的只是他和忽蘭所生的闊列堅，將是一種什麼情景？如果闊列堅與其他兒子一樣在行軍的隊列中，哪怕仍然是蹲在那行軍的皮口袋中，最後仍是他一個人倖存下來，那麼與他躲在後方母親的懷抱裡保全了性命會是一樣嗎？可汗一個人待在金帳裡直到半夜，才吩咐侍衛請來了大將沈白和赤老溫的父親，我們的大恩人鎖爾罕失剌。

「可汗對鎖爾罕失剌說：『我年輕的時候被泰亦烏人抓去，是您老人家救了我一命，如今我求您再為我辛苦一次。』

「鎖爾罕失剌自然會為可汗做任何事情。可汗把他思考了一天所做的決定告訴了鎖爾罕失剌，要他去忽蘭的帳幕，抱上闊列堅，送給一家不知姓名的人家撫養。他說：『絕對不能告訴人家這是我鐵木真的孩子。』

「鎖爾罕失剌大驚失色，可汗還是堅定地對他說：『絕對不要告訴忽蘭，也不要告訴我送給了什麼樣人家，什麼樣血統，這天地間只能由您鎖爾罕失剌一人知道』。這就是妳的公公，我們大家的可汗。」

這是一個鮮為人知的秘密，連也遂和也速干兩位妃子也驚得說不出話來。

孛兒帖認為只有這個例子才能說服莎魯禾特妮。

果然莎魯禾特妮沒再說什麼，默不作聲向孛兒帖行了大禮，牽著忽必烈抱著旭烈兀離開了皇后的大帳。

御前會議結束的時候已經是深夜了，鏡子般的圓月掛在中天，遠遠的是不爾罕山黑沉沉的山影，就像一座城牆一樣橫亙在蒙古高原上。千百座蒙古軍帳組成的軍城，亮起了閃閃爍爍的燈火，就像天上的繁星一樣在閃眨著眼睛。

成吉思汗仰天長嘯道：「月兒知我，星星知我，鐵木真不可侮，大蒙古不可侮！」

馬哈木帶回的恥辱，到此時才噴發出來，成吉思汗胸中的火山正在鑄著復仇的長劍。

四　拔劍西向

金帳。

御前會議即將結束時，成吉思汗要作最後決定，所以皇后孛兒帖和妃嬪們也被請來了。

這種名叫「忽里台」大會的會議過去是部落決定一件大事時民主公論的場所，如今已經變成了至高無上的成吉思汗的御前會議，身經百戰而統一了蒙古高原及大半個中國的大汗，已以他戰無不勝，攻無不克的偉勳、無儔無匹的偉大人格力量、及鋼鐵意志使人們心悅誠服地頂禮膜拜。因此雖說是徵求各路將領、宗族首領、近臣諸王的意見，其實是集思廣益豐富和圓滿成吉思汗思索已久的戰略方案，提交大家進一步討論，以使每個人認識到自己和他人的權力、任務和責任。

成吉思汗最後說：「此次西征花剌子模國，遠涉千里萬里，前方的任務很重，留下守老營保護後方的任務也同樣艱鉅萬分，朕決定留鐵木格和侄兒阿勒赤台留守監國，保衛漠北本部，以往遠征都是聖母訶額侖帶領大弟哈赤溫和五弟鐵木格守衛老營，如今聖母已經離去，哈赤溫也不幸病故，重擔就落在你的肩上了。鐵木格你要盡忠職守，朕讓皇后和幾位皇妃留下照管金帳，有事多和皇嫂們商量。」

鐵木格領命。

「耶律楚材！」

「臣在！」

「朕想帶你同行！朕不能沒有你那智慧的腦袋。」

「陛下過獎，耶律楚材當效犬馬之勞。」

成吉思汗接道：「木華黎繼續攻打金國，希望東西兩線能同時奏凱。至於隨行照顧朕，只需忽蘭一人就足夠了，她善騎射，驍勇不讓鬚眉。」說畢轉臉看了一眼忽蘭，她臉上沒有往常有的那種微笑，只有一抹淡淡的憂鬱。

成吉思汗就將結束御前會議了，不料，妃子也遂突然站出來說：「此行西去，高山大川，行歷萬里，大汗怎麼不想想您年事已高近一個甲子，怎麼還能像青年一樣萬里遠征呢？四位皇子均已進入盛年，任一人都可以擔起西征重擔……」

耶律楚材覺得也遂妃子說的是實情，但總覺得她心中不無妒意，因為成吉思汗寵幸忽蘭太甚。

「不！不！面對強敵，不在軍中，決放心不下。年歲雖不饒人，能開弓射虎，還有什麼不能的呢？」

在成吉思汗看來，一生為征服活著，而宰過虎狼，見獅子不宰怎麼能按捺得下英雄之心呢。

他接著說：「就是此行遇上意外，那也是天意，天要亡誰不可抗逆，就是死在了征西途中，也不枉朕鐵騎縱橫一世的英名。」說到這裡成吉思汗似乎想起了什麼，對耶律楚材說：「朕還有一事懸心，曾聽人說過中土有數位異人，龍虎山的張天師、全真教的邱道長，朕希望你能禮請他們來朕的金帳。」很顯然也遂妃子的話觸動了他敏感的神經，他聽他的部下說起過，那些世外高人都是仙風道骨，有著非凡的長壽之方。

耶律楚材應道：「臣下立即去辦，不過邱道長在山東崆峒，張天師在江西龍虎山，路途遙遠，加之大凡高人，心性怪僻，很難說一定應允，需要善言之人禮請，所以陛下切不可操之過急。」

「派人起草詔書，你來辦。」

也遂對於耶律楚材岔出話題甚為不滿，她接著說：「大汗，您常說萬物有生必有滅，大樹千年尚會傾倒，小草一歲也會榮枯，駿馬伴人半生，蚊蚋只過七日。當您天年所假，星光流逝，千秋萬歲以後，像羣鳥般的臣，託誰來管理？嫡出的四位英傑皇子中，應該由何人來當可汗？讓諸子諸弟，以及我們這些軟弱愚昧的女人也知道此事吧！」

耶律楚材聽完也遂妃子這話心中倒覺欽佩了，不能不說也遂目光遠大。如果立儲之事不早解決，那麼成吉思汗此次西征一旦有什麼閃失，那麼蒙古必然內亂，成吉思汗一生心血就會毀於一旦。

成吉思汗也愣住了，半晌才回過神來，他對提及自己的身後事倒也不介意，說道：「也遂雖是女流，話卻說得很對！不論是誰，弟弟們、兒孫們還是宗親大臣們，怎麼沒有一個向朕提起過這事？耶律楚材你這智囊，怎麼也從不向朕提議？你們使得朕忘記決定應由誰來繼承大業，真不知朕何時就會死去……」

耶律楚材噤聲不答。

他知道，這件事不光成吉思汗和他的妃嬪們關心，他的王子也都關心，只有也速干的兒子烏魯赤尚未成年，闊列堅被送在外，不知流落何處。

至於元老重臣，及全體蒙古將士也都關心此事。不過這是皇家的內部事務，不好多言。他作為一個做過金國官員的臣子，雖蒙成吉思汗器重，但對於這件事，有一千個膽子也不敢多言，因為將來面對的不是成吉思汗，而是諸王子和他們各自的軍隊。

成吉思汗道：「也遂說得很對，繼統一事不定，國勢不穩，軍心難安，確已到了必須解決的時候了。等朕問過幾位皇子再作定論。」

事情沒有拖延，看來很簡單的問題，其實很尖銳。只要會議一散就可能生出新的矛盾，雖然有成吉思汗在，諸王不會有決裂的可能，但他連條裂縫也不想讓它產生。成吉思汗暫時中止御前會議，要大家出帳稍息。只留下四子。

眾人出得帳來，心卻還繫在帳中，根據各自對諸王子的認識，認為在諸子當中，成吉思汗最喜愛的是四子拖雷，每次征戰拖雷都是在成吉思汗身邊，指揮中軍。一方面成吉思汗有替拖雷做後盾的意思，畢竟是小兒子，一方面成吉思汗在一旁觀察拖雷的用兵方法和作戰能力，給以適當的指導，把他作為青年將領來重點培養。因而年輕的拖雷跟隨成吉思汗學得了治軍、治國方面的許多東西，成了無可爭議的優秀將領。

成吉思汗對他愛渥尤加。而這種愛並非單純是兩人之間有著這樣特殊的關係而產生的，成吉思汗愛拖雷的勇敢，和他特有的戰爭指揮天才。加上蒙古人有末子繼承的傳統，在汗位繼承方面，自然作拖雷想的人不少。

但認為應該繼承大統的是朮赤的人也不少，因為朮赤立下了赫赫戰功。是汗國四個最大功臣之一，且又是長子。

想歸想，忖歸忖，一切還得看成吉思汗的。

按蒙古舊例，長子有先說話的權利，於是成吉思汗讓朮赤近前，對他說道：「朮赤，你是朕的長子，將來願不願繼承大統？」

朮赤還未說話，性情粗暴的察合台顯得毫無教養地搶先憤憤然道：「父汗為何問他？您是想將汗位交給他嗎？他是蔑兒乞血統，難道叫我們去接受蔑兒乞種管轄嗎！」這無疑點燃了一管火藥。

沒等朮赤爆炸，成吉思汗就喝道：「胡說！」

可是察合台哪裡肯住嘴，傷害的話連串蹦出來。「我母親不是被蔑兒乞人擄了去嗎？後來被叔叔別勒古台救了回來，歸來生下一子，是父汗您給他起了個名字叫客人，父汗，難道您忘記了嗎？」

朮赤無法再忍了，長期以來深藏在心底的屈辱與御前會議的當眾汙辱，燃起的怒火像火山一樣噴發了出來。他憤然跳起身，揪住了察合台的衣領，聲厲色嚴地說：「父汗還沒有表明態度，你敢如此胡言，你除了強硬霸道以外還有什麼本事？我今天與你比賽射箭，你要能勝了我，我就把大拇指剁掉，然後我們死心塌地比相搏，你若擊倒我，我便死在這裡永不再起！」這決不是發狠，這是實實在在的宣言。

察合台自然不甘示弱，他也抓住了朮赤的衣服領子，互相你一拳我一掌地毆打起來。

帳外眾人聞聲紛紛衝入上前勸解，木華黎扯住了朮赤，博爾朮扯住了察合台。木華黎嚴厲地說，「你們兩個究竟想幹什麼？如果你們真要把你們父親偉大的精神糟蹋的話，我和博爾朮不會放過你們，你們實在太不像話了。」

出乎意外的是成吉思汗此時竟一言不發，儘管他內心震蕩不已，他卻保持了片刻的沉默，朮赤的身世儘管是人盡皆知的事，但多年來，這層面紗一直遮掩著，從沒人捅開過，也沒有人敢撕開它。如今為了儲位卻到了撕破臉皮的地步了，難道，歷國歷代帝王圍繞繼統的內亂真的是不可避免的嗎？

老臣闊闊搠思阻在二人中間勸道：「察合台，為什麼你要這樣講呢？當年你還沒有出生，天下你爭我鬥一片混亂，部落與部落間互相攻擊劫掠人質，做人難得安生。你那賢明的母親不幸被敵人擄了去，吃盡了苦，你這樣說傷害的是誰？是你的母親，你父汗當初平定漠北，建立國家，與你母親一起吃下多少辛苦，才將你們撫育成人。你那母親如同太陽一樣溫暖著你們，恩情如同大海深廣。你還沒有報答你母親的深恩卻如此出言不遜地傷害她，你想想對嗎？」闊闊搠思的方法顯然是對的，因為是察合台挑起了爭端，有理有力壓下了察合台也就平息了朮赤的怒氣。

成吉思汗終於說話了：「察合台你聽著，朮赤是朕的長子，你的大哥，今後不許再信口胡言。」

冷靜下來的察合台自知涉及到慈愛的母親，確實失言，自我解嘲地一笑說：「朮赤的勇力和功夫無可爭辯，四弟兄中我與朮赤是大的，都是勇夫，衛國之才，只願追隨父汗為國效力就是了，倒是三弟窩闊台為人敦厚謹慎，可接受父汗的教導，成為治國之才。」

察合台的推舉與對朮赤的攻擊顯然不是一時衝動之舉。儘管方式粗野不文明，但其心地倒也無私。

成吉思汗聞聽接問朮赤道：「朮赤你有什麼想法，不妨說給朕聽聽。」

朮赤並無多少心機，他只是對自己的出身感到一種莫名的惱怒，他坦言道：「察合台已經說過了，我同意便是了。」不過這一塊心病已經深深地種植在朮赤的心中，永遠無法排遣了。

成吉思汗意識到諸子相仇的危險，只怕在自己身後爆發，弟兄寇仇直至國家分裂。於是他非常果斷地說：「朮赤、察合台，你二人決不要在這上頭記仇，在我們面前江河無數，草原無邊，天高地闊，只要想要，你們就可以去佔領它，想當初，我們只一個小小的部落，受盡了強者的欺負，由於團結一心，如今變成了如此強大的汗國，而且疆土日益擴大。木華黎大將，攻下金國，朕就讓他做金國的國王，如果西征大功告成，朕讓你們各守一個封國，去施展你們治國的才能。不過話要說在前面，你二人言行要一致，弟兄要親暱，休得再這樣吵鬧，令世人恥笑，要知道，這個世上因為兄弟失和而喪失江山的不止一例。」

成吉思汗頓了頓道：「朕想知道如果朕指定窩闊台作朕的繼承人，你們有些什麼想法？」

成吉思汗的話令在場諸王諸將眾宗親都感到意外。不少人懷疑自己是不是聽錯了，本來以為是兩位王子爭吵中的胡言，成吉思汗不會當真，可是當成吉思汗再問朮赤時，他們都不得不肯定自己的耳朵沒有聽錯。

「朮赤你在想什麼？」成吉思汗問。

朮赤臉色蒼白，他重又陷入那個問題之中，覺得自己窩囊，沒想到會這樣陷入一個尷尬境地。他回答得很簡短：「如果父汗要窩闊台繼承大統，我一定和察合台、拖雷齊心協力輔佐窩闊台。」

成吉思汗不再注意朮赤的臉色，他相信自己的權力和威嚴，在自己有生之年，兒子們是不敢太過份的，人人都知道大汗的法典是嚴厲無情的。

朮赤說完，他要察合台表明態度，「察合台，你說！」

「正如朮赤說的那樣，我們兄弟團結一致，父汗在世時，我們跟隨父汗，父親百年後我們輔佐窩闊台，如有反叛違令者，我們就將其斬首。如有逃逸者，我們立即追捕。窩闊台在我們兄弟中是最溫厚敦實的一個，這樣的性情才適合做蒙古的統治者，因為蒙古很快就不應靠戰爭立國，而是要靠人才治國了，這一點從父汗重視耶律楚材大人就可以看得很清楚。因此窩闊台做繼承人是很合適的。」

耶律楚材在一邊聽了想：別看他粗，倒也是個粗中有細的人。句句都還在理。

唯一沒有問到的是拖雷了。他是四子，父汗的態度，大哥二哥的態度，都很明了，爭也沒有他的份。他不想多言，可是成吉思汗還是把視線移向了他：「拖雷，你怎麼想？」

拖雷道：「我這個人父汗還不知道嗎，只知道餓了吃，睏了睡，叫我去打仗一定跑得快。此外就沒有什麼大志向了。」他揉了揉紅紅的鼻尖，周正的日字臉上顯露了一副調皮相。

成吉思汗喝一聲：「休得戲言。」

拖雷這才正正衣襟束容道：「我將在父汗指定的繼承人跟前效命，假若他有遺忘的事，我將提醒他，要是他有什麼不明白的事，而我又正明白，我將敬告他。要是打仗出征的話，我一定追隨他南征北戰，像跟隨父汗一樣跟隨他，做一條不離左右的馬鞭。當然我也希望任何時候不要讓我離開軍隊，離開戰場。」

成吉思汗對機敏而又正直的拖雷的回答最為滿意。他認為末子拖雷是最聰明的人。

最後又回到窩闊台身上。他轉而問窩闊台道：「窩闊台讓你繼承大統，你意下如何？」

窩闊台對今天出現的局面顯然覺得很突兀，他掩飾住激動上前施禮說：「承父汗恩賜，承二位兄長抬舉，故不敢推托，雖說自己智力和能力都不強，倒是可以小心去做，努力去學，只恐怕後世子孫不才，不能承繼這偉大的事業。」

窩闊台比起他的兩位哥哥來確實溫敦得多，性情言語都令人接受，可是自己立嗣的事還未定，就談到了後世子孫的事，足顯出他睿智的一面，把後世的事推到前面來說，表明的是自己繼統是不得已而為之的事，而身後還是要還給該繼承的人。這話無論朮赤還是察合台聽了都不會對他起反感。

成吉思汗道：「你能小心行事，還有什麼好說。」

其實成吉思汗對四個兒子，特別是窩闊台的考察早就進行了。從小看到大，一點一滴都在他心中，窩闊台沒有其他三子的那種狂暴性格，他非常溫順慈愛、淳樸老實，為人沉穩，處事謹慎，性格如此，但他有強烈的責任感，所以做起事來雷厲風行，毅然果斷，也不玩弄權術。為此，成吉思汗早早就讓他分管政務。至於朮赤，毫無疑問朮赤是全蒙古最勇敢的將領之一，他的意志堅強如鋼，他勇猛無比、視死如歸，大無畏的鬥志使得他的軍隊所向披靡，這一點常令他驚嘆不已。作為完成他統一大業的最重要戰役，無不有朮赤的血影，全蒙古沒有能與他匹敵的人物。他內心有過矛盾，有過艱難的選擇，是選朮赤呢還是選窩闊台。他拿不定主意，本來是想走著瞧的，也許事情走到那一步就容易解決得多了。可是沒有預料到也遂會在這一時刻提出，也沒想到察合台會這樣發難。誰更合適呢？出於治國的需要，他還是選擇了窩闊台。

當成吉思汗提出窩闊台以後，在場每人才去細細想，才發覺窩闊台確實是個無可挑剔的人選。

在場的人幾乎沒有人有異議。

成吉思汗又對合撒兒、別勒古台、鐵木格和侄子阿勒赤台說：「聖母和大弟合赤溫不在了，眼下還有你們三個弟弟和阿勒赤台侄兒，是朕最親的骨肉，朕今與爾等說明白了，窩闊台將來繼朕之位管理汗國。朮赤、察合台、拖雷三人都會各有封國，自守一方，他們應該信守剛才對朕作出的諾言，但願爾等也幫他們記著。永遠不要忘記。倘若窩闊台的子孫都是『青草包著牛不吃，肥肉裹著狗不理』的東西，就把他們像鹿肉一樣橫切，像老鼠一樣扔掉。缺德少才不能擔大任的人，就不能讓他擔大任。朕的其他子孫中總會有一兩個出類拔萃的，可以繼立，大家要以國祚為重，誰能使國家興旺就選誰繼統，大家都能秉公去私，同心協力自然國家就能代代相繼，他日朕死，也就瞑目了。」

窩闊台聽後講：「父汗聖明。兒臣一定謹遵。」合撒兒等無不應命。

成吉思汗立儲已定，心情十分暢快。當即發令：「哲別、速不台、脫忽察爾！」脫忽察爾是成吉思汗的長婿。「陛下！臣在！」三人出班俯伏聽旨。

「哲別，朕命你為先鋒官，率一萬人馬，十日後起程，為大軍掃清道路；速不台，你帶一萬人馬為哲別的後援，脫忽察爾，你率五千人馬為速不台的後援，你們三人統由朮赤節制，朕率中軍祭旗後立即出征。」

哲別、速不台、脫忽察爾領了王令。

「布托！」

「兒臣在！」

「速派『飛箭諜騎』發出征集令，凡十七歲到六十歲的男丁，不論是蒙古人還是維吾爾人、契丹人、金人、漢人都要他們應召出征，派人去海押力、阿力麻里、維吾爾、西夏諸屬國，要他們出兵與朕會師西征。」

布托領命。

成吉思汗拔出了他那把鏤有鷹徽，鑲有金絲的長劍向西一指。說道：「征服花剌子模！」

眾人齊呼：「征服！征服！征服！」

五　祭旗出征

御前會議開過後到先鋒出征的十天，整個蒙古高原進入了一種整軍備戰的高亢氛圍。

早在攻金獲勝後，成吉思汗頒佈了一系列訓令：召集各路大將要他們把攻伐金國和西遼得到的新的知識，運用的新的戰術，無論成敗，全部用文書記載下來，送交他批閱，然後引進到訓練之中。

他要求拖雷在三個月內，把全部蒙古軍都改成騎兵，吸取金國使用長槍的經驗，將原先使用的短槍摒棄，一律改使長槍長刀，每個箭筒士的箭匣裡要配備金國使用的飛火槍。

為了適應大兵團作戰，成吉思汗下令改變作戰隊形，研究一萬人的騎兵軍團狂飈式的行軍、接敵、交替進攻的新型戰術。此外吸取在金國攻城戰中受到巨大犧牲的教訓，制定了新的攻城戰術，他禮待從金遼兩國擄來的數萬名工匠，請他們加緊製造攻城天橋、雲梯，製作新式武器、飛火槍、拋石機、火炮、突火槍等等。

飛火槍是一種新式火器，為宋工匠發明，用十六層紙捲成紙筒，長二尺，內裝火藥、鐵屑、磁末。綁在矛箭上臨陣點燃，噴火爆炸，然後再用矛同敵格鬥。蒙古軍同金的戰鬥中吃此武器大虧，成吉思汗著人改進後用於箭筒士，成為一種極先進的兵器。

突火槍以南方毛竹為筒，內裝發火藥，及子窠，點火以後母筒將子窠拋出，聲響如炮，子窠爆炸以傷敵人。

大汗的法典規定：除了老弱病殘者以外，所有男人一律集體住進軍帳，或者參加軍事訓練或者去製造盔甲、弓箭；女人們則要織造征衣，放牧羊牛羣、馬羣。他們要把馬兒餵得驃肥體壯，好使戰士有威武的駿馬，因為每個遠征的將士要帶三匹馬；她們要把牛羊兒催得滾圓，因為每個軍人要帶三頭牛的肉乾；她們還要用牛膀胱製做數不清的水囊。

成吉思汗還命布托修建向西的驛站，要求像向南設立的驛站一樣，在每個關隘、要塞，都有接力的據點以便使他獨創的「飛箭諜騎」能在最短的時間內把情報送回金帳，用最快的速度將他的命令傳達到蒙古軍隊駐紮的任何地方。

他要察合台頒佈新的刑法，對偷盜者必須償還三倍於贓物的財產，尤其對偷盜駱駝、馬匹者更為嚴厲，處以死刑，這大約一方面駱駝和馬匹是軍需物品，另一方面，成吉思汗早年在十分貧困的情況下經過苦苦節儉，終於有了八匹馬的家產，可是在一個晚上被盜馬賊偷了個精光，加重了他那個苦難家庭的苦難。所以對偷盜駱駝、馬匹者分外痛恨。對於聚眾鬧事者、酗酒欺負婦女者都有嚴厲的刑律。

雖然大汗還沒有祭旗出征，但誰的心中也都淸楚，西征花剌子模在即。因為一旦出征，所有部隊遠離家園，國內大部分只剩女人和孩子了。只有嚴刑峻法才能穩定社會和軍心。

這一日，「飛箭諜騎」從前方傳來了消息，邊境前哨緝獲了一名花剌子模國的探馬，千夫長巴爾德加將人送往大汗金帳交神秘大探布托審問，布托隨大汗出巡去了，耶律楚材只得臨時擔任審訊官，問出了花剌子模的新動向，為了及時向成吉思汗報告，他想找朮赤請教大汗的去向，以便去尋找。可是他又怕朮赤心情不好，鬧個沒趣，猶豫再三還是抱著一試的念頭去找他。出乎意外朮赤心情不錯，一口答應陪他去找大汗。

耶律楚材想，也許是我特別喜愛拔都，對他愛渥尤加的緣故，朮赤才答應幫忙。

其實耶律楚材並不知道那日深夜成吉思汗已單獨召見過了朮赤。

御前會議雖然散了，朮赤蒼白的臉一直在成吉思汗眼前飄移。

成吉思汗擔心的是朮赤為了這件事說不定要背叛自己，這完全不是杞人憂天，因為傷害太甚了。雖然一人背叛無傷汗國的根本，但皇后一定會痛不欲生，畢竟是她十月懷胎生養的，這也是他不願意看到的局面。

成吉思汗坐在金帳裡，一個人自斟自酌。朮赤應召走進來後，成吉思汗屏退了所有衛士。

他給朮赤倒了一杯酒。遞給他說：「還生悶氣？」

朮赤的臉還那麼蒼白，他不置可否。

成吉思汗對他說：「你是孛兒只斤氏的客人，朕呢？」

朮赤抬起頭來奇異地看了看他那心目中歷來高大無比的父汗，他曾經那麼堅定地認為自己有成吉思汗的血統。然而現實無情地粉碎了他的信心。他確實不是蒙古的蒼狼。他也從不懷疑威猛無儔的父汗不是蒙古的蒼狼，誰要是這樣講，那肯定要吃他一千刀。然而，如今父汗卻親口這樣講。

成吉思汗醉眼朦朧離開金案，走到朮赤身邊，輕撫著他的肩頭說：「你這孛兒只斤氏的客人，朕的朮赤，你還沒有被證明是真正的蒼狼後裔，就像朕也沒有被證明一樣。朮赤啊，前面的路無邊無際充滿苦難，就像朕走過了那麼多的苦難一樣，你去參加戰鬥吧，必須常勝不敗，就像朕也必須戰鬥，必須長勝不敗一樣。朮赤啊，如果你想做蒙古的蒼狼，那麼天下的獵物，就要靠自己的力量去取得，就像朕取得大蒙古帝國一樣。你去取得你的封國和你的人民、土地。」

成吉思汗醉了，但決不是醉話。

成吉思汗的行踪固然是好打聽的，但去大汗所在的阿拉黑兵團的路卻不好走。時令正值初冬，兩場大雪將不爾罕山裝點得銀裝素裹。然而，大雪掩蓋不住蒙古各部落火紅的狩獵熱潮。一路上到處可見圍獵的場面。

有時吶喊聲把耶律楚材的馬兒都驚得奔跑起來，幸好耶律楚材自從入了成吉思汗之幕，跟隨他行動的機會甚多，有時成天離不了馬背，所以騎術大有長進。

朮赤道：「冬季是狩獵的季節，父汗每年這時候總要頒下御旨，舉行大獵。命令駐在金帳周圍的各路人馬作好行獵的一切準備，不論男女老少一概要隨同出獵。」

耶律楚材說：「狩獵是你的職司！」朮赤笑著對他說：「對！」成吉思汗在孩子尚年輕的時候為他的四個兒子各自選擇了一項職司，朮赤掌管狩獵；察合台掌管法典；窩闊台掌管朝政；拖雷掌管軍務。

只聽朮赤繼續說道：「行獵如同戰爭，戰爭是對有言的敵人，行獵是對待無言的敵人。士兵學會如何追趕獵物，捕獲獵物，等於學會如何對付敵人。學會使用自己手中的弓箭和刀槍，學會精深的騎術，還要學會如何配合，和作戰一模一樣！」朮赤越說越有興致，他告訴耶律楚材：「圍獵的時候圈子放得大的有時要圍二三個月，把方圓幾百里內山洞裡、草叢裡的獵物轟出來，慢慢趕到一個預設好的圈子裡，紀律是很嚴的，如果有一隻野獸逃出去，也要追究失職者的責任。因為要想到戰爭，不能有一個敵人漏網。」

耶律楚材不語，他在想，成吉思汗確是一位奇人，他沒有讀多少書，卻能從生活中悟出許多道理，制定自己切實可行的戰略戰術，孫子兵法也好，孫臏兵法也好，無不是實戰的總結，一個身經百戰的大汗，從馳騁草原到攻堅大城高壘，他和他的部下經歷了許多嚴酷的戰爭，只要有心他應該有自己的兵法。

「殿下，大汗身經百戰有沒有自己的兵法？」

「有！是讓統統塔阿撰寫的，每個戰役結束都會有增刪，是父汗自己的心得體會。」

耶律楚材大為感嘆，果然是有自己獨特的兵法的，可敬的是他仍然孜孜不倦地聽他講述孫子、孫臏，講述六韜三略，似乎想把他肚子裡的油水榨乾，而融化成他自己的東西。如此人物不成雄主，世上哪裡還有人啊！

向來寡言少語的朮赤今天興致很高，他不停地說著關於行圍的知識，全然不察耶律楚材的沉默。他們來到了阿拉黑的大營。陣陣歡快的喊叫聲，打斷了耶律楚材的思緒，他們看到了正在練兵場上的大汗。

成吉思汗身揹雕弓，右脅箭壺，腰挎加長蒙刀，長矛插在鞍下，雄糾糾地騎在馬上，他大喝一聲「哪裡逃！」腿下一緊，那坐騎潑剌剌蹄下生煙，向前方飛奔而去。只見成吉思汗擎矛舉槍，取火媒，點著矛尖的飛火槍，轟然一聲巨響，那飛火槍正中目標，隨即起了烈焰，成吉思汗手捷眼快，手起一挑，將草靶挑向空中，隨之傳來一陣歡呼，飛火槍的爆響和士兵的歡呼聲驚起了附近林中的一羣飛鳥，成吉思汗沒有絲毫停頓，取弓在手，張弓搭箭，身子微向後仰，臂力一開，嗖的一聲，飛箭帶著呼嘯射向目標，一箭中鵠，飛鳥搖搖而落，練兵場上又是一陣歡呼。

成吉思汗意猶未盡，他拔出蒙刀，刀光如匹練在他頭上盤旋，殺聲伴著蹄聲，馬似飛箭直趨目標，只見刀光閃動，喀嚓連聲，砍下的木樁頭又在空中被削成碎片，成吉思汗回馬，身子從坐騎上飛起，似大雁斂翅輕輕落地。真看不出已是六十開外的人。士兵們蜂擁而上將他們的大汗抬起，成吉思汗就坐在他們用手臂搭成的擔架上，接受他們由衷的歡呼。

耶律楚材見狀深受感動，無論在金還是在宋，都見不到這樣的將領，森嚴的官制階級早在人與人之間劃上了深深的鴻溝，而身為一國之君，成吉思汗與軍士能打成一片，贏得士兵的愛戴，足見大汗的魅力所在。

成吉思汗看見了耶律楚材，說：「你是來練兵的吧！要不要來試試飛火槍？」

耶律楚材連聲道：「這哪裡是我一介儒士玩得的，陛下！臣有軍情稟報。」

「好吧！孩子們，好好練，花剌子模可是塊硬骨頭啊！」成吉思汗與朮赤、耶律楚材並轡而行。

耶律楚材向成吉思汗稟奏道：「陛下，根據花剌子模的諜報人員供稱，默罕默德得知我軍練兵動向以後，已開始整軍備戰，特別向俄脫拉爾、塔什幹、伯納克特增派了守軍。正日夜加緊鞏固城防，妄圖以高牆深壘阻擋我軍的進攻，根據臣對花剌子模守備特點和我軍各部備戰情況的瞭解，似乎我軍重於騎射馳騁，輕於攻城克堅。如不加強攻城法的訓練，恐怕會在未來的戰爭中吃虧，為此專程前來提醒。」

成吉思汗深以為是，回馬對阿拉黑說：「耶律楚材來提醒你們，要重視攻城法的訓練，要把它放在第一要位，是的，我們將會遇到的最艱苦的戰鬥，將是攻堅戰。」

阿拉黑應命。

號角聲響起，該收兵吃飯了。阿拉黑邀大汗到他帳幕裡去用餐。

成吉思汗搖了搖頭，擺了擺手，說：「朕到士兵的帳幕裡去，跟他們一起吃，怎麼樣？」

耶律楚材又感新鮮。

他們來到了士兵帳幕，揭開了飯蓋，熱氣騰騰卻不聞米麵香，原來是粟米和著野菜作的窩窩，有一盆鹽煮羊肉，如此粗茶淡飯，耶律楚材擔心成吉思汗如何能下嚥。不料見他伸手抓起熱騰騰的窩窩已經往嘴裡送了。

耶律楚材悄聲問：「阿拉黑大人，這……」

阿拉黑說：「為了適應戰時，備戰時以清貧為主，這是大汗的規定，打起仗來幾天吃不上飯，也是常事，所以……」

成吉思汗聽到了什麼，走過來說：「你不習慣此種飯蔬，可以免。」

耶律楚材道：「陛下，耶律楚材雖然不會武功，卻也不是吃不得苦的人，陛下能吃得，臣下還有什麼吃不得的呢！」說完也自動手。

耶律楚材一邊吃一邊想：與士兵同練兵，與士兵同甘苦，與士兵同歡樂，這是這一個馬背上長大的大汗的特殊風範，這樣的領袖怎麼能沒有凝聚力呢，難怪他的人格力量如此雄厚。

確實，短短的一個多月，成吉思汗走遍了蒙古高原各地，他編練的軍隊在最短時間內完成了由步軍全部向騎兵軍團轉變的歷程，頭緒繁複，派系紛雜的圖門在短短的時間內被訓練成了精銳的步調一致的軍團。大汗在他們心中如同草原不落的太陽，無數熱血青年願意用自己的熱血為大汗的王圖大業書寫燦爛的篇章。

鑲金的牛角號響起了莊重的嗚咽。

銀色的王旗飄拂得獵獵作響。

成吉思汗摘下了頭上的金盔，解下了腰間的翡翠佩帶，佩帶搭在肩上，金盔捧在手裡，他向著太陽、向著他的祖先的發祥地不爾罕山，默默地祈禱。

他的身後跪著他的嬪妃和兄弟、子女，王室宗親幾乎都在這裡。他們跟著成吉思汗一起頂禮膜拜他們孛兒只斤氏的祖先。

成吉思汗的胞弟合撒兒開始吟誦祭文：

列祖列宗在上，承眾汗庇蔭，孛兒只斤氏大仇已報，深恨已雪，如今蒙古高原，河山一統。恨西番回酋，蔑視我邦，殺我商賈，掠我財貨，出征平妖，為振國威，為平民憤，列祖列宗，佑我大軍，天感地應，助我全勝。嗚呼哀哉，伏惟伏饗。

成吉思汗三跪九叩，十分虔誠，他是相信長生天和祖先神靈會護佑蒙古子孫的。

從不爾罕山上下來，成吉思汗騎著駿馬來到了金帳前的閱兵廣場上。只見御弟鐵木格把手一揮，頓時從草坡上，林子邊，窪地裡亮起了萬面旗幟，站起了千軍萬馬，一個個百人方陣前旌旗招展，每個百人方隊前面都有幾面軍鼓，百人長就站在軍鼓前面。

十個百人方隊前面有十面大鼓，一列牛角號手，千夫長站在一長列鼓的前面。十個千人隊伍前面有萬夫長率領的重兵，那是由漢人組成的火炮千人隊。在萬夫長的帶領下，隊伍一直排到了天邊。林立的刀矛亮閃閃地放著光芒，這是他的雄師，像一羣羣展翅欲飛的鷹，更像一羣羣磨尖了利爪的蒼狼。

牛角號吹響了，震人心絃。

牛皮鼓擂響了，驚天動地。

萬眾歡呼更是如沉雷滾動。

成吉思汗從隊伍前緩緩走過，廣場前列架著許多新式的兵器，一百支突火槍，三百支飛火槍，此外還有一種名叫飛鎖的利箭，那是宋國工匠發明的，可以同時搭上十幾支箭。瞄準之後，打開鎖鑰機關，利箭既可齊飛，也可連飛，箭鏃擊中目標以後即時爆燃，威力無比。此外還有二百架火炮。

這種火炮又稱拋石機、飛石，炮架上有轉動的炮軸，一端繫皮繩，一端有皮窩，用以放石彈，使用時幾個人拉動皮繩將石拋起，射程可達百步，至成吉思汗西征時，拋石機由於火藥爆炸彈的引入，拋石機已經可以發射火球、毒藥彈和爆炸彈了，此外車炮機動性加強，旋風炮則可以靈活向各個方向轉動。最大一門十三梢炮，能發射上百斤重的石彈，需四五百人拽放。其中有十門是人稱震天雷的鐵火炮。

這是成吉思汗下死命令必須搞到並製造出來的兵器，因為在進攻金國中都時，成吉思汗指揮三路大軍包抄中都，金兵拆毀了蘆溝橋的橋頭，藉永定河湍急的河水阻擋成吉思汗的大軍，成吉思汗只好將幾萬匹戰馬的轡頭連結起來，「連轡為橋」戰馬壅塞了河水，蒙古軍乘機搶渡永定河。金國的都元帥胡沙虎動用這種震天雷和飛火槍封鎖永定河。爆炸聲中，血肉橫飛，使轡頭斷結，戰馬驚奔，一時間死傷狼藉，蒙古軍隊的血流把永定河染成了紅色。

成吉思汗的前鋒精銳遭受了巨大損失。這是成吉思汗一生中的第二次敗仗（第一次是同王罕之間在合蘭真進行大戰，鐵木真也是大敗）。為此成吉思汗要木華黎千方百計搞到飛火槍和震天雷的樣品，要他不管花多大代價也要搞到製造這些火器的工匠。木華黎不孚重望，征金伐遼總共擄了十多萬各式匠人，其中不乏製造這兩種武器的人。以至於現在出師花剌子模，可以用上全新的武器。

成吉思汗高興地撫摸著這些新武器，對簇擁在他身後的諸將說：「工匠都是人才，有他們，朕的戰士們才有好兵器，一定要善待他們。今後一如既往，攻下新城留下工匠。」

諸將應命。

成吉思汗審看了士兵的裝具特別注重每個人是否都帶上了從南宋購來的軟甲。那是多層絲綿織成，用以阻擋遠距離飛箭，即使遠距離中箭也可隨軟甲一同拔出，便於包紮，不致於帶箭作戰。

成吉思汗還檢查了士兵隨帶的兵器，一弓一弩，兩個箭囊，弓作遠程殺敵用，弩作短程殺敵用。每人三支矛槍兩根套索，至於常備軍糧肉乾水囊，針線以及磨箭鏃和矛刀必不可少的磨石等等。

他還查問了每個士兵攜帶幾匹從馬。

司軍需的御弟闊闊出回答說：「每個士兵有三匹從馬。夠三個月的肉乾和乾糧。」

「箭呢？」

司軍備的御弟鐵木格回稟道：「每人備箭二百，箭鏃三百。每個千人隊後備用箭十萬支。箭鏃二十萬枝。每個軍官都配發了宋劍和金刀。」軍備和軍需應該說是比歷次戰爭都充分，這也要歸功於金、遼擄來的十幾萬工匠。

成吉思汗掀動下巴上那把花白鬍子，又理了理唇上那兩撇，眼角的魚尾紋幾乎要美得上耳尖了，他十分滿意地撥馬回到了檢閱台前。他從戰馬上平空躍起，在空中一折身，一式雁落平沙，輕靈地站到了台上，穩得如同落下了一座山，連頭上紅紅的盔纓都沒顫動，頓時全場又一次雷動般的歡呼，他們為他們年已近六旬的大汗有此身手而歡呼。

登上了閱兵台，閱兵台下停著那輛有著高大四輪的巨型帳車，車前插著黑纓大矛，九足白旄纛和九足黑旄纛分插左右，二十一匹駕車的天山龍馬拴吊在拴馬樁上，一色雪白，肌腱鼓突，甚是健壯。遠處還有二十多匹兒馬，都是出生不過兩個月的小馬駒，圈在一處小小圍欄裡，不時發出啾啾的鳴叫聲，大約在喚著牠們的母親，祈求著吮吸甘甜的奶汁。

成吉思汗張開雙手平息如潮的歡呼聲。

兩名威武的蒙古武士各擎著九足白旄大纛和九足黑旄大纛，另一名武士將戰神的象徵蘇魯錠豎在閱兵台前正中。隨著一通鼓角聲，布托領了二十名武士，他們每個人手裡擎著他們那個軍團的軍旗，每人手牽一匹兒馬，走到了檢閱台前，向大汗行了禮。

只見成吉思汗手往腰間一搭，抽出那把鏤有鷹徽，鑲有金絲的長劍向天一指。

布托大聲宣佈：「祭旗開始！」

武士手起刀落，二十匹兒馬的鮮血噴濺到了圖門的軍旗上。

雖然不是二十個軍團，二十萬將士人人都能看清楚的儀式，但見聞者無不驚心動魄。

隨著布托「出征！出征！出征！」三聲連續的喊叫，全場齊聲吼叫，二十個軍團，二十萬人一齊有節奏地擊掌三次，呼喊三次，隨之唱起了出征的戰歌。

歌聲如大海怒濤，洶湧澎湃，鼓舞起蒙古勇士們高昂的鬥志。他們將會如出柙的猛虎一往無前，他們將會如決堤的黃河一瀉千里。

六 殺奔錫爾河

軍旗獵獵，車馬蕭蕭。

二十萬大軍向西挺進，越過阿爾泰山，像是在披著雪衫的大山上覆蓋了一層雜色的氈毯；進入準噶爾盆地，馬羣猶如天邊滾動過來的濃重烏雲、戰士就像漫天落下的飛雁。

宿營在額爾濟斯河源頭，猶如上天在這裡降下了一個繁華的都市。

都市在移動著，軍隊後面還滾動羊羣和牛羣。那既為了追趕草場，也是活的軍糧庫。（蒙古軍隊出入只飲馬乳，或宰羊為糧。一匹牝馬的奶可以供三個人食用。即使沒有馬乳、羊肉，他們還可以射獵兔、鹿、野豬為食，所以蒙古軍隊屯數十萬師不用舉煙火。）

車帳如雲，將士如雨。

二十萬披堅執銳的大軍浩浩蕩蕩向西進發。

「飛箭諜騎」天天都有飛報：

一二一八年歲末派出的朮赤、哲別等的三個圖門士兵，經過兩個月的艱苦跋涉，越過了阿爾泰山、準噶爾盆地，又翻越了天山。已經於一二一九年早春到達伊犁河邊。

朮赤、哲別軍團駐紮在伊犁，一面休整，一面派人偵察，等待大汗的中軍。

成吉思汗率領大軍於初春時節離開母親山——不爾罕山，經過兩個多月的進發，到達天山已是暮春季節了。

儘管已是暮春，天山腳下早已一片葱綠，但四千米雪線上卻還是冰封雪蓋。沿著朮赤和哲別軍開闢的通路，成吉思汗發現初溶的雪中埋著東西，命人扒開，竟是戰馬和人的屍體，一路扒去，盡是僵硬了一冬的戰士和軍馬，還有數不淸的輜重。

原來朮赤和哲別派出「飛箭諜騎」時，不讓他們向成吉思汗報告開闢前進通路的艱苦卓絕。只是報告他們勝利到達的消息。

而成吉思汗從他們開闢的山道兩側看到了已經吃盡肉的戰馬遺骸和戰士僵屍，以及半露在雪地中的大量輕裝簡行拋下的輜重。他已經知道了這支先鋒部隊是何等艱苦卓絕，作出了何等巨大的犧牲。

他覺得朮赤與自己真是相像，即使身上有了巨大的創痛，他也不會嚎叫，只會舔去傷處的鮮血，然後再去厮拚。

他怎麼會不是蒼狼呢，他是一頭地地道道的蒼狼啊！

成吉思汗命令「飛箭諜騎」通知朮赤、哲別就地補給，一方面令大軍加快行軍速度。

司軍需的闊闊出令後續輜重帶上了朮赤、哲別軍遺棄的全部軍需品。

由於雪山阻隔，後續的牛羣和羊羣，就只能留在準噶爾盆地邊緣水草豐盛的地方等待夏日了。

向各地派出徵集兵馬的使者都帶領著浩浩蕩蕩的隊伍匯進了鋼鐵的洪流。阿力麻里的斤（的斤：突厥語可汗子弟專用詞，相當於漢語太子）雪格諾克和海押力的斤阿爾思蘭率所部兵馬率先趕到。

阿力麻里和海押力原都是哈拉魯突厥人，是菊兒汗治理的一個屬國，菊兒汗各派了一個監國與雪格諾克、阿爾思蘭共同治理海押力和阿力麻里。當菊兒汗逐漸衰微的時候，鄰近的侯王起兵造反，鄰國忽炭的蘇丹也起兵攻打她。多疑的菊兒汗一邊發兵征討忽炭，一邊向海押力求援，他有他的目的，如果海押力方面不從，他就可以將阿爾思蘭父親置於死地，把海押力徹底收歸己有。如果他出兵討伐不力，他可以說他對穆斯林溫情脈脈，同樣可以把他除掉。

阿爾思蘭父親的好友沙木兒將軍向他透露了這一陰謀，對他說：「菊兒汗肯定要對你下毒手，你的妻子兒女也肯定要遭殃。替你子女的前途著想吧！我看你不如服毒自盡，以此擺脫這不幸的人生和殘暴的菊兒汗。那時我一定替你說話，讓你的兒子繼承你的位子。」

確實沒有別的逃生之路、避難之所，阿爾思蘭的父親就服毒自盡了。沙木兒遵守諾言，向菊兒汗進言，為阿爾思蘭謀得了繼承權，當然少不了派一名監國去監視他。有一天成吉思汗興起的消息傳到了海押力，長大了的阿爾思蘭再也不能忍受了，他斬了專橫暴虐的監護官，投奔了成吉思汗，受到了成吉思汗的歡迎，對他恩渥有加。

雪格諾克世家則是另一番情景，他的父親俄扎兒是一條勇猛絕倫的好漢，也是一名俠盜，他憑他的勇力逐漸統領了阿力麻里這樣的重鎮，還攻佔了普剌（波斯語「鋼」，在賽裡木湖附近），成吉思汗的宿敵屈出律屢屢發大軍攻打他，使他屢遭慘敗，於是他派一名使者前去朝拜成吉思汗，向他提供屈出律的情報。

俄扎兒獲得了成吉思汗贈給的一千頭羊的禮物。

有一天俄扎兒在自己的獵場上打獵時，被屈出律派出的暗殺隊逮住，把他帶到阿力麻里城門前，向阿力麻里挑戰，並逼迫他們投降。阿力麻里人關閉城門，堅不出戰。屈出律的人就把俄扎兒殺死在城下。

俄扎兒死後，他的兒子雪格諾克獲得了大汗的垂青，讓他繼承俄扎兒的王位，並將朮赤之女許配給了雪格諾克。

另一支軍隊來自維吾爾，維吾爾首領叫巴爾朮阿爾特，他親率所部兵馬趕到額爾濟斯河與巴爾克什湖之間的低地，等待與成吉思汗大軍會合。

維吾爾與蒙古之間有著一種十分融洽的臣屬關係，先前維吾爾曾被西遼征服過。西遼又稱哈剌契丹，是契丹的一支，契丹朝在中國東北被後崛起的女真族推翻，即將滅亡之時，王族耶律大石帶部眾二百人向北方蒙古逃亡，本來他們準備聯合蒙古向女真族報復，但蒙古受到了女真族的壓力不敢助他，無奈只得向西，一直到了吹河之畔（今哈薩克斯坦境內）的東突厥斯坦，趕走了當地的卡拉汗王朝的國王，建立了西遼。

耶律大石死後，他的妻子塔布燕、兒子夷列、女兒普速完、孫子直魯古等相繼繼承。西遼曾有他的強盛時期，也曾征服過河中塞爾柱克王朝和維吾爾。統治過從維吾爾到河中的廣大土地，在這大片土地上過去都是信奉伊斯蘭教的土耳其人所建立的王朝，獨有耶律大石在這裡建立了信奉佛教的國家。

西遼的當今皇帝是直魯古，是一個昏庸無能的人，他向維吾爾派了一名監國大臣，這名監國大臣作威作福，不尊重伊斯蘭，對畏兀兒的首領巴爾朮阿爾特和將領百般凌辱，因此成了維吾爾上下痛恨的對象。

成吉思汗統一蒙古後，巴爾朮阿爾特審時度勢，決心脫離西遼，和東方新興的蒙古建立良好的外交關係，當蒙古出兵征討西遼不斷勝利的消息傳到維吾爾時，巴爾朮阿爾特下令把少監和他的隨從圍困在哈剌火者城（今新疆高昌）的一所房屋中，眾人齊心合力，硬是把牆推倒，把監國大臣和他的隨從壓死在廢墟中。

成吉思汗知道巴爾朮阿爾特的意向後，立即派布托出使高昌城，巴爾朮阿爾特對成吉思汗主動遣使感激莫名，立即派鳥馬兒王子帶領塔兒伯等大臣前去朝拜成吉思汗，得到了成吉思汗的優禮相待。

鳥馬兒王子對成吉思汗說：「我們如同撥雲見天日，如同冰河被解凍，聽到您的名字我們的百姓就歡欣不已，您如有意恩賜，我們希望得到您的金帶、大紅衣，巴爾朮阿爾特願意做您的第五子，為您效勞。」

成吉思汗聽了鳥馬兒王子的話，便要巴爾朮阿爾特親自入朝，他說：「你回去告訴你的父親，朕賜給他朕的女兒，從此他就是朕的第五子，巴爾朮阿爾特可以親自帶了金、銀、珍珠、布帛等等來迎親。」

巴爾朮阿爾特很快成行，滿載榮譽歸去，當成吉思汗的大軍討伐他的死敵乃蠻後裔屈出律和脫黑脫阿時，巴爾朮阿爾特奉命率領武士從維吾爾出師助戰。受到了成吉思汗的嘉勉和賞賜。

而此番接到成吉思汗「飛箭諜騎」傳來的詔書，自然又是迅即點兵出戰——作為屬國依附大國而生存，這倒也是生存競爭中的金科玉律。

對於臣服的國家和人民，成吉思汗照例是優渥有加。這是他自己的律條，至死不變的律條。

這三個小國的支援隊伍人數雖然不是很多，但都是久經沙場的武士，成吉思汗很看重他們，也因為此，在戰場一線多了許多瞭解當地風俗民情、戰場環境和地理特點的嚮導，無疑力量大增。

他們等待大汗的命令，隨時出發。

成吉思汗派「飛箭諜騎」向三位汗王發去了嘉獎令。

向西夏派出的使者則帶來了不好的消息。

使者阿密向成吉思汗稟報說：「陛下，李遵頊（夏國君主）拒絕出兵。」

成吉思汗聽了不由怒道：「他說出什麼理由了嗎？」

阿密說：「李遵頊說……」

阿密吞吞吐吐。

「直說，怕朕受不住？」

阿密鼓起勇氣對成吉思汗說：「李遵頊還沒開口，他的大臣阿夏干布就說：沒有實力就當了皇帝，幹什麼呀！沒有金鋼鑽就別攬那磁器活。李遵頊也對大汗大不敬，他說大汗幹什麼都有癮，搶女人有癮，打仗也有癮！那就讓他自己去好好過過癮吧！西夏可不敢拿鷄蛋去碰花剌子模那塊石頭。」

成吉思汗說是受得住，但還是勃然大怒道：「是的，鷄蛋一樣的西夏，妳怕石頭一樣的花剌子模就不怕神鷹一樣的成吉思汗嗎！朕一定要吃掉妳，一定要讓叛徒知道叛變者的下場是多麼的可悲。」

成吉思汗沒有馬上回兵，他還是忍住了，因為眼下的大敵是花剌子模。西夏應該是下一餐的點心。

當初征夏出於戰術考慮，西夏本是吐蕃系的唐古特族建立的國家，位於蒙古和金國之間，成吉思汗要攻金國，必須通過西夏的土地，否則避開西夏就要經險峻的萬里長城和大興安嶺。

成吉思汗當然不願讓軍隊去冒自然的風險。只要平定征服了西夏，那麼就可以長驅直入地進攻金國。成吉思汗率領了十幾萬軍隊橫越大沙漠，與西夏王李安全決戰於騰格里。西夏軍隊不敵驍勇的蒙古騎兵，不得不求和，於是西夏稱臣，成了蒙古的屬國。

那一戰還有意外的收穫，地處西夏西方的回鶻懼怕蒙古鐵騎的威勢，主動遣使進貢。

耶律楚材對使者帶來的消息作了一番思索後對成吉思汗說：「陛下，請息雷霆之怒，西夏既已成了屬國，為何又拒絕陛下的命令，不派一兵一卒呢？我想這裡不單單是一個抗命不遵，其間還有深一層意思。西夏與花剌子模國相鄰……」

「你的意思是說李遵頊怕朕打不贏花剌子模，他出了兵會有無窮後患？」

耶律楚材點點頭道：「陛下聖明。臣想他是懼怕花剌子模的實力罷了。在他眼裡花剌子模比我們蒙古還要強大，那麼臣想我們更應該慎行。」

「好吧！給李遵頊記著這筆帳，待朕收拾了花剌子模再跟李遵頊算帳。」

大軍過了天山。

春光明媚，高山牧場上綠草茵茵，原野上開滿了鮮花就像鋪滿了織錦的花地毯，大軍就在這美麗的天山南坡稍作休整，等候後續的輜重大隊。

成吉思汗派人加速搜集花剌子模的情報，他要再次核查和摸清花剌子模的戰鬥力究竟有多強，城防工事到底有多堅固。國內到底有多少財力，可以支撐多久。總之他要瞭解一切。

春天，是家畜採食長膘的季節，也是出獵的季節，成吉思汗照例要部隊展開狩獵活動，訓練馬匹，使部隊保持旺盛的鬥志。同時補充食物。這對於基本沒有後勤供應，全靠以戰養戰的蒙古軍隊來說是十分重要的。

十四歲的蒙哥出使巴格達，完成了任務，又作了深入花剌子模的探子。他已經說得一口流利的突厥語了，他帶回來的情報表明：雖然花剌子模集中了四十萬人來抵禦蒙古大軍，但由於這支隊伍是由很多民族、很多成份臨時雜湊而成的，缺乏一個權威的指揮者能夠統率這支軍隊作戰。國王默罕默德僅僅是一個回教的掌權人，畢竟不是全軍統帥。因此用兵佈防很不在行。四十萬大軍數目不小，幾十個城鎮分派了守備部隊，分散去了不少兵力，根據分析，他們可能利用各地都有高牆深壘，展開堅守應敵之策。

成吉思汗嘉勉了蒙哥。

隨即又問窩闊台：「窩闊台，你看花剌子模的戰略戰術利在何方弊在何方？」

窩闊台回答道：「父汗，依兒臣看，花剌子模國如果使用這種戰略對於善於長驅直入，遠途奔襲的我軍來說，是以己之長，擊我之短。短處則是，各自為戰，不能互為奧援，便於我軍各個擊破。」

成吉思汗捻鬚微微笑著點頭，他把頭轉向耶律楚材說：「你看呢？」

耶律楚材道：「據臣看，我蒙古兵將上馬則備戰，下馬則屯牧，國防純屬以攻擊為主，所以從來沒有多少消極的防禦工事；西域諸國的軍事制度，則概為平時募兵，戰時徵集，重視築城，忽略訓練，根據情報看，花剌子模軍無論訓練、編組、裝備各方面都不能同今日之我軍相比。如果分兵鉗擊，使其腹背受敵，那麼就會形成一種精神恐慌。」

「如果周邊國家呼應奧援呢？」合撒兒插言道。

「從探馬軍報的情況來看，基輔羅斯諸國、匈牙利、波蘭等國都自詡老大，各自為政，無唇齒相依共存榮辱的跡象。巴格達已與我軍聲氣相通，木剌夷國與花剌子模之間隔閡尤深，勢難共存。既不能合縱，又不能連橫。加上這些國家信仰不同教派各異，國內重臣懷二心者不少，很難統一外援。所以我國的遠交近攻政策能夠奏效，以使他們隔岸觀火。當然，萬一有幾個國家懼怕唇亡齒寒，不足懼。戰略上作各個擊破，不是不可能的事。」

成吉思汗一一釐析，皆中肯綮。

耶律楚材讚道：「陛下所言甚是，如果花刺子模確以守為主的話，那麼他們必以逸待勞，用堅壁挫銳之策。」

「典出何處？」

「唐武德年間，太宗皇帝率部往河東討伐劉武周。江夏王陪同太宗出征，太宗登城觀敵料陣，對道宗說：敵人恃仗人多勢眾，來激我出戰，你說如何對付？道宗回答說：敵人鋒頭正健，正面出戰，恐難抵擋，難與力爭，不妨深壁高壘，以挫其鋒，烏合之徒，必不能持久。久攻不克，糧草致竭，自當離散。可不戰而擒。」

「好，唐太宗此計不妨教給花刺子模的默罕默德，他不也要以深壁高壘，以挫我軍之鋒嗎？好，讓他等待朕的這些烏合之徒，久攻不克，糧草致竭，自當離散吧。不過朕的戰士決不會不戰而擒的。哈哈哈哈！」

蒙哥見爺爺高興，不由插言道：「爺爺，他們真的是想以堅固城堡以逸待勞呢！」

「朕避實就虛可否摧之？」

蒙哥當然答不上來。

耶律楚材接道：「臣想應該可以！不過臣的想法來自兵書，不見得與戰地實情相同，所以不足為訓。」

「不不，很好很好，你只需要告訴朕兵法兵書上的典故，就如同為朕擺開了一個戰場。」

出征以來，成吉思汗沒有一天不同耶律楚材論兵談戰，而且每次總要將諸王諸子拉在一起聽他們對談。大家都獲益非淺。蒙哥是難得聽一次，一聽就入了迷。他悄悄地對他旁邊的伯父窩闊台說：「耶律楚材大人真是一個無所不曉的聖人。」

窩闊台輕輕地扯著他的耳朵說：「那就好好聽！好好學！」

窩闊台是這樣說的，心中何嘗不是充滿了欽佩呢，統統塔阿為父汗整理的兵法他讀過，因為許多戰鬥是他親身經歷過的，但耶律楚材知道的兵法如此豐富，幾乎每一行每一動都可以從兵法中找到戰例，使人感到浩翰得像海一樣取之不盡，用之不竭，真是神聖。也幾乎是在這時候，他已經認定，將來繼承大統以後，宰相非他莫屬。

面對著「飛箭諜騎」報來的各種情報，細察著簡陋而詳盡的手繪花剌子模地圖，成吉思汗不停地作各種假設。

由於各路人馬均已到位，成吉思汗決定立刻進軍。

「朮赤！」

「兒臣在！」

「你率第二軍，作為右手軍沿錫爾河向西北方向，先至昔格納克、阿色那斯，然後拿下氈的城。」

「兒臣謹遵父汗帥令！」

朮赤出帳去了。「察合台、窩闊台！」

「兒臣在！」

「爾等兄弟二人率第一軍直撲俄脫拉爾！」

這是此次西征主要復仇目標。所以用兵分外加重份量。

成吉思汗說：「朕將三十門火炮，一百支飛火槍調給你們。」

「阿拉黑、速客圖、托海！」

「末將在！」三人出班答應。

「第三軍由三位帶領，為左手軍，帶五千人馬順錫爾河東南攻打伯納克特、浩罕等重鎮。」

「末將遵命！」

「拖雷！」

「拖雷在！」

「朕命你率領第四軍帶三萬人馬，渡過錫爾河，直趨布哈拉，切斷撒馬爾罕城與各戰地的一切聯絡，特別是不准放過一兵一卒去增加你諸兄的負擔。」

拖雷應命出帳。

成吉思汗長長地吐了一口氣，他的眼睛又回到了那張地圖上，他眼睛所盯視的地方，正是哲別所去的方向。

哲別和速不台軍早已經南進了，他們奉命從伊犁向南經疏勒折向西北至特爾密，主要任務除了拿下這幾個重鎮外，還要負擔切斷南邊阿富汗、呼拉商、木剌夷可能有的援軍。其實深層的意義在於給默罕默德一個錯覺：蒙古大軍從撒馬爾罕側後包抄，使他不敢把全部力量放在撒馬爾罕正面。

作戰部署隨著帥令飛向四方，四路人馬幾乎同時殺向錫爾河。

然而，就在中軍出動的這一天，天上突然彤雲密佈，西風烈烈，居然紛紛揚揚下起了鵝毛大雪，本該是百花爭艷的季節，突然下起這麼大的雪花，原野上的綠草紅花不見了，只有縞素一片，成吉思汗的心一下子沉了下來，似乎有百斤重的天山石壓在他的心頭。

雪紛紛揚揚地下著，不出兩個時辰就積雪盈尺。

成吉思汗急召耶律楚材，快快不快地對耶律楚材說：「時當六月，本來該是天氣炎熱，為什麼倒下起雪來了呢，朕看這不是好的兆頭。假如上天是因為這場戰爭不合時宜而下雪警示的話，朕可以停下來，退回不爾罕山去。」

耶律楚材說：「陛下休要生疑，夏日地熱，驟遇北極天風，陰陽交合，化作雪花，如果下在我國疆土，這是不祥預兆。然則這是下在花剌子模的國土上，一片縞素，豈不是兆徵花剌子模將亡嗎？」

成吉思汗聽畢大喜，道：「你說天向朕預示，這是勝利之兆？」

「是的，是聖戰必勝之兆！」

成吉思汗再一次拔出他那鷹徽佩劍指向西方。

殺氣騰騰，連閃電也不敢向前邁進！

霹靂也不敢大聲佈道。

天變藍，地變黑，金鼓齊鳴，士馬喧鬧，大海沸騰，原野震動，他的劍指向城廓，怒濤便捲向罪惡之地。

默罕默德已經幾次更改他的戰略部署了。

當他聽到成吉思汗真的發怒派兵來襲時，他倒並不害怕。他似乎胸有成竹，因為在此以前他畢竟是一個打了許多勝仗，統一了許多小國，壯大了花剌子模的君主。

為此他作了第一個戰略調整，提出把大軍集結在錫爾河岸，在那裡迎擊蒙古軍，趁其長途行軍，人困馬疲之機加以攻擊，以這種以逸待勞的方法戰而勝之。

接下來由於得到消息，蒙古軍隊一路遊牧而來，不緊不慢地前進，全無長途奔襲之意，既不是人困，也不是馬乏，反倒因天候照應水肥草美，戰馬養得膘肥體壯。於是改變戰略，用誘敵深入的方法，將軍隊調至托蘭斯奧克沙那，在那裡利用熟悉的地形消滅來犯之敵。

而此時哲別部由疏勒取道小國拔汗那進襲錫爾河南岸，撒馬爾罕知事托蓋感到了側背受壓，非常惶懼，於是讓托爾罕提議將原來防守錫爾河的軍隊調至拔汗那。

默罕默德在母親面前顯得毫無主見，很快改變了想法順應母親的意見。

此時又有文臣提出，與其固守最後讓人甕中捉鱉，不如調集大軍在運動中殺敵，直退到哥疾寧一帶，興都庫什山脈（今阿富汗境內）可以阻擋蒙古騎兵。一旦有危，還可以退到印度去。等蒙古人風捲殘雲走後，再回來重頭收拾舊山河。

將相意見相佐，上下不能一心，以致方案屢定屢改。最後默罕默德還是轉而採用第一方案，將軍隊集結在巴里黑一線，以撒馬爾罕為前沿，命令在撒馬爾罕修築十二法魯撒克（一法魯撒克為七公里）長的城牆。但是一年裡向百姓增收了三次捐稅也沒能把牆修得像想像的那樣寬那樣長。

顯然，哲別軍的進攻是成吉思汗佈下的誤兵之計。

哲別向花剌子模鄰近的屬國拔汗那進軍，引得默罕默德將錫爾河防線的軍隊調向拔汗那，等錫爾河空虛之時，成吉思汗指揮的察合台和窩闊台的大軍即出現於錫爾河。

成吉思汗的決心已經明顯，先取各處城堡，各個擊破，而自己和拖雷帶領中軍直撲布哈拉。

布哈拉的地理位置決定了整個戰場佈局。

布哈拉位於新都撒馬爾罕和舊都玉龍傑赤之間，攻下此城便可以切斷兩都之間的一切聯繫。

默罕默德明白成吉思汗大軍作戰意圖時，俄脫拉爾已經被圍了。

俄脫拉爾守將便是那個殺了成吉思汗商隊四百四十九人的劊子手叶納勒朮。他率領步軍三萬人，仗著內外城守備嚴密、糧儲充足、城防堅固準備死守待援。

默罕默德為了加強俄脫拉爾的防守，他又增派了一萬騎兵令哈拉扎將軍率領，趁成吉思汗軍包圍尚不緊密，趁夜入城，加強俄脫拉爾的防守。

叶納勒朮要求俄脫拉爾知事巴多魯．艾丁，動員所有民眾上陣。巴多魯．艾丁的父親和叔父都是俄脫拉爾的官員，當年默罕默德佔領俄脫拉爾時，曾反抗默罕默德佔領，因此被默罕默德處以極刑。

巴多魯．艾丁嘴上雖然答應，心裡卻在盤算如何能脫離這場災難。

當晚，巴多魯．艾丁從排水暗道潛出城去，代表市民向察合台和窩闊台投誠。要求城破之日千萬不要向百姓開刀。

由於巴多魯．艾丁知道很多花剌子模的內情，知道默罕默德與他母親托爾罕之間的矛盾和鬥爭，以及城內軍情，所以察合台和窩闊台，火速將巴多魯．艾丁送到了中軍，交給成吉思汗審理。

耶律楚材在審理了巴多魯．艾丁提供的情報後，向成吉思汗作了報告，並代巴多魯．艾丁提出了要求：不要毀城，不要屠殺百姓。

成吉思汗答應了巴多魯．艾丁的要求，並下令各部，凡是不抵抗的城市一概不毀滅，凡不抵抗的百姓一律善待。並派「飛箭諜騎」迅速下傳。

叶納勒朮得知巴多魯．艾丁出城投降，隨即抄了他的家，殺了他的全部家人，以示警誡。並立即關閉所有下水暗道。

由於巴多魯•艾丁的投誠，察合台和窩闊台對俄脫拉爾內外城的結構佈局瞭解得更詳細了，然而，成吉思汗大軍圍而不攻。

察合台和窩闊台軍圍城之後，每天只作攻城演習，弄得守軍，精神異常緊張。如此，每日只在天濛濛亮的時候，吶喊聲四起，號炮聲轟鳴，旗幡招展。攻城雲梯車轔轔滾動，等守軍匆忙上了城頭，則又掩旗息鼓，悄無聲息。到開飯時節，又如此，十幾天下來，弄得俄脫拉爾守軍吃不好，睡不好，疲於奔命。

此時又不斷有人傳進消息來，一會兒是這裡被攻克，一會兒是那裡被屠殺，八兒真城失守，氈的城被圍；速格納黑城因殺了蒙古勸降使者並抵抗七晝夜，城破後，遭到屠城的懲罰；過幾天又傳來布哈拉方向賽爾奴克城被圍困……人心惶惶，不可終日。

這都是察合台和窩闊台故意傳進去的消息，他們要使俄脫拉爾城內的軍民精神崩潰。

有一天早晨，守城的士兵們醒來，突然發現，城外平坦空曠的原野上突然出現了許多小山包似的石堆。他們詫異這一夜並未聽到什麼動靜，難道是神祇所為？他們忙報告給叶納勒朮。

叶納勒朮慌慌張張奔上城頭，從那裡舉目眺望，一副料想不到的景象，使他幾乎吃驚得站不穩自己頓時變得虛弱的身子。

他們怕懼的這一天終於到來了。

他看到城外有一片洶湧似海洋的雄師勁旅，披甲戰馬的嘶叫，長列如牆的騎隊，整齊的軍容十分威嚴。

作為進攻信號的是一聲巨響。那是二百多人的怒吼，他們齊吼著拉動拋石機上的皮索，將一塊百多斤重的大石射進了城，落在了將軍府前的廣場上。

七　進軍布哈拉

成吉思汗騎在駱駝上，身後是他的愛妃忽蘭，在他們兩人身前身後的是一眼望不到頭尾的軍隊。

當朮赤軍攻克速格納黑；哲別軍進入拔汗那；阿拉黑等將領率第三軍圍住伯納克特時，他便和拖雷率領主要由突厥人和一萬宿衛組成的本軍迅速渡過錫爾河，向布哈拉進軍。

在這黃沙萬里的大漠中，要不是還有著這些生龍活虎的戰士，那麼這一片蒼涼死寂，不知會把他的心情壞成什麼樣。他轉過臉去想同忽蘭說幾句話，可是忽蘭一如既往地沉默著，彷彿她心中也有著這麼一片黃沙似的。

他想問忽蘭那天說的那句話，她說要向他說一件事的，然而，千里萬里都走過來了，她還是沒有開口講。她說一定要等到神附在她身上，讓她講時她才會告訴他。

忽蘭的騎射本領也是很高強的，不愧是巾幗英雄。出征以來她負責代表大汗對部隊作宣慰，也是忙前忙後，只有到了宿營時她才回到成吉思汗的帳幕。成吉思汗感覺到她在逃避著什麼，似乎在減少他們之間相處的時間。他意識到了為的是什麼，畢竟是夫妻，總是有靈犀相通之處的，他並不急於點穿。因為戎馬倥傯，無暇顧及兒女私情。或許行軍的間隙可以溝通，但軍情隨時如火，說不明白反倒擾人。於是他催動坐騎向前奔去。

克目勒沙漠不是很大，但必須穿越過去才能到達布哈拉。

「飛箭諜騎」馳報，在他們馳向布哈拉的途中要經過一個名叫扎爾納黑的小城，現在已經在大軍的馬蹄前了。

戰士的刀矛已經舉起，只待大汗一聲令下。

耶律楚材用鞭抽打他騎的那匹駱駝，趕到了成吉思汗和忽蘭的跟前：「陛下，扎爾納黑是個小城，大兵壓境，如巨輪壓卵，他們不會不懼憚，如果曉以厲害，我想或許可以兵不血刃。」

成吉思汗望了望正欲啓齒的忽蘭，點點頭道：「正合朕意！忽蘭妳說呢！」顯然成吉思汗有意想提高忽蘭的情緒。因為這一路行來她沉默的時間多於開口。

忽蘭說話了：「耶律楚材大人，速派達什曼作使者前去降諭。就說我等是天之子的回教徒的擁護者。遵照蒙古可汗的命令前來拯救你們，大軍已經兵臨城下，倘若不趕快投降，稍作抵抗的話，必將城堡、房屋夷為平地，如果歸順，那麼可汗將保全他們的生命財產。」

扎爾納黑的臣民見戰騎嘶鳴，確塞四野，馬隊揚起的沙塵把半邊天空遮得烏濛濛的，如同世界末日來臨一般惶懼不已。

他們緊閉城門，紛紛拿起了刀槍。他們想抵抗，但已經感到是以卵擊石了，城內不足千人的隊伍無論如何是不夠塞這羣蒙古野狼的牙縫的。

成吉思汗按兵不動。

達什曼單騎近前，到了城門下叫陣，讓扎爾納黑的知事出來聽話。

知事是個回教長老，穿著黑袍，裹著白袱包頭，從城牆上下來，出城後右手按胸向達什曼行禮。

達什曼按忽蘭的話宣示一遍。

知事聽後說：「尊貴的使者，我心中已經明白貴軍的來意，可是我怕我回去解釋不清，能不能請您進城去跟我的城民宣布？」

達什曼見知事已經被說動，便應允道：「我可以入城去向大家作解釋。」

進得城來，守城的士兵圍了上來，還有許多協助守城的民眾。知事先講了個大概，介紹來者何人，接著由達什曼宣講，他又重複了一遍忽蘭的話，告誡居民要避免可怕的災難，唯一的辦法是不要抵抗。大部分人掂量掂量覺得不抵抗為妙，可是也有一些人，覺得束手獻城太沒骨氣，於是抓住了達什曼，高喊著：「大家不要怕，蒙古人不是三頭六臂，不信我們把他的腦袋割下來看看是不是肉長的。」

達什曼很生氣，他大喝一聲說：「你們這些人風沙吃多了昏了頭是不是，我是什麼人，我是穆斯林，是一個穆斯林的兒子。為討真主的歡喜，我奉成吉思汗令出必行的詔命，出使來見你們，為的是要把你們從毀滅的深淵和血海中拯救出來。我可以告訴你們，來到扎爾納黑城外的正是成吉思汗本人，他率領著望不到邊的鐵騎。戰火就在你們的眼前了，如果你們有絲毫反抗，一個時辰內扎爾納黑城將被大軍的馬蹄踩成平地，原野將成血海。可是你們如果明智，聽從忠言相勸，恭順地服從他的命令，那麼你們的生命和財產將得到保障。」達什曼幾乎是一口氣說完的。一方面為了自己，一方面也是為了扎爾納黑。

知事對他的城民和戰士說：「扎爾納黑人都聽清楚了嗎，你們靠你們的雙手能阻擋奔騰的沙暴嗎？你們靠你們的雙腿能壓得住地動山搖嗎？要想使我們大家不成為馬蹄下的肉糜，那麼只有放下武器祈求和平。」

扎爾納黑人不分貴族還是平民，聽了他們兩人的話都覺得在理，他們不再拒絕他的忠告。

達什曼說：「選擇和平是有好處的，接受勸告一定有利，如果你們願派人跟我去見大汗，那麼就請快些準備。」

百姓的情緒終於穩定了下來。他們初步打消了反抗的念頭。

這時人羣中有人喊：「如果我們放下了武器，他們反悔，再殺我們，我們怎麼辦？難道讓我們像笨羊一樣，把腦袋伸到屠夫的刀下去嗎？」

有人這樣說，大家也自響應，出自小心，他們要派代表親見了成吉思汗再放下武器。

扎爾納黑的首領們經過短促的商議，決定遣使賫禮進獻。

當達什曼領著城民代表來到成吉思汗跟前時，成吉思汗已經等得不耐煩了。他大聲責問：「你們的首腦和紳士為什麼遲遲不來見我？達什曼你再去一趟！」成吉思汗威儀凜凜，身後士甲步馬，旌旗獵獵，金鐵交鳴，單是那些戰馬噴鼻的響聲，就使得那些人害怕得伏在地上顫抖，不敢抬頭仰視。城裡的首腦們很快跑來了，他們不知從哪裡聽來了蒙古的禮儀，必須親吻馬靴，於是一個個走到駱駝跟前親吻了成吉思汗的馬靴尖。

成吉思汗見了這些表示願臣服的城民一下就消了氣，他溫顏悅色地撫慰他們說：「朕免你們死罪，都站起來說話。扎爾納黑城的一切人，不管他是官員還是戴頭巾的百姓，不管是男的還是戴臉罩和面紗的女人，都到郊外去，用來抵抗朕大軍的城牆必須拆除。男丁要跟軍隊走，其餘的人一律回家安居樂業。」

扎爾納黑城就這樣兵不血刃拿了下來。城牆被強行拆除了，夷為了平地；士兵守約沒有傷害平民，保留他們日常生活用品，種地、放牧必不可少的農具和牛羊都留給了他們。房屋也沒有縱火焚燒，青年人被編入了軍中成了成吉思汗的士兵。不過按蒙古人的慣例，軍隊在城裡大肆搶掠了三天，一切值錢的東西全被洗劫一空。

然而，這對全靠以戰養戰的蒙古軍隊來說，讓他們不搶掠幾乎是等於對狼說：你不要吃肉。沒有武力攻城而是以曉諭為重，這已經是開化的表現了。

耶律楚材為扎爾納黑的和平解決感到高興，他領了荷壺簞漿來勞軍的居民到了成吉思汗面前。

成吉思汗問他們說：「蘇丹每年向你們收取多少賦稅？」

知事如實稟告：「每年收常賦一千五百的那。」

成吉思汗道：「今年交了沒有？」

「要到秋末！」

成吉思汗道：「從今天起你們就是朕的臣民了，你們不用等到秋末，也不用再向蘇丹交納賦稅了，就用現金支付用作軍費。怎麼樣？」

知事哪敢說個不字。當即撫胸致禮允道：「向真主起誓，一定照辦。」城中已經劫掠一空，每家各戶只得拿女人頭上項上手上的首飾作為現金，但是還是湊不夠數。

知事不敢說由於士兵劫掠而無法交清，交上首飾後只懇求寬限，他們用全城人性命擔保，一定會把餘款交齊。

成吉思汗答應了他們的請求，當即將該城命名為「忽都魯八里」，意為福城。

拖雷的部下找到了一個嚮導，那是個突厥人，他是扎爾納黑城牽駱駝的窮苦人，他要參加成吉思汗的大軍，他說他知道一條穿越克目勒沙漠的捷徑。這是一條只有少數拉駱駝的人才知道的小路，最近的一個城鎮叫訥兒城。

拖雷派塔亦兒千戶率主力在前開道，在嚮導的帶領下果然很快到達了訥兒城。

嚮導在路上對塔亦兒講了一個訥兒城的故事，他說：從前訥兒城有個藍眼睛的婦人，是她修建了訥兒城的高大城堡，而且藍眼睛的眼力特別好，敵人要來進攻的話還離幾里遠，她一眼就能測出來，城裡的人便作好防禦準備，所以總能打退敵人。一連幾次勝利，使得藍眼睛有「神眼」之稱。後來敵人之中也有能人，想出了一個法子：

讓軍隊砍伐一批樹枝，讓每個士兵都舉著一棵樹枝前進，這一下藍眼睛看不準了，她驚呼道：「出了怪事了，怎麼有片林子在移動？」她的士兵說：「是不是妳的神眼出問題了，樹林怎麼會走路呢！」他們放鬆了守備，使得敵人偷襲得以成功。藍眼睛也在那一戰中陣亡了。

這故事啓發了塔亦兒，他也想趁敵不備一舉攻城，於是，他命部下砍伐樹木做成梯子。派了一小隊精兵，將梯子綁在馬上，裝成商旅模樣，而本隊遠遠追隨，隔了里把路。由於行軍速度放慢，加上天色已晚，守城的人遠遠望去以為是商旅，讓他們靠近了城根。準備盤問一下，再放他們進城。

城裡雖然沒有了藍眼睛婦人，沒有了神眼，但有警惕性的人還是有的，城上有個士兵放了一個照明的火球，他突然看見了遠處黑壓壓的一片，他想會不會又是「會走路的森林」，果然有人馬在快速行動。

那是塔亦兒以為前鋒被識破，怕他們吃虧，於是趕快飛騎馳援。

城下守門的衛兵剛剛打開了一條門縫，就聽城上驚呼聲四起：「黑韃靼，是黑韃靼，不要開城門，不要開城門。」

塔亦兒的士兵合力衝擊城門，但是由於門關得太快了。只能眼睜睜看著機會喪失。

塔亦兒的棗紅馬潑刺刺衝近城門。身後箭筒士已經列陣，曲腿彎弓，箭已經搭在了弦上。

塔亦兒一撥馬首，在先鋒小隊面前兜過，一揚手喊聲「撤！」先鋒小隊扔下梯子，回馬便走，十幾人脫離了險境。像十幾支箭一樣轉眼就消失在了夜色中，接著箭筒士也溶沒於深墨色的黑暗中。

訥兒城城門緊閉。

城上的人都讓這來去似風的隊伍驚呆了。一個個都在懷疑自己的眼睛。

然而，城門口的梯子卻是那支隊伍留下的，是實實在在的物證。

塔亦兒退軍五里就地紮營，派「飛箭諜騎」向拖雷報告了進軍情況。

當晚從成吉思汗宿營的地方又有「飛箭諜騎」回來，成吉思汗的聖諭要塔亦兒仍用扎爾納黑的辦法，盡可能也還是要兵不血刃。

當晚，「飛箭諜騎」傳來最新戰報，速不台的軍團前鋒也已經逼近訥兒城。

成吉思汗命令拖雷將解決訥兒城的任務轉交給速不台部，而讓中軍向布哈拉加速前進。

朮赤率領兵馬逼近速格納黑，他沒有忘記耶律楚材私下對他說過的話：大汗將把他所去的西方疆土作為他的封地。因此如何對待即將成為自己臣民的百姓，是將來能否很好管理封國的大事。

朮赤對此不以為然。他不關心父汗是否給他封國，他從沒想過去繼承整個汗國，何論封國呢？

他所在心的是什麼？

他所在心的是他的血統。

是那樣地困擾著他的血統。

不過對於戰爭他有他自己的看法：

——戰爭怎麼可能沒有殺戮？戰爭本身就是殘酷的，沒有殺戮就不可能有勝利。

——敵人不可能自動放下武器，你不殺他他會殺你。你殺他才能保存你自己。仁慈就只能回家奶孩子。

過去敵人就是用刀劍這樣教訓他的，為此付出了不知多少血的代價。他知道耶律楚材是好意，但他有他自己的鐵的定律，那就是成吉思汗的法典：反抗者必死，反抗的城市必定毀滅。這是不可改變的信念。作為將領對敵人尤其不能存仁念。如存婦人之仁必受其害。當然，他不會毫無道理地去殺戮手無寸鐵的平民，他認為一個強者殺一個沒有武器不會武功的平民是強者的恥辱。

他派哈桑出使先行，哈桑是父汗的好朋友，作為回回商人，他早就歸順了大汗。不過他畢竟是這一帶的望族，在這裡的每一個城市裡都有許多朋友。所以成吉思汗出師也將他帶來，同行的還有他的家眷妻子兒子和孫子。

哈桑先行一步，他傳達完朮赤太子的命令以後，去會見老朋友，想進一步說服他們，早些投降，好保全性命和財產。然而，就在此時，城裡有一些不知死亡就要臨頭的人，高呼著：「真主偉大！」、「殺死叛徒！」的口號來捉拿哈桑。

領頭的是穆可馬龍，這個自以為是的人，以為自己是民族英雄，以為自己領導了一場聖戰，殺死哈桑一定能獲得默罕默德的巨額賞賜。他煽動起城民，活活將哈桑打死在了城內的廣場上。這個愚不可及的穆可馬龍，他並沒有強大的軍隊，只憑著一羣臨時起鬨的烏合之眾，揮舞著只能用來械鬥的鐵杖棍棒，要保衛他們的城市。他們不知道他們用哈桑的死關上了本來開著的寬恕的大門。僅僅因為一時的衝動和激忿，僅因為拿哈桑的生命出了心中的惡氣，而幾乎將他們和城裡所有人的性命作了不可贖回的賭注。

他是雷，他是火，朮赤暴跳如雷，朮赤怒火衝天。

他將旌旗直指速格納黑。

也許知道末日來臨，也許認為不拚是死，拚也是死。速格納黑城裡的軍民下定決心作殊死拚搏，以此捍衛自己的尊嚴。除了戴盔披甲的士兵，那些穿著白色長袍的城民拿起武器擁上了城牆。城牆上像飄來了一大片白雲。

朮赤的軍隊從早到晚輪番上陣作戰。一連進攻了七天七夜。

這種勇猛的攻勢令速格納黑城軍民為之震撼不已，城上的白袍已經不見了，代之以一片血紅，雙方都被仇恨和憤怒燃燒得兩眼發赤，蒙著血影的眼中，天和地都是一片血紅了。速格納黑城的軍民，只是機械地揮動著刀斧，他們近乎麻木地重複著殺人的動作，困獸猶鬥，不管是不是有敵人在他們眼前，他們都不停地揮舞著兵刃。

城堞上、城牆馬道上到處都是死屍，城民的、朮赤軍的，使得本來就很高大的速格納黑城牆高出了二三尺。

速格納黑已經無力可守了。

速格納黑已經無兵可守了。

朮赤軍像濁浪一樣還在一個浪頭一個浪頭捲來。

速格納黑終於陷落在血的海洋之中了。

朮赤站在城牆的廢墟上。

他臉色鐵青，沒有勝利者的驕矜和喜悅，只有著一種悲壯感和莫名的仇恨。

這一戰太慘重了，他丟失了幾百名士兵。這可都是他從家鄉帶出來的最優秀的士兵。由於哈桑的死，由於憤怒，使得他失去了戰場上戰將應該保有的理智。他沒有估計到看似文弱的城民會比軍隊更拚命。

他十分心疼，因為在他手下能征慣戰的戰士是他的無價寶。前面還有許多仗要打，還有許多城市要去攻取。在這樣一個小城損兵折將應該說得不償失。

他那瘦生生高顴骨的臉上一絲血色也沒有，只有那雙眼睛在噴著火。他一隻腳高高地擱在殘石上，那些殘害哈桑的，看著穆可馬龍他們行兇的人們，以及抵抗了七天的士兵們，一個個五花大綁著如同一隻隻趕赴殺凳的牛羊，他們不情願但又不能不在朮赤的面前跪下他們的雙膝。

哈桑的屍體就停在廣場上，他躺在一輛賣貨的平板車上，四周已經擺放了一顆顆血淋淋的人頭。

朮赤用敵人的頭來祭奠父汗的好友。

突然，有人撲到了朮赤的腳前，抱住了朮赤的腿，他說：「太子殿下請息雷霆大怒，除了穆可馬龍請不要再殺任何人了。」

這是哈桑的兒子馬哈木・牙老瓦赤。

這是當事人哈桑、苦主哈桑的兒子，隨軍的通譯馬哈木・牙老瓦赤。

「太子殿下，我父親已經死了，人死不能復生，我想父親如果泉下有知也會原諒他們的一時糊塗的，捉拿了元兇，一命抵一命就夠了，沒有必要這麼多人為他殉葬。」

朮赤半晌沒說話。

馬哈木・牙老瓦赤猜到了他所思所想，對他說：「大汗那裡我會向他作解釋。」

朮赤還是沒有開口，背轉身離開了殘石。

倖存的人們一齊下跪，叩謝。但刀劍還是無情地落在了他們的頭上。

七天的攻城戰損兵折將，朮赤軍強烈的報復之火已無法澆熄。

他們大開殺戒，穿軍裝的人不要說，就是身上濺了鮮血的城民也難以逃脫厄運，速格納黑城半數以上的人都被殺死了，誰都沒有想到惹火了的將領會如此殘忍，要不，說什麼也要阻止穆可馬龍的愚蠢舉動。但一切都晚了。

毀城後的遍地廢墟和屠殺後的血流成河，這種慘烈多少年後仍令他們心悸，一談起來就神色驟變。

而戰爭結束後的宣淫，朮赤放任那些一身血污的士兵把不同膚色，不同民族的女人拖進曠野、樹林，行使戰勝者的權利。姦淫造成撕心裂肺的哭喊，呼天搶地的悲號，更是時時在他們耳邊縈繞。

戰爭是一些人的節日，卻又是另一些人的受難日。

馬哈木・牙老瓦赤真是痛心，他犧牲了父親，又犧牲了同胞。

這裡本來是一塊和平的土地，原來有著林立的店鋪，喧鬧的街市，攢動的人頭，如今都消失了，城市完完全全地毀滅了。

他該痛恨誰？

痛恨為父親報仇的太子殿下？

不能！

痛恨那些愚不可及的城民？以及奉默罕默德之命抵抗的士兵？

不！災難臨頭不能就這樣引頸就戮，反抗是天經地義的，無可指責。

似乎誰都不該冤，似乎誰都該冤。

他詛咒一聲：「該死的叶納勒朮！該死的默罕默德！」他只有詛咒那個給花刺子模惹來禍端的俄脫拉爾城的叶納勒朮和昏庸的默罕默德。是他們的愚蠢行為給花刺子模人帶來莫大的災難，把他們投入了血的深淵。

馬哈木・牙老瓦赤當然不會知道，他的父親不過是成吉思汗祭台上的意外品。他不是聖人，只有聖者才明白戰爭的真諦。

聖者是誰？

聖者是耶律楚材。

唯有他知道這是天道旋轉的常軌。

既然，天生下了這個成吉思汗；既然天下產生了輕騎快馬，如同狂飈的蒙古軍隊，那麼就要有他用武之地。

農耕者的地域，遠沒有鐵騎可達的範圍廣闊，因此，席捲蒙古高原直至席捲西域、中原只是個時間問題。

所以當出征之日大雪紛飛時，他並沒有勸止，事實上也無人能勸止得了有自己主見的成吉思汗。

朮赤只知道他父親有著那樣一個夢，而耶律楚材知道天道不可抗拒的常規，這是聖者比賢者高明之處。

朮赤軍又要開拔了，他把馬哈木・牙老瓦赤留在了速格納黑，讓他作為速格納黑的新知事開始行使職權。

朮赤對馬哈木說：「我留下一位百夫長和一百個蒙古軍士，支撐你的新政權。」

「太子殿下，不需要這麼多人了，你看他們還需要軍隊看管嗎？他們需要的是冷靜和醫治，感謝您委我以如此重任，您只要留下十個人就夠了，我會協助十夫長管好這個城市，不過我請太子殿下，不要忘記耶律楚材大人的話。」

也許只有冷靜下來，朮赤才意識到耶律楚材那話的含義。

當朮赤軍向俄節漢、巴爾赤罕進軍的時候，他派出了兩批使者前往曉諭遊說。同時讓速格納黑的城民派出了二十名代表，穿著他們那被血汙浸透的白袍，每人帶一顆士兵的腦袋，先期「出使」。

朮赤要他們把在速格納黑看到的東西，一一告訴俄節漢、巴爾赤罕、額失那斯三城的城民。

那二十名代表，手裡拎著人頭已經觫觫不已了，那還有膽量到俄節漢、巴爾赤罕去控訴蒙古軍隊的罪行。說什麼也不幹。

「不幹只有死！」

朮赤嚴厲地喝令。

「不把速格納黑的情景如實告訴俄節漢、巴爾赤罕、額失那斯的百姓，下場只有一個字，死！」

當他們唯唯諾諾答應下來時，他命人給他們每人一個金巴失里，作為酬勞。

無疑這種恫嚇戰術是有效的，當二十顆血淋淋口眼不閉的人頭放在俄節漢、巴爾赤罕、額失那斯三城的城門口時。像噩耗一樣，無腳卻行遍了整個城市的大街小巷。真正的使者後一步到達，一方面驗證了先行「使者」的作為，一方面加強了宣傳的效果。

俄節漢、巴爾赤罕、額失那斯三地民眾決定不抵抗。

朮赤下令不許殺戮，俄節漢、巴爾赤罕、額失那斯便沒有受到屠殺。劫掠仍然要進行的，如同例行程序一樣，他們不是要顯示戰勝者的威風，而是無智遊牧民族固有的習性，圍獵以後必定要有擄獲。

朮赤將俄節漢、巴爾赤罕、額失那斯三地也都劃歸馬哈木・牙老瓦赤管轄。（馬哈木・牙老瓦赤後來成了宰相，成了十分賢明的受廣大回教徒尊敬的賢者。他和他的兒子麻忽鐵後來成了欽察汗國的重臣，一直有效地管理著中亞地區廣大的國土。）當朮赤軍向花剌子模西部重鎮氈的城進發時，俄脫拉爾已經沉入了炮石連天的激戰之中。

八　俄脫拉爾城下

俄脫拉爾。

攻城的炮聲不絕於耳，射石機將一堆堆石塊拋進城去，夾雜著轟天雷的爆響。飛火槍如夏夜蝙蝠般不停地左右穿梭飛翔，落在城內民居上的火團引發了大火。

攻城的雲梯架起來了，士兵們將蒙古刀別在腰後，一手擎著盾牌，抵擋著城上飛下的長箭短弩，一手攀梯上衝。

城上叶納勒朮的士兵也不示弱，他們冒著矢石，用叉叉住雲梯的尖端用力向外推，一架架雲梯被推倒，士兵從高高的頂端摔下來。發出的慘叫聲淹沒在更高的衝殺聲中。

城下的士兵一次次又把雲梯豎起來。

又有新的勇士向上攀登，登上城頭的士兵拔出蒙古刀與守軍格鬥，血花飛濺，殘肢掉落下來，有的正砸在後續士兵的頭上、身上，有人手一鬆去擦滿頭滿臉的血汙，然而上面又有人被砸下來，砸個連串從雲梯上跌翻下去。

用不了多久，一支新十人隊又扶起了雲梯，雖然箭如雨下，在他的耳邊身前射過，在他的盾牌上砸出沉悶的噗噗聲，雖然有人在他身前身後跌下去，兄弟們的鮮血濺在了身上，但他還是像猿猴似的飛身上去。

那是窩闊台手下的一個十夫長，他叫巴比西魯，他像士兵一樣手握盾牌，不過他背後別的不是蒙刀，而是一支大宋國出產的三節鐵棍，他的蒙刀叼在嘴裡，胸前披甲，頭上戴盔，飛速爬升，城上發現了這位神勇非凡的登城手，百箭一齊轉向，雨點般的飛箭朝他射來。雖有盾牌披甲護體，卻也總有間隙，一時變得十分危險。

城下，窩闊台令旗一揮，數百箭筒士將箭向探頭的守軍壓制過去，頓時壓得對方箭手抬不起弓弩來。

與此同時，察合台指揮士馬調向另兩面城牆的攻擊點，以分散城上的注意力。

巴比西魯衝上去了。

守軍揮著各式刀劍衝上來，巴比西魯一閃身跳離堞口，抛開成為累贅的盾牌，取下蒙刀輕靈地跳躍著應戰，他一手揮刀，一手揭甲，手起甲飛，衝在前面的守軍應聲而倒，原來巴比西魯身上的披甲是活甲，揭下來就是暗器。他飛花摘葉般一口氣打出十幾片，擊倒了十幾個人，後續的士兵趁此機會，上來了十幾個，一時佔領了一個四五丈寬的陣地，可以與守軍對峙。

叶納勒朮在城牆上督戰，他親冒矢石，勇猛作戰，揮動一把柄有五尺長的戰斧，砍人如同砍瓜切菜一般，那如虹氣概，大大振奮了花剌子模軍隊，他們從未見過這樣拚命的將領，為此士氣空前高漲。

聞得城上有變，成吉思汗的先頭部隊已經突破城防，上了城頭，於是他急召人馬，飛騎趕到了缺口地帶。

巴比西魯面前到處是敵人的傷兵，他們倒在地上，求死不能求生不得地哀號著，有的還在掙扎著爬起來，然而，傷痛和流血使他們失去了戰鬥力，只是搖晃幾下就訇然倒下了。這是一場悲慘的戰鬥。而且是剛剛開始。

巴比西魯收攏已經登上城來的十幾個勇士，正欲進一步撕開缺口，但見叶納勒朮帶領百十人已經趕到，而後續登城的士兵速度遠遠跟不上叶納勒朮增援的速度。而身處之地對他們又大大不利。巴比西魯對他手下的士兵說：「看來我們成孤軍了，你們都把繩索拴在城堞上準備好，萬一後續不繼，你們就按預先說的辦法走。」

說話間叶納勒朮的人馬已經包圍上來了。他們已經從兩側調集了數百名神箭手向正在登城增援的蒙古軍射擊。大大地遲緩了他們的行動，而另一方面加緊了對巴比西魯的進攻。叶納勒朮親自出馬，他舞動那把五尺長柄斧直趨巴比西魯，雙方都知道擒賊要擒王的道理，於是在城頭上展開了激戰。

巴比西魯連撒兩把飛甲，先擊倒了身側之敵，解除了後顧之憂。接著，他取下三節棍，迎風一晃變成了一條開則六尺合則三節，既可攻又可守的神奇兵器。

叶納勒朮從沒見過這種來自東方的兵器，只是一斧一斧地砍著，而巴比西魯深知被這板斧砍上要承受的份量，所以避實就虛連連擊中叶納勒朮的腰腿，打得叶納勒朮哇哇大叫。

巴比西魯選用這種兵器，固然是拜宋人高手為師所習，但在這樣的戰鬥中明顯是選錯了兵器，因為，這不是較藝的場所，而是死拚的戰場，四萬敵軍和三萬成吉思汗軍互相絞殺雖未大規模開始，但已經集中體現在這城頭上了。形勢緊急，需要的是速戰速決。纏鬥是大忌，而巴比西魯雖然數次擊中叶納勒朮，但由於敵眾己寡，三節棍既無法殺他，又無法使他失去戰鬥力，只能擊退他，尋機行事了。

叶納勒朮看出了苗頭，雖然眼前這個蒙古軍官神勇非常，但獨戰孤城，單掌難鳴，又見他身無盾牌，於是下令帶刀士退後，讓弓箭手對付他。

巴比西魯見後續難繼，只得喟嘆一聲，對他的部下小聲喊了聲：「撤！」接著向叶納勒朮喝道：「算你人多，看我的寶貝！」話聲未落隨手又連串打出物事。

叶納勒朮的人已經吃足了飛甲的虧，以為又是飛甲來襲。急用盾牌去擋，那知巴比西魯連串打出的竟是一把白色粉末，一包紅色粉末，一包黑色粉末。

白色迷眼。

紅色嗆人。

黑色爆燃。

等叶納勒朮和他的部下從混亂中淸醒過來，揉開眼，咳淸嗓子，擦去滿臉的黑灰，才發現巴比西魯和他的人已經不知去向。

再看城下，那些蒙古士兵已經藉繩墜城而下，達於地面了。

叶納勒朮氣得簡直要吐血。

攻城還在另外兩個方向進行著，絲毫沒有因為叶納勒朮所在地方發生了這點變故而變得悠閒。叶納勒朮壓下了火氣，氣閒神定以後，他突然眼前一亮，頓時發現了一個可操勝券的戰法。

「巴比西魯呢？」

窩闊台問巴比西魯那個十人隊裡的士兵。

他們告訴他：「巴比西魯沒有回來！」

「他戰死了嗎？」

「好像他不會那麼輕易死，因為他很從容讓我們活著回來，所以我們想十夫長不會死，也不會被他們俘虜。」

「你們說他會上那兒？難道留在了城裡？」窩闊台納悶地問。

軍士說：「我們以為他會在我們後面下城，因為上去的時候，他作好了後續上不了，孤軍奮戰的準備，並且讓我們把下城的飛索預先繫在了堞口上，為了掩護我們，打出了一包石灰，用來迷住敵人的眼睛；打出了一包辣椒粉，用以迫使敵人咳得自顧不暇；他還打出了一包帶火藥的鍋底灰，就這幾下把敵人整了個仰兒翻天。我想他沒有下不來城的道理。對了，興許他反向城中去了，是不是想等機會……」那軍士好像發現了什麼秘密似的，正要說出口，窩闊台用手指住了自己的嘴，示意他噤聲。

那軍士張開了嘴，一時合不攏，窩闊台上前幫他合上，對巴比西魯的這個十人隊倖存的六位士兵說：「從今天起你們不要回你們的百人隊了，就在我帳前，當我的宿衛。」

這對這幾個十人隊的士兵來說不知是福音還是噩耗，不知是要獎勵他們還是要懲罰他們，因為他們不理解窩闊台的決定。

而對於窩闊台來說，巴比西魯十人隊的攻城得手，雖然是短暫的得手，但已表現出他們過人的膽色和勇敢。巴比西魯的失蹤，他認為只是短暫的失蹤，意味著一個新的戰法在瞬間誕生。

中午時分。俄脫拉爾東邊的城牆上突然發生了激變，沿著雲梯登城的士兵遇到了突如其來的打擊，城上飛下了一塊塊巨石，把登城的士兵輕的砸得頭破血流，重的砸成了肉漿。

攻擊的勢頭登時被阻遏住了。

察合台和窩闊台連忙瞭解軍情。因為，此前他們瞭解到，俄脫拉爾城並沒有準備滾木擂石，圍城都十幾天了，城中又不產石塊，怎麼會冒出這麼多呢？

原來，機敏的叶納勒朮發現蒙古人的射石機雖然先進，但只有少量的石塊會爆響，大部分石頭只是砸傷了一些人和房屋，還不如飛火槍襲擊的作用來得大一點，他想到可以用這些石塊還敬登城的蒙古人。於是，下令城民不要管那些受到飛火槍攻擊的沿城一帶的房屋，儘管燃起的大火燒得劈啪作響，叶納勒朮不允許任何人去撲救，他要城民將蒙古人射進來的石塊統通搬到城牆上，然後，向登城的蒙古人砸回去。

這一招是十分有力的。

城下蒙古兵的屍體一片狼藉。

當初打進城去多少石塊，現在又悉數還敬了出來。

察合台和窩闊台連忙鳴金收兵。

結束了極其激烈的攻防戰。

布哈拉前線。

成吉思汗的指揮部設在離城二里的阿姆河畔，車帳就停在河邊一塊平坦的原野上。遼闊的田野寂靜無聲，秋收割光了玉米的田野是那樣的淒涼，田塍裡沒有玉米捆和草垛，只有光禿禿的玉米茬地；收割過牧草的地上也沒有牛羊再在上面歡跑。只有烏鴉還在荒地裡覓食，不時傳來一聲聲怪聲怪氣的鳴叫，使人平添惆悵，倒是不遠處的阿姆河總在歡暢地流動著，到傍晚時分可以看見大羣的牛羊被牧人趕到這裡來飲水。不管怎麼說這裡都是一片沃野，不過是初冬給成吉思汗調製了他不喜歡的橙黃和赭色。

一二二〇年新年在戰鼓聲中來到了布哈拉前線，由於營寨附近是遼闊豐美的沃野，成吉思汗讓部隊圍城以後，採取輪換的辦法，讓人馬充分休息。

白天戰鼓雷動，震動著布哈拉城人的每一根神經，夜晚馬頭琴和著歡歌飄向遠方。篝火上飄起烤肉和奶茶的馨香，這一切使布哈拉人迷惑不已。

他們圍而不攻，盡情地過著東方人自己的年節。

成吉思汗有著閒情逸致聽忽蘭背他的訓誡詞：

閒暇的時候要像牛犢。

嬉戲的時候要像嬰兒、馬駒！

拚殺的時候，要像角鷹一樣突進！

攻擊敵人的時候要像飢餓的老虎撲進羊羣一樣！

同敵人對陣的時候要像黃雀一樣節節躍進！

在明亮的白晝要像雄狼一樣深沉細心！

這是一個無論維吾爾文還是漢文、阿拉伯文和西方的任何文字認識不了一蘿筐的大汗，但卻是努力督導創造蒙古文字的大汗——所作的訓導語。

文字是御前掌印官塔塔統阿奉命從維吾爾文字移植過來的，從征服乃蠻部後，蒙古族開始有了文書記載。（乃蠻部是蒙古諸部落中的一支，具有土耳其血統，開化較早，塔塔統阿原是乃蠻部的官員、智囊，成吉思汗在征服乃蠻部後收為己用。）他的幾個兒子都被他強制拜師，跟隨塔塔統阿學習過這種文字。然而他不學，作為一個統帥，他只信重武學，但卻要求子孫必須文韜武略雙重兼有。

他不受外國文明的誘惑，既不為宋、金、遼絢麗的文明所吸引，也不為維吾爾、西方伊斯蘭文明所醉心。他要求用他自己民族的語言編織他的歌謠、訓誡、兵法、律條……經過塔塔統阿的筆記載下來。載入《青冊》。

忽蘭背頌的訓誡就是成吉思汗為所有部下作的訓導語。

「妳想上陣嗎？」成吉思汗問他的愛妃。

忽蘭乜著眼親昵地看著他說：「難道我不行嗎！」

成吉思汗拍了拍自己寬闊的額頭，然後捋了捋花白的鬍鬚說：「朕倒是忘記了愛妃也是馬背上的英傑。不過朕既不要妳像飢餓的老虎撲進羊羣，妳看朕讓海押力的阿爾思蘭和阿力麻里的雪格諾克帶著他的人馬到阿姆河上游去放牧去了，哲別也在阿姆河下游放牧，大將都當馬倌去了，還要妳這樣的美人像角鷹一樣突進嗎！朕希望妳像閒暇時的牛犢。」

「你說布哈拉沒有戰事？」

「是的，布哈拉沒有大戰事，只有小戰事。所以愛妃不用像飢餓的老虎。」

「是耶律楚材占過卜！」

「不，是朕的飛箭諜騎，他們告訴朕，回教在布哈拉有很大的勢力，連將軍們也不得不服從。只有一個闊克，蒙古人的叛徒，不過他也掀不起大浪。朕不會饒恕他！」

忽蘭嘆了口氣，興趣索然地坐了下來，她只是透過帳幕的大門遠遠望出去，望見城牆後面那禮拜五清真寺高高的屋頂。

成吉思汗知道她鬱鬱寡歡，遠不像以前隨他出征西遼、金國那樣，像小馬駒一樣歡勢。戴著金盔，穿著甲冑，騎著駿馬，代表他下到各個圖門，一個營盤一個營盤地去鼓舞士氣。此次西征，她好像是為他一人而來，只是無微不至地照顧他的飲食起居。

他正想勸導她什麼，「飛箭諜騎」一刻一個諜報，來自四條戰線，八九個戰場的戰報，幾乎佔據了他整個白天。

來自忽氈和俄脫拉爾的「飛箭諜騎」又到了，成吉思汗離開了忽蘭，臨行前他輕輕地撫了撫她的肩頭，算作撫慰。

布哈拉是中亞細亞的大城，在中亞東方的都邑中它是一個學術中心，如果說整個中亞是座伊斯蘭教堂的話，那麼布哈拉是伊斯蘭的圓屋頂。在各個時期，它都是各個教派大學者的匯集地，布哈拉一詞在拜火教的語言中稱之為學術中心，建城之初叫做布米只卡特（陸地城之意）。由於這裡會聚著各方的學者，所以布哈拉的光輝一直輝照著東西方回教國家和它廣眾的教民。

也正因為布哈拉是個學術之城，智慧之城，所以當蒙古大軍像旋風沙暴一樣捲到這個城市四周的時候，這裡的智者伽蘭丁會同伊斯蘭最優秀的學者魯克那丁，前去向駐軍首領闊克、哈密的布爾、舍雲治、恰失力進言。

魯克那丁說：「尊敬將軍們，他們的軍隊多如螞蟻、蝗蟲，人馬一支支到達，已經把布哈拉圍成了鐵桶，逃避災禍已無任何可能，忍耐就是最好的、最明智的法子，你們聽見了嗎？那是真主吹動的萬能的風，是無法抗拒的風。從速格納黑來的死神的使者，和從扎爾納黑城、訥兒城來的愛神的使者告訴了我們不同的結局，將軍們最好有個準確的估計。」

是戰是降？別無選擇。

伽蘭丁和魯克那丁的話對於哈密的布爾、舍雲治、恰失力三位將軍來說，有至高無上的威望和力量，因為他們都是回教徒，而唯有闊克表現出一種無可奈何的惆悵。因為他是蒙古人，是從成吉思汗那裡逃奔出來投靠默罕默德的。由於他勇敢善戰，深得默罕默德器重，被派來布哈拉當駐軍首長，他的事業如日中天。可是成吉思汗的到來無疑要毀滅他的一切，包括他的剛剛展開的似錦前程。不過他心裡也明白自己帶領的一萬二千人馬，無論如何只是成吉思汗的一碟小菜。他不能投降，因為成吉思汗最恨的就是反覆之人。

可是闊克無法忤拂伽蘭丁和魯克那丁的意願，因為其餘的將領都十分虔誠地崇拜他們，從哈密的布爾、舍雲治二人的表情就可以看出他們的態度。

恰失力是主戰派，他率領的六千人馬都是騎兵，具有較強的戰鬥力，他認為對於軍人來說，未戰即降是最大的恥辱。

闊克點頭表示贊同，不過他對伽蘭丁和魯克那丁說，容他想一個萬全之策。

布哈拉的攻防戰確實稱不上什麼大戰，恰失力開城迎戰過兩次，他的對手蒙古軍方面主將是東遼王耶律留哥的太子耶律薛闍，他是接到成吉思汗「飛箭諜騎」傳報的徵調令後帶領三千東遼騎兵出發西來的，由於路遠，所以到得較遲，一到速格納黑就奉朮赤之命參加了戰鬥。是役他負了傷，可是不等傷好他又率軍遠來布哈拉。

恰失力的騎兵，雖然軍馬比東遼軍的高大，但騎術和戰術遠不是東遼軍的對手。兩陣下來折了五六百人，而成吉思汗軍方面卻像開那達慕大會似的，看較技角力還有人評判。

回馬以後，不時炸響一串串布哈拉人從沒見過的紅紅的東西，有人告訴恰失力，那是歡慶勝利的鞭炮。

恰失力不能不氣得吐血。

成吉思汗大軍無意攻城，只是隔著一道城牆，否則他們會進去逛店鋪，光顧土耳其浴室。

等成吉思汗問他的部下歇沒歇夠，部下回答歇夠了的時候，一夜之間布哈拉便被圍得像鐵桶也似。

當天晚上，西城門悄悄打開，一支近千人的騎兵隊伍蜂擁而出，蒙古軍隊發現了敵人的動向警號迭響，合兵圍捕。而就在蒙古軍注意力集中在西門時，西南門又打開了，闊克的主力從這裡撕開缺口，突入暗夜。其實闊克早已經決定走第三條路，那就是趁成吉思汗包圍縱深尚未配置完善之時突圍。對他來說只有這一條路。

闊克的人馬沿阿姆河深一腳淺一腳地亡命奔逃，奔離城池五里，以為可以喘口氣時，突然，前方百米處亮起一片火光，但見火光映照下，千軍萬馬列陣於高坡之上，刀光閃亮，威勢烜赫，把闊克軍三魂六魄驚出了竅。

原來，成吉思汗早有準備，他在與忽蘭談笑間，將阿爾思蘭軍和雪格諾克軍安排在阿姆河上游。

等闊克醒悟立即回馬尋路回竄時，一聲號炮，歸路上也是大軍陣列，朮赤已奉成吉思汗之命將圍城大軍撤下七成，迅即完成了堵後任務。

闊克不由大呼：「好狠毒的成吉思汗！你想絕我，我就不信天就絕人！」說完揮軍向湍急的阿姆河衝去。騎兵尚可逃生，因戰馬天性善游，步兵可就苦了，年歲剛過，水冷徹骨，加上夜暗無法擇渡，衝入水中，抓住馬尾巴的還有活命機會，抓不住馬尾巴的，幾個浪一打就不見了人影。回身戰也是死，泅渡也是死。不少人選擇了戰死，倒也轟轟烈烈。

闊克渡過了阿姆河，不敢久留河邊，急急收容殘兵敗軍，此時萬人已折去三分之一。

剛剛喘了口氣，又是號響連連，吶喊聲驚天動地。一支神兵如同天降，原來哲別軍奉汗命正伏兵於此，洶湧的蒙古馬隊，揮舞著亮閃閃的蒙刀又將闊克軍逼下阿姆河。血戰在阿姆河兩岸的寒夜中激烈地進行著，但見戰場之上刀光如練，箭如飛蝗，星流迸濺，殺聲動地。

闊克見四面合圍，知已是死地。深知此番作了俘虜也無生理，於是只有拚個魚死網破了。人若將生死置之度外，潛能就超常發揮，就在這前後夾擊，幾乎要全軍覆沒之時，闊克的猛力砍殺衝動了蒙古軍的陣腳，殘兵敗將發現這裡網上有一個洞，是一條開裂的縫，於是被求生之念重新激起了神勇，他們吶喊著殺開了一條血路又逃回了布哈拉。

天亮時分，陽光一寸寸升高，先照見高高河岸，那綿延數里的屍體鋪成的死亡之岸，處處凝固著血泊，一個個僵硬的屍體，保持著死前的狀態，有的驚恐，有的仇恨，有的絕望……折斷的槍戈、捲口的刀矛、撕爛的旗幟……這些壯士的軀體，有花剌子模人，有蒙古人，有徵調自東方各地的，他們之中有白種人、黃種人還有黑種人，那是闊克隊伍裡的黑種士兵。戰爭並不因為人種不同而有所優惠。箭一樣會射穿他們的頭顱，刀一樣能劃開他們的皮膚。活著的時候勢不兩立，倒是死了以後和諧地躺在同一個地面，表現出某種沉默的和諧，只有天空時時颳過的天籟之聲，不停地向他們的亡靈吹響輓歌。

再看阿姆河中滿河飄殍，死人、死馬，已經開始泡得發漲，大批陣亡者在阿姆河轉彎的地方雍塞住了河道，那裡的河水一片血紅。前來辨認自己人的戰地雜役第一次看到滿河鮮血，滿河屍體，簡直要發瘋了。

他們為他們夥伴的傑作驚愕。

征服者以此為榮。

讓被征服者以此為懼。

陽光出來了，驅走了寒夜的蕭殺之氣，給大地披上一件金紅的錦衣，布哈拉城沐浴在陽光下，顯得分外寧靜。

城門隆隆打開了，伽蘭丁和魯克那丁穿著講經時的聖衣，列隊出城迎接成吉思汗，請他視察城池。

成吉思汗騎著高大的棗紅馬進入布哈拉城，忽蘭與他並轡而行，他們頭上的金盔在陽光下發出耀目的光芒，使得歡迎的人們不敢仰視。經過城門進入大街，城內確實如諜報所稱店鋪林立、清真寺院和住宅鱗次櫛比，一看便知該城十分富庶。即使是戰時，也許是戰鼓已經停息的緣故，大街上人羣依舊川流不息，各式人種，有白有黃有棕有黑，白人倒是多見，那黑人黑似漆黑似炭，比過去所見之黑人黑得異樣，卻是少見。詢問魯克那丁，知是來自黑非洲的商人。

進城方知還有闊克帶著幾百人盤踞在內城，不肯投降。

成吉思汗來到了大回教寺院前，他以為這裝飾燦爛的地方是蘇丹過去的宮殿，便騎著馬進去問：「伽蘭丁，這是你們蘇丹的宮殿嗎？」

伽蘭丁答道：「可汗，這不是宮殿，是安拉的神殿。」

「安拉是什麼人？」

「我們伊斯蘭教的真主，這兒是他的宅邸！」

「嗅！」成吉思汗點點頭，他不信佛也不信伊斯蘭教，他只信薩滿教，只敬畏上天。對於安拉並不是一無所知，塔塔統阿告訴過他，安拉是回回人的上天，他只是對此不感興趣。他來到禮拜五淸真寺的祭壇跟前對伽蘭丁說：「伽蘭丁，鄉間沒有朕軍馬的糧秣，你應該讓你的人把朕的戰馬餵飽。」

伽蘭丁不能不遵，於是打開了城裡的糧倉供應蒙古軍隊，沒有馬槽，蒙古人把裝古蘭經的箱子抬來，將經書扔得滿街都是。

拖雷讓城裡的宗教首領伊馬木、沙亦黑、賽夷，博士、學者替他的部下看管馬匹，運草飲水，而讓部下放假，在城裡縱情聲色，召來城裡的阿拉伯歌女為他們跳舞唱歌。

以虔誠和苦行聞名的伽蘭丁實在看不下去，他向最有學識的魯克那丁說：「這成了什麼體統？」

儘管回教徒都在心底詛咒蒙古軍隊的野蠻暴行，但魯克那丁這位智者卻依然沉靜地悄悄對伽蘭丁說：「這是真主吹動的萬能之風。別再出聲了，對著刀槍我們無權發言。」

成吉思汗離開教堂，來到城民集中的地方，那裡聚集著很多百姓。成吉思汗問：「你們之中誰是富人？」

拖雷讓富人站出來。

一共有二百八十個富人，一百九十個是布哈拉本城人，其餘來自外地。他們走到前排，拖雷要他們走到前排聆聽成吉思汗講話。

成吉思汗對他們說：「你們中每一個都在問為什麼我們要來到布哈拉，朕可以告訴你們，是俄脫拉爾的叶納勒朮把我們請來的，是默罕默德批准他屠殺了蒙古帝國派出的商隊，殺了四百多個無辜的商人。你們都記住，是你們的大人物犯下了不可饒恕的大罪。朕是上天之鞭，你們如果沒有犯下大罪，就不用擔心，上天不會向你們降下懲罰。上天之鞭也不會抽到你們身上。」

他接著說：「朕不想知道你們在地上有多少財物，只想知道你們在地下埋了些什麼東西。誰是地主誰是富商，都可以得到一名八思哈（欽命衛士）就可以不受士兵的騷擾。」

確實，成吉思汗沒有使這些權貴富翁丟臉出醜，但卻要他們交出金錢充作軍餉。

成吉思汗對魯克那丁說：「內城的頑固分子請你們用自己的軍隊把他們清除出來。」

他的話具有無上權威，誰也不敢違忤，確實他是「真主吹動的萬能之風」。

然而，只過了兩天，魯克那丁哭喪著臉來金帳晉謁成吉思汗，說：「可汗，恰失丁已經瘋了，誰的話也聽不進去，內城只有四百人，可是他們死守其內，不肯出來投降。」

「你就這樣覆命嗎？朕給你們這些大異密、伊馬木一個機會，更多地保存布哈拉。可是你們無能，一定要朕動兵。」

魯克那丁直勁地唸著古蘭經。

拖雷讓耶律薛闍帶領部隊向死守內城之敵發動總攻擊。

九 雛鷹小試

俄脫拉爾。

圍城戰處於膠著狀態，由於城防堅固以及叶納勒朮拚命死守，久攻不下。

成吉思汗通過「飛箭諜騎」下令圍而不攻，他要把俄脫拉爾圍成死城，因為糧食總是有限的，雖然儲備充足，總也有枯竭的一天。而更重要的一點，通過圍城把這一部分敵軍兵力圈住，而讓朮赤的第二軍、阿拉黑等的第三軍、他和拖雷的本軍先吃掉弱小城市，然後倒出手來再吃像俄脫拉爾和撒馬爾罕這樣的重兵防守、高牆深壘的城市。

這才是他的真正戰略意圖。

窩闊台則與察合台商議出了一個大膽的計策。因為窩闊台深信他的驍將巴比西魯還沒有陣亡，他就在俄脫拉爾城中的某個地方。如果不斷地對俄脫拉爾進行滲透，那麼只要約定好了裡應外合，就可以迅速奪取俄脫拉爾。

然而，城圍得如鐵桶一般。

城守得也像鐵桶的內膽一樣。

一隻鳥也休想飛出來。

一隻鳥也休想飛進去。

巴比西魯的「十人隊」幾次進行夜間攀登城牆，但城牆上防守太嚴密了，叶納勒朮的人晝夜巡邏，一有動靜就亂箭齊放，即使能攀上城去，不等下城就被抓住肢解成塊，把人頭懸在城牆上，把手腳拋下城來。

窩闊台恨叶納勒朮恨得咬牙切齒。

巴比西魯確實沒有戰死，他只是負了傷，身上中了兩支亂箭，幸好沒有傷著要害。就在敵人圍捕他的一剎那他產生了一個怪念頭，於是憑著他的身手輕捷，趁敵混亂之機飛身遁入城下民居，又剝了死人衣裝化裝成花剌子模國的百姓，裝作無辜被害的模樣，進入哈察拉的軍營自報奮勇替他們餵馬。

哈察拉的騎兵是增援而來的新軍，對俄脫拉爾的所有百姓軍人都是陌生的，所以巴比西魯出示箭傷倒也能獲得士兵的同情。只是礙於語言不通，他只粗通波斯語和土耳其語，只能裝聾作啞，藉以匿身。

哈察拉的軍官見他生得很驃悍也有所懷疑，怎奈巴比西魯處處小心，倒也未露馬腳。就這樣潛伏了下來。他的怪念頭就是等待機會來個裡應外合，用這個辦法打開俄脫拉爾的城門，使自己的士兵少些傷亡。

可是，城外一點動靜也沒有，一連十幾天沒有動靜，有幾天夜晚城牆上鬧過事，傳言是抓到了蒙古軍隊的探子，肢解了人頭掛在城牆上，手腳扔下城。他不敢去看，怕是自己十人隊的兄弟來尋他而遭了害，那樣他會因此而發怒的，那就太不利於潛伏了。一個月過去了，還是沒有動靜。他以為大軍撤走了呢，上城去偷偷察看，只見旗獵獵，圍城依然很緊，他吃不準這到底是為了什麼，只有耐著性子潛伏下去。

俄脫拉爾內堡。

叶納勒朮一次次為他的擔架上的士兵裹著血創，他從來沒有像現在這樣愛兵如子。他一戶戶安慰著城民，把軍糧分給沒有儲糧準備的百姓。

他從軍幾十年，從來都是行使權威，奴役士兵，從沒有對他們好聲好氣過，如今打內心深處覺得他們是他的依靠。

是的，他心中很清楚，這場戰爭的起因就是因為自己的貪心和殘忍。雖然他把得來的財貨分出許多送給了京裡的默罕默德和大臣，但畢竟自己埋下了大部分。蒙古人不可能饒恕自己，默罕默德和大臣們因為國家受到了蒙古人的攻擊也不會饒恕自己。

哈察拉將軍是奉命來增援的。俄脫拉爾雖然已有五萬守軍，但他這一萬是騎兵，適合於在廣闊的原野上縱橫馳騁，而不適合於陣地攻防，更不適合於這種守壘攻堅。因此在成吉思汗大軍重重圍困之下，他產生了向外突圍，在敵人外側牽制敵人以策應城防戰鬥的想法。於是他去見叶納勒朮對他說了自己的想法。

「不！」叶納勒朮只用一個字來拒絕。

「為什麼？」

「你的人馬出不去的，即使僥倖能衝出城門，蒙古人也不會放你渡過錫爾河。」

「我可以向北，向吹河方向？」

「少了高城堅壘的掩護，恐怕等待你的是更快的覆滅。」

哈察拉不再言語。

叶納勒朮知道他已經生了異心，但他是地區城防司令，哈察拉是蘇丹的近畿騎兵（相當於皇家騎兵）無論如何不能對他怎麼樣，他忌憚的不光是一個哈察拉，而是他的一萬多人。應付好了是一支抗敵的力量，應付不好是強大的敵手。所以他只得好言相勸。

其實對於叶納勒朮來說，逃生之路已經斷絕，整個花剌子模已經成了戰場，蒙古人要的就是自己項上的人頭，逃到哪裡他們也會捉拿自己歸案的。因此，他只有竭盡自己的全力去戰鬥。

和解不可能，投降也不可能，只有戰鬥至死。

圍城仍然繼續著。

布哈拉。

拖雷召見耶律薛闍問計。

拖雷對耶律薛闍說：「聽說你有一部宋國的兵書？」

「太子殿下消息靈通。」

拖雷笑笑道：「這可是你父親告訴我的，他從東遼到不爾罕山大汗金帳來的時候，曾帶了這部兵法，他是準備送給我的，可惜當時我不懂漢文，只看了看其中一些圖案，就還給他了。你父親後來再也沒向別人出示過，大汗封他為東遼王以後，很快就回去。我問過我的兄長們，他們都說沒有收到過這部兵書。所以，我想你父親一定是傳給了你。」

耶律薛闍不想隱瞞什麼，他坦誠道：「是的，我父親把兵書和他悟到的道理都傳給了我。我想殿下是不是要問兵書中有沒有攻城之法？」

「正是，你猜到我心裡去了。」拖雷也很坦誠。

耶律薛闍說：「要說攻城首先要明瞭布哈拉內城之敵的心思，現在敵弱我強，既無外援可盼，又無內力可生，戰死一個少一個，照常理可以不以兵攻，困之令其自毀，但大汗志在速決，以期進攻花剌子模都城撒馬爾罕。所以又不能久拖。根據兵法我已派人探得內城存糧數，內城有敵四百，民二千五百，存糧足以供這些人吃二年半，糧少而人多則宜圍而不宜攻，糧多而人少宜急攻而不宜久圍。」

「好主意！」

正談著蒙哥進了大帳，過了年，蒙哥已經十六歲了，小伙子膀闊腰粗出落得一表人才，軟軟的絨毛鬍子已經在上唇顯現了頭角，他長得跟成吉思汗一個臉形，方膛大臉，睛明珠圓，甲冑在身，好像是執行什麼任務才回來。他認識耶律薛闍，耶律薛闍也認識他。

拖雷不讓耶律薛闍中斷談話，對蒙哥使了個眼色，讓他下去。

拖雷繼續問道：「糧多而人少宜急攻而不宜久圍。我想知道有什麼攻城妙法？」

蒙哥剛走出大帳，聽他們談攻城之法，大感興趣，停住腳步聽他們談話。

「攻城之法是有的，不過我已經觀察過了，布哈拉城與中原之城不同，中原之城是土燒城磚壘成者居多，這裡的城牆則是用石塊堆砌，壘之不易，摧之更難。用挖地道的辦法怕是不行。」

「可是敵人已經掌握了對付我們雲梯的辦法。」

「屬下觀敵料陣，覺得有三個辦法可以破敵。」

「哪三個辦法？」

「屬下斗膽動問一軍機！」

「請講！」

「大軍此來共有多少金國、宋國、西遼國工匠？」

耶律薛闍之所以這樣問是因為金、宋兩國工匠最善修造攻城器械。

拖雷答道：「本軍有金宋兩國工匠八百人，夠麼？」

耶律薛闍點頭道：「夠了，屬下的三個辦法是：一、搶造揚塵車、行天橋、搭天車；作為攻城利器，揚塵車可以升至城頭同高，正面置有噴煙具二三十具，升到與城同齊時，先行噴吐煙氣，待煙氣將盡時，將車靠過去揮撒石灰包，守城的人必不能忍受，而要避向另一邊，此時攻城士卒可以趁機登城，搭天車和行天橋隨後而上，只要士卒驍勇，沒有不成之理。」

「其二呢？」

「再問殿下，帶了多少轟天雷？」

「工匠可以將隨帶的硝黃配置火藥，轟天雷要百有百要千有千。這都是金和宋國工匠的拿手戲。」

「好，屬下想說的其二就是，以往攻城用拋石機將轟天雷拋進城內，只能聽著巨聲，但除非扎進人堆，才能造成傷害，更不能對城牆有多大威脅。屬下想如果能夠試炮，不妨將火藥集中一處，置於城門處，如果藥量夠大，那麼一舉轟開，不是不能。」

「好也，好也！耶律將軍的辦法真好。」蒙哥聽到這裡再也按捺不住了，他高興地跑進帳內，拉住耶律薛闍說：「耶律將軍，你要轟城，帶上我一個。」畢竟還是個孩子，童心未泯。

「嗯！」拖雷發起威來了。「蒙哥兒不許胡鬧。」

蒙哥咋咋舌站到了一邊。

「小殿下如果想知道攻城之法，等做好了攻城兵器，屬下可以將兵法盡數抄贈給您。」

「你可是說了要算的，咱們拉鈎！」耶律薛闍一邊和他拉鈎一邊想，這是漢人孩子立誓盟約之法，不知他從哪裡學來的。

拖雷倒也高興，難得蒙哥對兵法如此入迷。他接著又問：「薛闍！」這回他改了稱呼，親近多了。「你不要理他，還是把其三給我說完。」

「好，這其三，方法要簡單得多。內堡西側，城牆稍矮兩尺，可以令降兵降卒，拆房回填至城牆根，填至離城三尺，人手可及，就可以攀援而上。」

拖雷上前擁抱耶律薛闍。「好兄弟，攻下內城我給你記頭功。」

拖雷在眾王之中年紀雖然最小，但最富心機，他已經暗中觀察遼東王子耶律薛闍許多日子了，見他總在內城四周轉悠，知其必有想法，加之想起當年其父耶律留哥貢獻兵書一事，所以以兵書為由，傳來交談，果然不出所料，耶律薛闍已經有了攻城的全盤計畫。

也是蒙古人稟性使然，他十分佩服做事認真且富創造的人。一下就縮短了兩人的距離，本來是宗主王和屬國之臣的關係，現在成了朋友，耶律薛闍心中也很高興。請命道：「承殿下錯愛，末將願領攻城將令。」

成吉思汗在他的車帳裡聽完了拖雷的陳述，當即調集工匠一千五百人撥給耶律薛闍，日夜搶造揚塵車、行天橋、搭天車；搶造轟天巨雷；調花剌子模戰俘二千人，拆房填壕壘城；命耶律薛闍率東遼精兵三千攻克內城。

布哈拉燃起了大火，除了少數清真寺和幾座宮殿式的建築是磚砌的以外，大部分是木結構的房屋，由於要將內城周圍的民居拆光，便於攻城器械的運動，便將這一帶民居付之一炬。由於民居都是木頭建造，因此火燒連營，連帶市區其他房屋也被火焚。

隨著轟天巨雷的一聲震耳欲聾的巨響，布哈拉終於攻克了，闊克沒有戰死，他自知難以活命，自刎而死。

成吉思汗聽說闊克自刎，念他死得英勇，送他一副棺材厚殮。

耶律薛闍獲得了巨大的成功。

他前去視察戰地，蒙哥執意要去看看轟天巨雷的威力。

他們並騎前往，好高興啊，因為，幾乎是一舉成功，沒有耗費多大犧牲，來自三面的不同進攻方式把城內的士兵百姓都驚呆了，就在耶律薛闍、蒙哥與士兵們一起歡慶之時，從死屍堆裡射出了一支強弩直取蒙哥。

耶律薛闍大喊一聲「小心！」隨之飛身而起，撲在蒙哥的身上。他代蒙哥受了這一弩。

並沒有中在要害。

蒙哥明明看見他還在微笑；蒙哥明明還聽見他笑著在說：「以後在戰場上，一定要注意多長一點眼神。」

然而，他口角流出的是紫色的血。

「毒弩！快尋解藥。」蒙哥憤怒了。

耶律薛闍的部下已經抓住了那個闊克的士兵，那是個負了傷，腿已經不能走動的傷兵，但是他十分倔強，他憤恨地咒道：「侵略者！野獸！絕無好下……！」那個場字沒有出口，刀光一閃，人頭已經落地了。

這不知是誰的詩：

命運跟人類玩著棍子擊球的遊戲，
要麼玩著風吹栗子的遊戲。
命運是獵人，人不過是雲雀。

是的！誰也玩不過成吉思汗為他們安排的棍子，颶風可以吹著石頭跑，栗子又算得了什麼呢？等獵人張弓的時候，雲雀可以早些振翮飛翔，這不能說不是自救之道。布哈拉死在戰火中的平民有三萬多人，那些貴人和婦孺，全都淪落為奴。適合於服役的青年和壯年被徵召入伍，他們必須去參加攻打撒馬爾罕的戰鬥。那些白皮膚的、黑皮膚的，藍眼珠的、褐眼珠的貴族們，在真主神殿的祭壇前朝拜征服者，成吉思汗把右腳踏在祭壇前的玉階上，貴族們走近去，他們一個接一個親吻著成吉思汗的馬靴。

伯納克特。

阿剌黑、速客圖和托海三位異民族將領率領的第三軍五千人馬奉成吉思汗王命，從吹河折向東南殺奔伯納克特。

伯納克特守將名喚葉里特古，他率領的是一支由康里人組成的隊伍，康里民族身材都比較矮小，但驍勇善戰。

花剌子模王國是個複合民族國家，由土庫曼人和康里人為主組成，而軍隊主力主要由康里人主掌中樞，軍權、政權由康里人的領袖掌握。

第三軍連連得到成吉思汗「飛箭諜騎」傳報的各地勝利消息，將領們無論如何也坐不住，藉著銳鋒未挫的盛勇，連續三天向伯納克特發動了進攻。葉里特古十分英勇，身先士卒，率領康里人英勇抗戰，使得第三軍毫無進展。

不過托海十分機敏，他在第二天戰下來，就發現每一戰葉里特古都衝鋒在前，仗著一身鎧甲和一柄重劍，以及一匹同樣披著鐵甲的駿馬，橫衝直撞，如入無人之境。

顯然，這是葉里特古的一個優點也是一個十分致命的弱點。

托海仔細察看了葉里特古的戰馬，每條馬腿上都有鐵甲護住前方，唯馬膝馬蹄處是軟檔，而葉里特古全身鎧甲渾然一體，托海猜測只有襠下和屁股不可能護甲，於是調集了全軍最優秀的十名箭筒士，二十名最優秀的帶刀士，於黎明之前悄悄伏於死屍之中，臉上塗滿敵血，他們的目標是葉里特古的坐騎，必須一眼覷準、一刀砍準那膝和蹄子間小小的隙縫或馬肚下的肚帶。

後者顯得更為艱難。因為，只有冒著被駿騎踩死的危險才能奏效。

箭筒士大都是阿拉黑帶出來的巴阿鄰族人，帶刀士是托海從速勒都思族帶出來的族人，都是勇敢不怕死的主兒。托海面授機宜以後，他們就去依計行事去了。

第四天，蒙古軍方面出動三個方隊，每五百人一個方隊成前三角隊形。

葉里特古方面出動三個方隊成翼形列陣，雙方軍隊列陣完畢，速客圖縱騎叫陣，指名與葉里特古決戰。

葉里特古毫無懼色，康里人也都精神抖擻，絕不像經過數天大戰的模樣。

速客圖的馬上兵器是一柄長柄雙刃彎刀，葉里特古則仍是一把重劍。

雙方馬來劍往，金鐵交鳴，只殺得難分難解，由於是指名挑戰，雙方士兵都由將佐壓住陣腳，只要雙方將領分出勝負，就會立刻動刀掩殺過去。

速客圖裝作漸漸力氣不支的樣子，越招架刀下越軟，葉里特古心中暗喜，一劍又一劍地刺、挑、劈、點、砍，越黏越緊，簡直不叫速客圖脫身。

速客圖只有虛晃幾招，回馬便撤，葉里特古哪裡肯捨，拍馬緊追上來，此刻兩邊陣中吶喊陡起，一邊要營救速客圖，一邊要席捲蒙古軍。一時間殺聲驚天動地。

速客圖朝伏兵之地遁去，葉里特古緊追不捨。

正踩過一片伏屍。突然，從死屍堆裡躍起人來，照準馬腿膝部削去。戰馬顛躓一下，似乎傷得不深，仍能跳躍，緊接著又有兩人從死屍堆裡躍起，一左一右直削馬蹄、馬膝，不料都削在護甲上未能奏效。眼看著戰場上伏有蒙古帶刀士，葉里特古已經明白了速客圖並不是力不能支，而是故意引他入彀，是想將他殺死在這片墳場一般的戰場中。他一撥馬頭，重劍左右連揮，將伏擊他的幾個蒙古兵悉數殺死，接著連發狂笑道：「速客圖你也太小看我了！」說完縱馬躍過水溝往回奔。就在躍馬過溝的一剎那，淺淺的水溝中突然躍起泥猴般的一個人，斥喝連聲，快刀已將肚帶割斷。葉里特古聽喝正猛勒馬，哪知肚帶已斷，整個人從馬上側翻下去，說時遲，那時快，十名箭筒士十支羽箭，嗖嗖連發，已齊射落馬還未起身的葉里特古下部。葉里特古中箭大聲痛呼。此刻更有神勇帶刀士，拔身而起，未等葉里特古再喊，手起刀落，一股血箭憑空彪射，血淋淋的人頭已經落地了。

那滿臉泥水的人露出了潔白的牙齒笑了。

不是別人，正是托海。

伯納克特守敵見蒙古人用長長的槍尖挑著葉里特古的人頭，個個心膽俱寒。無了主將，已經了無鬥志，於是派人出來乞降。

他們以為帶了大量金銀款項求降會得到蒙古人的寬恕。

蒙古軍隊卻不理睬他們，他們要軍隊和百姓分成兩隊。

繳械的軍人站在城牆跟前，民眾中的工匠、藝人、獵戶則又被從百姓的隊伍中挑出。

托海當著所有人的面問：「伯納克特的士兵們有誰沒有同蒙古士兵交過手的請站出來。」

沒有。

康里人都是硬漢，當士兵不同敵人交手，對他們來說是很大的恥辱。

「沒有殺過蒙古士兵的請站出來？」

沒有，同樣沒有人站出來。因為在戰爭中沒有殺過敵人的同樣是軍人的恥辱。

他們已經意識到結局了，他們互相使個眼色，儘管是徒手也要作困獸一搏。

但箭雨已經落下來了，他們紛紛倒下去，那些沒有中箭的也逃脫不了帶刀士的利刃。

一千多人，一千多顆人頭堆成小山，一千多人的血流成了小溪。

怵目驚心的屠殺，比起戰場的殺戮更為令人膽寒。

工匠、藝人、獵戶隨蒙古軍隊進入後勤隊伍，青年人編入軍中頂替那些戰死的士兵的位置。（按照成吉思汗的治軍原則，隨戰隨補，使得軍隊始終滿員。）

派出遞送戰報的「飛箭諜騎」剛剛出發，例行的全城性搶掠剛剛結束，阿拉黑就發出了向忽氈前進的命令。

當速格納黑城民殺害使者哈桑以後遭受到屠城之懲，俄節漢、巴爾赤罕、額失那斯三城得到和平的消息傳到氈的城時，朮赤率領的第二軍還未到達氈的。守軍將領庫特魯克來了個三十六計走為上，領著默罕默德讓他領來的一支人馬，趁著蒙古大軍未到，在前一個星月黯淡的夜晚，悄悄地溜出了氈的城，渡過了錫爾河，橫越沙漠，向正東投奔撒馬爾罕去了。

得知庫特魯克棄城而逃，朮赤決定不再向氈的城進軍，大軍移駐卡拉庫姆，所以派成帖木兒為使者，前往氈的城說項，以和平解決。

當成帖木兒進入氈的城時，才知道這一趟差不是什麼簡單差事，城中已經沒有了軍隊。氈的城也沒有了可以說了算的行政長官，知事隨著軍隊一起逃走了，城裡的人各行其事，誰說了都不算，誰也說了都算，各人按自己的意願辦事。本來宣撫使只要面對少數官員，把官員的工作做通了，由他們再去作百姓的工作。而現在要面對的是每一個人。

有人企圖像速格納黑人對付哈桑那樣來對付成帖木兒。罵他是伊斯蘭的叛徒。甚至動手抓住了他的衣領要把他的舌頭割下來。要把他肢解成八塊。

成帖木兒倒也無所畏懼，他對那個抓他並罵他是伊斯蘭叛徒的人說：「你知道我為什麼叫成帖木兒嗎？我這個名字是突厥語真鐵的意思，是燦爛的鋼，永久的鋼，我是哈拉契丹人，不是什麼伊斯蘭教徒，但我是伊斯蘭教友的朋友。我來是為了告訴大家不要抵抗，速格納黑人殺了大汗陛下的使臣哈桑，結果全城都跟著做了冤鬼。你們都看到了朮赤大人派人送來的人頭了，那就是抵抗的下場。大汗的軍隊不是來對付百姓的，也不是來對付伊斯蘭的。」

有人出頭拉開了那人和他幾個氣咻咻的狐朋狗友說：「朋友，你們不想活，這麼多百姓還想活下去呢，走開吧，真主會保佑你們的。」

那幾個人想對後者動武，但看到他身後還有幾個伴當，也就作罷，悻悻然地擠出了人羣。成帖木兒很感激這個解圍的人，問他姓什麼。

那人告訴他說：「我叫賽義德，是埃及行商，碰巧遇上了戰爭。我希望和平解決。」

成帖木兒問：「那麼大家說說看，是要流血還是要和平？」

有人大聲說：「請阿克查代表我們。」

成帖木兒問：「誰是阿克查？」

人羣中被推出一個五十多歲的長者，他留著一把漂亮的黑鬍子，深目鷹鈎鼻，鼻子大得出奇。

「他是法官，讓他代表我們好了。」

成帖木兒好言安慰大家，告訴大家說：「我不會讓蒙古軍隊來干擾氈的，只要你們守約歸順。」

成帖木兒終於從氈的脫身了，他回到朮赤大營，向朮赤報告了此行的情況，他認為氈的城的百姓很軟弱，百姓之間意見又不統一，如果被一些別有用心的人掌握的話，那麼，氈的很可能很快會變成敵對的、不馴服的城市，那時又要大動手腳去整治。

聽了這話，一旁有位小將插言道：「父親，與其如成帖木兒說的這樣，不如派兵，護送一位我們的執事官，派駐一名軍事長官，建立起鞏固的政權。那樣就除了心腹之患。」這是朮赤的長子二十歲的鄂羅多。

「哥哥說得對，我看是應該打下一地就抓牢一地，不要像狗熊掰棒子，掰一個夾不住又丟一個。」拔都插言。

朮赤聽了覺得十分在理，切中了蒙古族遊牧治國的習性，攻一城，丟一城，只是劫掠一頓，如同潮來蕩滌一切，潮退又無影無踪。便轉頭問：「是你想出來的？」

拔都誠實地搖了搖頭：「是耶律楚材大人的訓導，他說等我們作了王爺，有了自己的封地，就不能那樣治理國家。」

朮赤又想起了耶律楚材跟他說起過的同樣的話。確實，大軍如同一支箭，箭射向哪裡，父汗就將哪裡的土地作為封國交給自己去治理。有了土地，不能沒有人民，有了人民不能沒有房屋，要讓羊吃草，才能產奶，有了奶才能養活軍隊、國家。朮赤頓時悟通了些什麼，雖然還不透徹，但想通了一些原本他不想弄通的問題。

派阿里火者作為氈的城的新長官，怎麼樣？

阿里火者本來就是布哈拉人，早在成吉思汗統一蒙古之前，他就到不爾罕山區經商，與成吉思汗家族成了朋友，此次遠征，這些當地人，自然隨軍一起返回。朮赤的決定還是很英明的，因為只有用當地人，才比較容易溝通。

朮赤派鄂羅多與拔都跟隨別納勒將軍帶一萬兵馬去解決氈的。

當氈的城民遠遠望見大軍揚起的衝天塵土時，他們緊緊地關上了城門。

鄂羅多和拔都要求別納勒將軍不要流血，不要殺無辜百姓。

別勒納將軍對他們說：「如果你們把自己當成士兵，那麼就聽我的，如果你們把自己當成小王爺，那麼我就聽你們的。打仗不殺人，怎麼儆服那些反抗者？這是你們的爺爺，我的大汗教導的，反抗者必死。」

「現在他們沒有反抗！」拔都指著城牆上看熱鬧的百姓說：「你看他們手中有武器嗎？」

確實城內的居民除了緊閉城門不開外，很多人坐在城頭看山景似的看著城外的蒙古軍隊兵馬調動。

別勒納將軍好像故意為難他們，「好吧！我把軍權交給你們，氈的城由你們去解決。」

鄂羅多生性敦厚，見別納勒將軍不高興，也就不多說話了，拔都則毫不示弱地說：「好！別勒納將軍聽令，限天黑以前架起撞城機、拋石機和雲梯。」

別勒納很莊重地應了下來，還沒等他轉身，拔都又下令道：「全軍人馬全部排列在城前，等撞城機、拋石機和雲梯準備好，就一齊吶喊，為攻城隊伍助威。」

別勒納很快就安排好了一切。

雲梯推近城牆時，城裡的人都還在納悶，「這麼高的牆，怎麼能爬上來呢？」

很快拋石機試拋了，由於安裝有誤，幾十人拉動皮索拋起的石塊又落回原處，砸壞了拋石機。不過在城頭上看熱鬧的人都嚇壞了，因為撞城機的巨大撞擊聲，千軍的吶喊聲如同滾雷。

攻城的士兵通過雲梯登上城頭，又下去打開了城門，他們沒有遇到任何抵抗。

拔都最為高興，因為他居然也指揮了一次戰鬥。

別勒納高興地笑了，因為是朮赤太子叫他適當時候讓小馬駒溜溜韁，這不才出廄就上陣了，雖然是不流血的戰爭，但畢竟也是戰爭啊！雛鷹小試，拔都的指揮若定，讓他暗暗放心，他覺得朮赤太子的這一個兒子將來會是一個帥才。

氈的和平了。

阿里火者執掌了氈的的行政大權，開始管理這個城市，按照朮赤的將令，在這裡留下了一名軍事長官，拔都只准留下軍官，而一個百人隊全數從當地人中招募。要他在很短時間內把他們訓練成軍人，維持地方治安。等朮赤到達氈的時，一切已經就緒，他很滿意。也是從這時開始朮赤讓年僅十三歲的拔都正式開始了他的軍事生涯。

十　運籌帷幄

夜已經很深了。

初冬的彎月像從水中撈起的一隻被打破的殘剩的盤子，淸冷地掛在冰寒的天穹裡。下洩的月光，從雲縫裡滲出，則像是沒有瀝乾的水還在淋漓。月光淸冷，夜霧又使萬物顯得那麼朦朧。遠處的城牆、近處的樹林、河流、草地，都像是在紗帳中睡眠，月亮從雲縫中鑽出來時，風兒呵一口氣，把紗帳撩開，遠處的阿姆河便閃射出迷離的白光，只一閃，當月兒鑽進雲縫時，風兒吸一口氣，把紗帳扯上，一切立刻歸於黑暗。

夜很靜，不時傳來遠處戰地馬場裡戰馬的噴鼻聲，和夜鳥飛過的幾聲鳴叫。

夜把白日的血戰場面全部遮掩起來了，把所有罪惡都掩藏起來了。似乎留給人間的是如此的靜謐，安詳。

車帳中，成吉思汗談興正濃，坐在他對面的是耶律楚材。耶律楚材什麼時候都是儀容端莊，倒是成吉思汗今天解了甲胄，也許是多飲了幾大碗馬奶子酒的原因，成吉思汗敞開著胸懷，臉上泛著酡紅的光澤。

成吉思汗對耶律楚材說：「聽說你給了朮赤一個忠告？」

耶律楚材正色回答：「正是！臣對太子殿下說過，應該改變遊牧治國的舊習。」

「為什麼？」

「我國的軍事行動、征伐意謀，他國已經十分清楚。一般於三、四月間形成，然後，行令各屬國，到了重午（陰曆五月五日）召開大會共議秋天兵事所向，然後各屬國回去避暑、放牧到八月集中啓行。靠著戰馬有如急風暴雨一般到來，又如急風暴雨一般離去。從不置兵守衛，獲取城邑不少，但只徵得浮財，隨即離去，如同殺雞取卵，過年又得重來。不如宋、金等國，他們取得州邑以後，養雞得蛋，生生不息，成為永久的財富源泉。免了連年征伐不息。」

耶律楚材拿宋、金來比勝利者，顯然是大不敬的言詞，譯者都很擔心，但耶律楚材要他如實翻給成吉思汗聽，他認為不能坦言，何謂忠臣，如果蒙古這種原始掠奪式的生產方式不改變，那麼世界永無寧日，蒙古民族本身也永無寧日。

成吉思汗顯得很大度，他對耶律楚材批評他的這種做法不以為忤。相反以十分讚賞的口氣對耶律楚材說：「是啊，車帳如雲、將士如雨，朕的大軍向敵人殺去，如同一場暴雨帶來的是洪水洶湧，洪水把一切都捲走了，有待來年再有收成。所以你要朮赤不要像洪水，要恩威並用，少殺戮，多懷柔？」

「是！大太子為人暴躁乖戾，易動肝火，所以要多多勸導他：奪取一個國家，首先是要取得這個國家的土地，有了土地，沒有人民，誰來居守，誰來耕作，何來收成？所以攻取一國，必得該國土地和人民，讓人民在這塊土地上安居樂業，生產物華，才能徵取到稅賦，年年有貢，歲歲來朝。殺戮了人民，就無了根本。就軍事上來說，你佔有了三個點，就可以連成一條線，有了三條線就可以連成片，有了成片成片的屬地，就有了縱深，有了防禦和進攻的機動餘地，那樣才是一個偉大的、幅員很廣闊的國家。否則，馬蹄所至才是領土，馬蹄離開便又是他人的領土。」

「道理並不深奧，可惜，朕的戰士沒有幾個人能懂得其中的真昧。」成吉思汗不由感嘆。

「陛下，所幸蒙哥、鄂羅多和拔都哥幾個十分穎悟，已識得了其中的道理。」

「還要有勞你多多教導他們。」

正談說間，忽聽得不遠處馬蹄聲敲近來。耶律楚材知又有戰報，便起身應接。戰報是從忽氈急遞來的。

「飛箭諜騎」送來的是阿拉黑、速客圖、托海的求援信，言稱：由於忽氈城濱錫爾河，河中有洲，上築堡壘與城互為倚角，互為奧援。該洲距離兩岸較遠，拋石機和箭都不能射及，守將鐵木兒・密里克分精兵千人把守，另造戰船十二艘在錫爾河上游動，由於要同時對付城內和洲中之敵，兵力明顯不足，為此請求增援。

成吉思汗攤開探馬繪製的花剌子模地圖，細細審察了一遍，然後傳喚布托，要他立即提調俄脫拉爾前線察合台軍五千人馬、窩闊台軍五千人馬星夜兼程，趕赴忽氈城；要氈的前線的朮赤軍撥五千人馬和拖雷軍的五千人馬火速馳援。此外徵調新取城市百姓，要他們編組為隊，由蒙古軍官督導，準備作攻城的預備工作。

耶律楚材奏道：「陛下，我想鐵木兒既然花很大力氣製造船隻，那麼可以預知，他的最後逃路必是順流而下，沿費納客特到達氈的和八兒真，那麼朮赤軍可以留在原地，以逸待勞。」

成吉思汗反覆掂量，反覆推敲，終於點了點頭，將王命頒出。

「飛箭諜騎」又趁夜飛起來了，他們像流星趕月一般，快馬加鞭。

成吉思汗雖然發佈了提調令，但心中卻不踏實，他對耶律楚材說：「無論那一支人馬趕赴忽氈，都不能剋水中之患，蒙古兵將不諳水性，你不知有何妙法？」

耶律楚材聞聽不由犯難，自己也是北方人，同樣不諳水性，還能有什麼妙法可獻。他只得如實稟奏道：「陛下，臣下也是一隻旱鴨子，同樣不諳水性，不過南人有關於水戰的兵法，也許可以給他們以啓發。」

成吉思汗不由開顏道：「說來聽聽。」

耶律楚材盡自己對兵書的記憶，告訴成吉思汗一些水戰要領。由於情況不容許，已不存在製造艨艟巨艦與之船戰了，可以做的是「濟水」之策，亦即在岸上解決渡水或攔船的辦法。譬如：凡軍行遇水，渡水闊而不得過，以軍中車用鐵索繫在一起，橫絕於中流，士卒可藉以渡水；凡軍將渡，應先在岸上四面列陣，或登高遠望，或派出斥候兵縱騎偵察，以備敵人趁我軍渡水之時發動突然襲擊；在江上阻敵，除佈下鎖江橫索以外還可以結舟為橋，封其去路……

「好！擇其要，通報給阿拉黑。」成吉思汗一錘定音，在他內心深處覺得他得到了耶律楚材好像得到了一片海，一片智慧的海，他覺得那是上天賜給他的家族的一件寶貝。

忽氈前線。

確實如阿拉黑等三位將軍的求援信所說：鐵木兒・密里克分兵把守著忽氈城和洲

中陣地，抛石機和箭對他們無可奈何，不僅如此，鐵木兒・密里克每天派出六艘戰船巡行出戰，那戰船有個形如穹屋的甲殼，外面覆以輕氈，塗上了醋泥，以防禦蒙古軍的火箭。而他們的箭則可以從縫隙中發射出來，每每傷人無算。

援軍到達以後，阿拉黑將軍命速客圖率領從四鄉擄來的百姓編組成簽軍（臨時徵召的百姓或收編的俘虜組成的軍隊）每十個波斯族人或康里人，土耳其人編成一個小隊，每十個小隊派一名蒙古將官監督，讓他們從三十里外的山裡運石填河築堤，然後由士兵在河邊將石塊抛進河中去，希望能夠填出一條通向洲上的路來。

三十多里路擺開了兩條長龍似的隊伍，山石不分日夜地運到河邊，然後由蒙古士兵用它填河造路，河堤一天天在延伸，當眼看快夠著箭的射程時，阿拉黑吩咐，用箭壓制住敵人，不讓他們射殺填河的士兵。鐵木兒・密里克為了阻撓蒙古軍隊的行動，派戰船向水邊的蒙古軍隊進攻，雖然，阿拉黑命人用抛石機、火箭等武器還擊，但由於敵船靈活，一調身就駛出了射程，所以蒙古箭筒士無可奈何。相反，鐵木兒・密里克的戰船時時接近騷擾，還是有不少人傷在戰船射出的箭下。

填河縱堤終於接近築成了，只需要涉很小一段淺淺水路，就可以登上敵人盤踞的陣地。

攻擊開始了。

炮石紛紛如雨，不分日夜地向洲中陣地傾瀉，儘管鐵木兒・密里克有效地組織了抵抗，但數萬大軍的增援，使得鐵木兒・密里克心驚，他已經意識到了這樣久戰下去，命運大約不會比布哈拉好多少。因為在整個花剌子模王國，沒有人可以調動來一支增援的軍隊，也沒有一個兵可以增援，這樣的仗，何以能打得贏呢?!

好不容易熬到了夜晚，夜色好像舉行葬禮一樣沉重，整個錫爾河好像一條黑色的飄帶繫在戰爭的旗幡上。河水嗚嚥著唱響了輓歌，鐵木兒・密里克下令把輜重、財物，分載在他早就準備好的七十艘船艦上。

他親率一隊武士登上了一艘大艇吩咐開船，就在這時，火把燃起來了，一道電光一般的亮色，像勇士揮動的寶劍，劃破了錫爾河夜的幔帳。阿拉黑的人，來自布哈拉、俄脫拉爾、氈的以及其許許多多地方的士兵們都聚集在錫爾河岸上，船在那兒出現，岸上就有如雨飛箭射來，飛火槍濃濃的硝煙味瀰漫在船隊上空，燃燒的火箭在空中尖嘯著亂飛亂竄，戰鼓隆隆敲響，喊殺聲和叫罵聲攪成一片。

然而，鐵木兒・密里克帶有護甲的船可以從縫隙中向岸上的人進攻，而岸上的人對他卻毫無咒念。船下行很快，射石機無法跟上。飛火槍又燒不透塗有醋泥的「裝甲」。

鐵木兒・密里克的人矢不虛發，死神頻頻親吻蒙古士兵。鐵木兒・密里克就這樣押送著裝載了忽旣所有寶物的七十條船抵達了處在下游的非那凱特城郊。然而他們遇到了很大的麻煩，船隻底部像是觸了礁似的，緊緊地被拖住再也動彈不了了。蒙古兵歡呼著奔過來，眼看著只要這一關闖不過去，那麼一切都完蛋。

是什麼拖住了鐵木兒・密里克的船隊？

是橫江鐵索！

朮赤部按照大汗的命令，耶律楚材的辦法，設置了橫河鐵鏈，鎖住了船隻通行的河道。

鐵木兒・密里克見事不好，一着急，不知從哪裡來了神力，從刀斧手手中接過了一柄大斧，真有他的，一擊斷鏈；再擊；三擊。砍斷了所有橫江鐵索，從而解了船隊的危困。船隊越過了斷鏈處，繼續向前，殊不知，前路還有人在等著他。

朮赤軍出現在前方，他們結舟為橋，備好了弩炮，專心在等候他的到來。

這使得鐵木兒・密里克有一種前路已絕的感覺。

——旣的已經失守了，那他還到旣的去幹什麼呢？

他急令停船，趁還沒與朮赤軍相遇時，趕快離開河道。

他們騎上快馬，飛速遁逃。

蒙古軍緊緊追趕。

人往往記不住先哲的箴言，「人為財死，鳥為食亡。」這是先哲們早就總結過的經驗，可是鐵木兒・密里克也不能在金銀財寶面前免俗，他捨不下從忽氈帶出來的半個城的財寶。為此他拖累了自己。

鐵木兒・密里克打發輕重先行，自己帶領一千五百多人的隊伍斷後。

朮赤軍的先鋒別納勒派副將厤木速與鐵木兒・密里克交戰，竟沒過五個回合，就被膂力過人的鐵木兒・密里克震飛了手中的三刃兩尖槍。由於別納勒指揮得當，搶救得快，沒有喪在鐵木兒・密里克手下。

鐵木兒・密里克部士氣大振，鐵木兒・密里克則不停地揮舞著重劍，擊退圍追堵截的蒙古人。護衛著他的輜重，緩慢地前進。

朮赤見鐵木兒・密里克武功了得，便不想硬拚增加傷亡，他只是讓別納勒派三千人馬緊緊追隨在鐵木兒・密里克軍的後面，蒙古馬隊若即若離，等他們歇下時，來一個突襲，搶得一部分輜重，殺得一批士兵，第二天仍如法炮製。而徹夜騷擾，搞得鐵木兒・密里克軍風聲鶴唳，草木皆兵。如此三天，鐵木兒・密里克從忽氈帶出來的四千人馬，已經消耗過半。

最後他只剩少數扈從仍抵抗不息，多少成吉思汗士兵死在他的劍下，一時使得成吉思汗軍聞其名而喪膽。

鐵木兒・密里克重劍砍捲了刃，已經無法使用，他還餘下三支箭，其中一支還是掉了箭鏃的禿箭。

最後，扈從都戰死了，任多少人呼喝，他也不下降旗。他一邊罵著：「你們去告訴那個侵略者成吉思汗，我鐵木兒・密里克就是死在亂刀之下，成肉泥，成齏粉，也不會向侵略者低頭！」

「黑韃靼，滾出花剌子模去！」

他奪得了一匹駿馬，單人獨騎闖出包圍圈。

別納勒手下有三個士兵追了上去，鐵木兒・密里克回馬彎弓搭箭，不料抽出的竟是那支禿箭。禿箭就禿箭吧！鐵木兒・密里克心中默唸一聲：「真主保佑」，手一鬆，那支無鏃之箭竟也飄飄悠悠地飛向衝在當先的蒙古兵，竟正中那士兵的右眼。

他道：「我還有兩支利箭，你們兩個想消受嗎？如果不想消受，那最好退回去，我可以保全你們的性命。」他的聲音並不抖索，他的內心卻在顫抖不已，然而他並不逃跑，反而向那兩個士兵走近去。

鐵木兒・密里克雖然勇敢過人，但在混戰中也難免受創，此刻鎧甲已經滲出血來，是敵人的血，還是自己的血，已經難以分清，臉上血汙滿佈，充滿著無畏的氣概和仇恨，使人看起來分外強悍、勇毅，透出一種絕不怕死的威猛，令人感到他是與死神同在的人物，十分可怕。其實他完完全全是色厲內荏，他是強打著精神裝出還有過人精力的模樣，用以威脅那兩個蒙古人。

他的身子在馬上坐得很直。

——其實他的內心已經彎曲得像隻燒紅的蝦公。

因為他知道，只要他晃一下，露出一絲力氣不支的神情，那麼眼前兩人會像狼一樣撲上來，咬斷他的喉管。他就會立刻血濺當場。

那兩個士兵看了看躺在地上捧著傷眼痛呼的夥伴一眼，他們退縮了。

鐵木兒・密里克收起了箭，向他們招了招手說：「後會有期！」打馬走了。

直到翻過一個土坡，身後的蒙古士兵看不見他的身影時，他才一鬆氣，癱在了馬背上。

俄脫拉爾。

總攻前夜。

從城牆上往下看好似新築了一條城牆似的，每一台拋石機後面都有一堆堆石塊，前排是箭筒士，中排是帶刀士，攻城器械全部運抵離城不遠的隱密處。俄脫拉爾城被圍成亞賽鐵桶。

巴比西魯發現了異常，馬廐被士兵粗野地打開，馬兒被一匹匹牽走。

哈察拉將軍的騎兵為什麼悄悄開始備馬？

巴比西魯拉住一起餵馬的士兵比劃著問，為什麼？

那人告訴他，將軍要走，要突圍。

城裡已經是人馬喧騰了，巴比西魯不再等待，他用木炭在一塊布裙上寫下了「突圍」兩個字縛在箭上，隨之登上城頭，摸了一個哨兵，點燃箭上油脂，將箭射向前沿陣地。

箭上情報很快被呈送給窩闊台。巴比西魯的士兵被叫去認字，確認是巴比西魯的筆跡。

窩闊台大喜，說：「巴比西魯確是我蒙古的孤膽英雄，我要好好地重用這樣的勇士。」他拿了情報忙來到了察合台的大帳。

察合台也還沒有睡，明天就要總攻了，圍了好幾個月，西征大軍每一路征戰都順利，捷報頻傳，獨獨這俄脫拉爾，主要首犯盤踞之地卻遲遲不能攻下，真覺丟人，是到了該出口惡氣的時候了。

窩闊台走進大帳，叫了聲二哥，隨即將情報呈上。

「哪來的？」

「我的一個部下，叫巴比西魯，他不是失踪了嗎？今夜他從城裡射出火箭，送出這份情報來。」

「好的，雖然只有兩個字，但我認為他提供的是城中之敵的重要動向。我們必須加強防範。」

「不不不！讓我想想……」窩闊台似乎想起了什麼，他想為什麼要防呢？圍困了近五個月，不就是因為深壘高牆阻擋了去路嗎？他要突圍，為什麼要把他堵回去呢？不應該網開一面，讓魚游到水淺的地方再去圍殲他嗎？到處都是大軍，即使突圍以後他又往哪裡跑呢？突圍必定要開城，開城不正是攻城的大好機會嗎？

「三弟你怎麼不說話，在想什麼妙計嗎？」

「二哥！我想打擊突圍之敵與攻城來說，攻克俄脫拉爾是頭等大事，如果放走他們，一方面減少了城裡的抵抗力量，而與此同時，等他們打開了城門，就絕不能再讓他們關上。」

「趁機一舉奪下俄脫拉爾，好好！真是天賜良機。立即傳令，調咱們的宿衛隊、飛火槍手、老營帶來的帶刀士，不要別的人。」察合台所說的別的，是指屬國的軍隊或者一路編入的俘虜。

「讓他們埋伏在城門口等突圍的隊伍一稀，立即衝上去殺他個措手不及。」

哈察拉的人馬從西南的蘇菲哈納門衝出。

等騎兵馬匹漸稀的一剎那，飛火槍手百箭齊放，爆炸的煙火把還未出城的人馬逼了回去，一時造成蘇菲哈納門門前大亂，察合台的人馬從蘇菲哈納門衝入，後續源源跟進；與此同時，巴比西魯聽見了蘇菲哈納門的動靜，也隨之而動，他用學來的波斯語大喊道：「蒙古人打進來啦！蒙古人打進來啦！快逃命啊！」

這絕不是謠言，因為蘇菲哈納門附近的爆炸聲和吶喊聲、南門外撞城機猛烈的撞擊聲，已經在警示所有的城民，一時全城大亂。

巴比西魯空手與守衛南門的敵人進行了搏鬥，雖然他奪下了敵人的刀，但他自己也還是負了重傷。他極力支撐著打開了城門，還沒有等他讓開身，他已經被潮湧而來的人流踩在腳底下了。

巴比西魯的十人隊，到處搜尋他們的隊長，結果搜尋到的竟是哈察拉將軍。

他們帶著哈察拉前去見窩闊台，窩闊台不但不高興，相反十分生氣，他說：「這個俘虜有什麼價值？他能比得上你們十夫長一個腳拇指嗎？」他要他們一定找到巴比西魯。

察合台和窩闊台一起審訊了哈察拉。

哈察拉對他們說：「我奉命前來增援，但是我認為默罕默德國王的戰略是錯誤的，他把兵力分散在全國各地，把一隻有力的拳頭變成了五個散開的指頭，讓你們一個一個地砍去，實在是不可饒恕的錯誤，實在是花剌子模的悲哀，我早就準備向貴軍投降，所以決意離開此死地。」

察合台和窩闊台還問了一些城中的守備情況，最後察合台對他說：「你受過默罕默德的恩惠嗎？」

「受過！」

「可是你卻不忠於自己的主子！」

「……」哈察拉無言以對，但他覺得無論如何，對於一個願意投降的人總不會太過嚴厲吧！

然而，察合台的決定是出人意外的嚴厲：「我們也不能指望你效忠！」結局大出哈察拉的意外。察合台給他的竟是一個「死」字！

確實蒙古人有他們自己的是非標準，這是世世代代相傳的標準。當年成吉思汗在統一蒙古高原的部落戰鬥中，王汗之子桑昆的親信和隨從闊闊台沒有盡責保護好他的主子桑昆，相反要叛變已經窮途末路的桑昆，他妻子撒兒塔反對他這樣做，他甚至說，妳要留下就跟桑昆作老婆去吧！說完跳上馬就跑了。成吉思汗賜給他的獎賞，是一個死字。他說背主求榮的東西，有哪一天我也落到桑昆的地步，你不也會把我拋到荒郊野外不管嗎？我不需要沒信沒義的人。

成吉思汗征服勁敵扎木合時，有幾名扎木合的背叛者，也被處死，相反巴阿鄰部的一個叫納牙阿的，勸他的父兄放掉了成吉思汗的死敵、泰亦烏部的部落長，成吉思汗不僅沒有處死他，反而給予獎賞。

哈察拉無話，他至死也沒鬧明白自己是為蒙古傳統觀念而死，是傳統祭壇上的祭品。

叶納勒朮將軍還在戰鬥，由於哈察拉將軍的出逃，和蒙古間諜巴比西魯的配合，造成了兩道城門失守，他不得不將兩萬名士兵撤退進內城。他對他的士兵們說：「倘若我們不盡忠於我們的蘇丹，我們如何為我們變節剖白呢？我們又拿什麼理由來對待穆斯林對我們的譴責呢？我們都是注定要死的，不管老的、中的、青年人，沒有人能夠永生，但是為微不足道的事而死和為捍衛祖國尊嚴而死卻絕然不同，前者受人鄙夷，後者使人尊敬。」

叶納勒朮的話受到了士兵的歡呼。

此時士兵面前的叶納勒朮，與先前那個為了圖奪蒙古商隊財貨而妄開殺戒的叶納勒朮判若兩人。也許一個人面臨死亡時才會有更高的悟性，人性中曚昧的部分才會打開明智的天窗。但是叶納勒朮明白得太晚了，由於他的輕率而將整個花剌子模國家推進了血海。

內城攻防戰還在繼續著，叶納勒朮用哈察拉的例子教訓戰士，投降敵人也只有一個死字，與其投降而死落個臭名，不如轟轟烈烈戰死留下為國捐軀、萬世流芳的英名。戰士們在他的鼓動下一個個視死如歸。每五十人為一隊，與自己的戰友訣別後，便義無反顧地衝出內城與成吉思汗軍拚死決鬥，只要一息尚存他們就戰鬥不止。兩軍面對面的決鬥是那樣的慘烈，呼喝怒罵不絕，刀槍鏗鏘撞擊，不是失了胳膊，就是穿了胸，不要命的死士，猶如瘋虎一般橫衝直撞，使得蒙古軍傷亡慘重，陣前屍體摞著屍體，鮮血摻著鮮血。

戰鬥延續了整整一個月，最後只剩下叶納勒朮和另外兩個隨從，但他們仍然戰鬥，不肯逃跑。蒙古軍攻入內城，他們便退守屋頂，即使到了這個地步，叶納勒朮還是不肯投降，看樣子是下定了戰死的決心。

越是這樣，察合台和窩闊台越是下令不准殺死他，必須生擒。

也許正是他們兩人的這道命令才使得叶納勒朮堅持到了最後。隨從全部戰死了，城內橫屍遍地，血流成河。

叶納勒朮手中的武器也已打脫了，城民裡的勇敢女人給他遞來磚頭石塊，磚頭石塊用光了，他又徒手搏鬥，他站在最險要的屋頂上把蒙古士兵一個個踢下屋去。然而，他總有力竭的時候。他是一隻虎，當飢餓一次次襲擊他的時候，力量沒有了源泉。

叶納勒朮被擒獲了。

這是成吉思汗大軍西征的首要目標。

他像隻四蹄被躓的牛兒，捆得結結實實。身上還繫上了沉重的鐵鏈。被押向成吉思汗的大帳。

俄脫拉爾被毀滅之手毀滅了。

經過了五個月的攻防戰才佔領了俄脫拉爾外城，又經過了一個月的激戰才攻克了內城，可想而知殺紅了眼的將士天天掩埋自己同伴的屍體，帶來的是多大的仇恨。

俄脫拉爾城因叶納勒朮的抵抗而遭到了滅頂之災。成吉思汗士兵驅趕著俘獲的士兵和城民，將內外城夷為了平地。半數城民遭到了殺戮，還有半數人是工匠、藝人和青壯年，被一起押解至撒馬爾罕郊區一個叫闊克撒萊的地方，那是成吉思汗車帳所在的地方。

成吉思汗不想見那個叶納勒朮，他只是下令用酷刑處死他。

叶納勒朮搞不清蒙古人為什麼不用鞭子抽打，不用棍子、不用刀子，卻召來幾個銀匠熔化銀子，難道是用銀子為自己送行？他問看守他的士兵：「這是幹什麼？」

看守士兵回答他道：「這是大汗給你的賞賜，你不是喜歡金銀財寶嗎？」

銀子熔化好了。

行刑人對被按躺在地的叶納勒朮說：「你真好福氣，還有銀子陪你上路，你不是愛看金銀財寶嗎？你看吧，好好看吧！」說完將化銀的勺子端向他的眼前，然後傾倒下去。

叶納勒朮的眼睛頓時化成了輕煙，他張嘴大聲咒罵殘暴的成吉思汗，然而，沸騰的銀水緊接著又灌入了他的嘴巴和耳朵。

行刑者又說：「讓你下輩子再也看不見、聞不到、聽不見金銀財寶的訊息，懂了嗎？」

叶納勒朮已經不能再回答了。

歷史不知該如何去書寫他，是英雄還是禍端？

各路大軍完成了各自的戰略使命以後，紛紛向撒馬爾罕集中。

離開氈的的部分朮赤軍和離開俄脫拉爾的部分察合台、窩闊台軍日夜兼程向東南方向的撒馬爾罕進發。

西征以來，成吉思汗的大軍經過了血與罪惡的洗禮，一個個眼中充著血，閃爍著兇光。

俗話說殺紅了眼，這可不是假的。戰場上下來的人把殺人當成家常便飯，看慣了鮮紅的血和各種慘狀的死屍，已經沒有了初次舉刀砍落人頭的那種心靈的罪惡振顫，人作為動物的人存在時，獸性因殺戮發揮到了極致。因此他們一個個同獸毫無二致。

沒有人問戰爭是什麼？

沒有人問為什麼要有戰爭！

是戰爭就會有殺戮，是戰爭就會有毀滅。

殺戮和毀滅天天在演繹。

殺戮、毀滅是手段。

征服才是目的。

走過綿延起伏的沙海，越過茫茫的戈壁，那些從氈的和俄脫拉爾帶出來的藍眼睛的、褐眼睛的壯丁們，經受不住慘酷的沙漠環境的折磨以及連續急行軍的摧殘，倒下了，只要倒下，那只有死路一條，不是被殺死，便是被渴死。

如果沒有嚴格的軍紀限制，那麼一路還不知要有多少人要被殺死。因為他們極不情願拖帶那麼多的俘虜。經過十幾天的行軍，他們越過了沙漠戈壁、綠洲和山嶺，終於眺望到了那彎彎的、亮閃閃的柴拉香夫河和河邊的巍峨的撒馬爾罕城。

從死亡沙漠走出來的士兵，猶如看見了天堂勝境一般，發狂地奔向撒馬爾罕。

城外是一望無際的草地，鮮花盛開點綴其中，沿河是一片又一片的果園，倒影把柴拉香夫河染成綠色，曲曲彎彎地流向阿姆河流向西方的裡海。

朮赤對他的士兵們說：「看見了嗎！想進去看看天堂勝景，那就勇敢地爬上城牆去吧！」

士兵們歡呼著，衝向柴拉香夫河。

朮赤的大軍先於察合台和窩闊台兩天到達撒馬爾罕，阿拉黑、速客圖、托海率領的人馬於察合台和窩闊台軍之後也到達了撒馬爾罕外圍。每支軍隊都拖帶著大量俘虜和劫掠來的物資。繁雜眾多的各種民族、各個人種，使蒙古士兵大開眼界。

他們在闊克撒萊擺下了一個儀式，凡是主動歸順，被收編的異民族部隊，和新編的加入成吉思汗大軍的當地城民組成的簽軍首領、土著領袖，一一朝拜成吉思汗，一一親吻他的馬靴，以示臣服。

成吉思汗下令重組軍隊，派蒙古將官整編那些異民族軍，以補充缺失的兵員增強戰鬥力。

就在這時，撒馬爾罕傳來消息說，默罕默德準備放棄固守撒馬爾罕的計畫，而先行出逃，成吉思汗當即命令火速進逼撒馬爾罕。

十一　開弓沒有回頭箭

撒馬爾罕在花剌子模國中是最大的一個州，土地最廣，又是最肥沃的。有人說如果世上有一個伊甸園的話，那撒馬爾罕是排不上號，但如果世上有三個伊甸園的話，撒馬爾罕就可以排上號了。因為他們說：「這國家，石頭是珍珠，泥土是麝香，雨水是烈酒。」當然這是溢美的詩語言。但撒馬爾罕物產豐饒，氣候宜人，處處花香鳥語這倒是真的。一方水土養一方人，這裡出美女，不管是黑髮深目的伊朗種，還是碧眼金髮的歐羅巴斯拉夫種、還有栗色頭髮的茨岡人，都有相當美麗的女人。當她們聚集在柴拉香夫河邊洗衣滌衫時，好像仙女下凡一樣，襯著岸邊的鮮花和綠樹，簡直就像仙境一般。把它叫作伊甸園當之無愧。

柴拉香夫河依然潺潺流淌著，河中的游魚並沒有因為兩岸的獵獵戰旗飄動而影響牠們悠悠地覓食。

倒是撒馬爾罕城裡的官員們像一網就要被拖離水面的魚兒似的，惶惶不可終日。

默罕默德已經一連開了十幾次御前會議了。

各地戰場的失敗戰報已經不是靠軍隊自己的情報系統報到撒馬爾罕來了，而是靠成吉思汗大軍釋放的戰俘帶回了一個個全軍覆沒的噩耗。

先是錫爾河下游的速格納黑、俄節漢、巴兒赤漢；上游的伯克納特、扎爾納黑、訥兒城；接下來是氈的、忽氈和布哈拉這樣的重鎮也連連失手。

每一道噩耗都在花剌子模宮廷引起強烈震動。

按說默罕默德征戰多年還是有一定戰略眼光的，他起先提出的把軍隊主力集結在阿姆河畔，憑藉阿姆河這一天險，水陸並舉，先以逸待勞，以四十萬大軍與成吉思汗作一豪賭，未必不能操勝券。接下來，撤至船上，回防堅守與大兵團迂迴敵後相結合，待敵人包圍撒馬爾罕時，以大部隊機動實行反包圍。同樣可以繼續殲敵。但是遭到了反對；另一方案為誘敵深入，也不是不可取，把成吉思汗大軍引到托蘭斯敖克沙納，利用有利地形加以打擊，力圖殲滅一部或大部。

沒有主見的默罕默德雖然採取了第一方案，卻很快被謠言所嚇倒。

探馬不知從哪兒聽來消息說：成吉思汗的大軍像蝗蟲一樣鋪天蓋地而來，他的士兵像獅虎一樣凶猛，像狼羣一樣殘忍。他們不知疲倦、不知休息，能一連十天不吃不喝，他們只知進攻，只知殺人，所到之處寸草不留，衝鋒時來無蹤，撤退時去無影。而一旦攻下城池便人人能吃一隻羊半頭牛，他們喝血、吃肉，不吃糧食，連他們的馬匹也是以血為飲。

默罕默德聽了心驚膽顫，認為既然成吉思汗的軍隊來無踪去無影，鐵騎縱橫，便無了防線可言。只有固守高城深壘才是良法。

就在此時，城裡又出現了暗殺者，這是他自己營壘裡的人幹的，由於貼身衛隊比較盡職，也比較機警，刺殺沒有成功，暗殺者未來得及審明情況，就被托蓋一劍穿透了胸膛。

默罕默德心知肚明，是他自己營壘的朋黨，想趁機攆他下台，或者永遠消失。

默罕默德的內心中充滿了疑懼和混亂，他急急下令退守城池。派他所不信任的將官帶人去保衛其他州邑和領地，而留下十一萬人駐守撒馬爾罕。這些人中有六萬人是突厥人，他們的首領阿勒巴爾、沙亦黑、巴拉都是英勇善戰的將領。此外還有波斯人和康里人，還有他十分在心培養的塔吉克人統御的大象戰鬥隊，配備了二十頭大象，這種神勇無匹的野獸，力大無比，用鼻子能扭彎大殿的柱子，而且身上都還披著刀槍難入的裝金鐵甲。象背有一座精製堅固的戰樓，大象載十二名士兵，小象載八名士兵。均為帶甲弓箭手，戰樓中還藏有投擲火藥彈和花炮爆竹與石彈。在大象身後有一支馬步兵，那是默罕默德的親衛隊，專門用來督陣。這可是默罕默德親自精選的精銳之師，至於他母后的那一族康里人的隊伍，他一個也沒有留在身邊，只有母后的弟弟托蓋，迫於母后的威逼還得留他在撒馬爾罕擔任城防司令，帶領著一支康里人組成的隊伍。

除了軍隊以外，還有多得無法計數的撒馬爾罕的城民和從城外躲進城來的百姓，對於外侮的入侵，他們是同仇敵愾的。

至於城防也無堪慮之處，城牆大大加固過了，城牆外面增設了三條外壘防線，塹濠深挖到乾土下面的水層。使敵人無法挖掘地道，滿灌的水使塹濠成了難以逾越的護城河。

有這樣多的軍隊和這樣嚴密的防禦工事，照例是可以與敵死拚一場的了，但是由於默罕默德改變了戰略，將俄脫拉爾和撒馬爾罕作為主要防守地據守。也正是由於這種改變，使各城分守，分散了兵力，才使默罕默德的軍隊攥不成一個拳頭。默罕默德已經失去了戰勝敵人的把握，道理是因為他精神上已經敗亡，他失去了堅守之志，意在見機逃亡。

終於，有一天，當他聽說成吉思汗攻下布哈拉回師直指撒馬爾罕的時候，他再也坐不住他的交椅了，他帶了最精銳的一支人馬約一萬餘人要離開撒馬爾罕。

成吉思汗的戰略目標已經初步達成了。

早在進軍之初，就聞知撒馬爾罕大規模修繕城牆和堡壘，城內大量駐軍。上下官兵都認為要想攻克撒馬爾罕不是那麼容易的事。

攻打俄脫拉爾用了五個月時間，死傷了幾千人，才攻克下來並把叶納勒朮活捉。那麼這座撒馬爾罕沒有三兩年的時間恐怕是無法啃下來的。

也正因為這樣，成吉思汗才定下先吃軟襠，後啃骨頭的戰略思想。以前攻金的時候，中都城防堅固，守城金兵驍勇非凡，滾木擂石堆積如山，成吉思汗知道一時不可能攻下，如果久攻不下，那麼就會大傷士氣，於是他從河北涿州分兵三路攻河北（今河北、河南兩省廣大區域）、河東（今山西）、山東等州縣。察合台和窩闊台為一路領中軍左翼從太行山南下，到達黃河北岸後向西北，攻取平陽、太原；合撒爾為另一路率中軍右翼攻灤州等地；成吉思汗和拖雷則率主力南下破河間、濟南、益都等城市，前鋒直指邳州。二年多的時間以這種「圍獵法」橫掃九十餘州縣，兩河、山東數千里。等周邊盡皆掃蕩以後，合兵一處，中都已經成孤島。

這個戰例雖然不能完全套用，但其形式結果將會是一樣的。攻取撒馬爾罕之前先將外圍掃清，使撒馬爾罕成為孤城，使攻城大軍背後沒有威脅。同時攻下外圍之城可以從心理上摧毀敵人的鬥志。

成吉思汗已經從多年征戰中取得了豐富的經驗。他極清楚天時、地利、人和在戰爭中所佔的主導地位。他極清楚必須巧妙地轉化這天時、地利、人和。

敵人高牆深壘，就佔了地利；同仇敵愾，就佔了人和；他們以逸待勞，死纏活磨就會把大軍的鬥志磨掉，銳氣磨鈍，那樣難操勝券。而先清外圍，不斷打勝仗，就能不斷高漲士氣，勝利消息對敵人來說，又無疑是一劑消蝕劑，久聽失敗的戰報，必然使軍心煥散，鬥志靡彌，久困就能瓦解敵人。最終將天時、地利、人和轉化到對己有利這面來。

就這樣，他一步一步地將氈的、布哈拉、俄脫拉爾這些羊腿先啃了下來，把俄節漢、巴兒赤漢、伯克納特、扎爾納黑、訥兒城這樣的羊雜碎先吃下了肚，然後來啃這肥羊頭。

拖雷指揮本軍向撒馬爾罕前進，沿途村落，只要不抵抗一律不予殺戮。凡是抵抗之城，像薩里普勒和大不牙昔這樣的城市，拖雷毫不手軟地留軍剿滅，而他則帶著本軍馬不停蹄地向撒馬爾罕進發。

拖雷大軍越來越龐大了，他的軍隊中已經有三分之一是沿途征集的花剌子模軍民，嚴厲得近乎於殘酷的軍紀使得這些被迫當兵的人，循規蹈矩。而對一種新生活的憧憬也吸引著他們跟成吉思汗走走看。

在柴拉香夫河左岸，撒馬爾罕郊區薩萊，拖雷找到了先期在此紮營的成吉思汗。成吉思汗已經用了兩天的時間對敵城堡進行了巡視。觀察了外壘、城門和城牆。各路人馬陸陸續續到達這一帶，到達以後的任務就是休息。

消息搞確實了，默罕默德真的已經離開了撒馬爾罕。身為國王，在大戰開始之前已經叛城而去，龍身未動龍頭已去，這是用兵大忌，這會嚴重動搖軍心。成吉思汗當然要抓住這一戰機。

他讓宿衛傳來了他的兩名勇將——哲別和速不台。

哲別的營地離得近，奉王命提調先來到了大帳。

哲別原名叫只爾忽台，是泰亦烏部落塔爾忽台的神箭手。

一二〇三年鐵木真與泰亦烏部在闊田展開大戰時，只爾忽台奉命射殺鐵木真，那一箭射中了鐵木真的脖頸。

泰亦烏部戰敗後，只爾忽台被俘。當時鐵木真下令殺掉所有的俘虜，突然想起這個射傷他的人。他來到俘虜營，由於戰爭殘酷，戰死者眾，俘虜很少，只有四五十名。不過，這些敗軍之將，人人皆無懼色，個個視死如歸，一副大義凜然，威不可侵的樣子。這使鐵木真很佩服，打仗時為主子衝鋒陷陣，不惜死命；被俘了，還那樣威武不屈。他問他們為什麼不投降？

他們回答說：「主子對我們有恩，滴水之恩當湧泉相報。」

鐵木真說：「如果你們一定要死，我可以成全你們。我想先見見那個射我一箭的人。」

只爾忽台挺身而出，對鐵木真說：「那一箭，是我射的，你要報仇儘管來好了。」

鐵木真內心已深受震動。「你還嘴硬？」

只爾忽台說：「只射傷你，我已夠丟人的了，要不是黑夜……」

鐵木真說：「你箭法很好，但天不亡我。我只問你一句，你願意跟我嗎？」鐵木真已起英雄惜英雄之心了。

只爾忽台卻說：「我要是願意苟且偷生，早就跟你走了，我想即使我投降了，你也不會忘記這一箭之仇的。」

鐵木真道：「如果我忘記了呢？」他拔出寶劍。一道銀光閃動。只爾忽台以為死期已到，便引頸就戮，哪知鐵木真的寶劍落下來，只是削斷了捆綁他的繩索。

鐵木真說：「你走吧！不願跟我，我也給你們這些忠心的人以自由。我鐵木真欽佩真正的漢子。」

只爾忽台被鐵木真的所做所為感動了，他投到了這樣的明主麾下，他對鐵木真說：「我將為大汗赴湯蹈火，橫斷黑水，踏碎白石，若是命令我來，我將踏碎青石而至，若是命令我出擊，我將踏碎黑石而去。」

鐵木真給這位神箭手起了個名叫「哲別」（箭的意思），給他以四狗之一的稱號。

鐵木真對他的大臣們說：「作為敵人的人，總是避談自己殺過人、採取過敵對行動，隱瞞自己。而哲別直率相告毫無忌諱，這樣忠勇誠信的人可以做朋友。」

從那以後，哲別一直跟隨成吉思汗南征北戰，為統一蒙古立下了赫赫戰功，而且他從來不居功自傲。

西征中亞細亞以來，他和速不台率領大軍，從疏勒南下一直作為機動部隊在外圍牽制默罕默德的力量。勝利捷報頻傳，使他們有點按捺不住，所以一聽成吉思汗召喚，跨上馬緊加一鞭飛也似地趕了來。

速不台後他一步進帳。

「哲別、速不台！知道朕召你們來做什麼嗎？」

哲別時年四十有五，正當壯年。他像以往一樣仍是那麼耿直。他說：「大汗是不是要我們出擊追殲默罕默德？」

成吉思汗心想，「哲別啊哲別，只有你在軍事行動上能這樣參透我的心思。」他沒說出口，只是說：「默罕默德跑了，你們去追拿歸案。」

「是！」兩人不約而同地應命。

「朕要你們分成兩個兵團，從這裡出發，要像兩支箭，向兩個方向前進，不管遇到什麼艱難險阻，都要死死地將默罕默德兵團咬住不放，然後將他包圍、殲滅。假如發現默罕默德還有重兵的話，你們要避免與他交戰，迅速與友軍聯絡，朕將隨時向你們增援。假如他不戰而逃，你們就應窮追到底，直到把他們消滅為止！」

哲別聽完成吉思汗的話，點了點頭說：「記住了，但有一點還需大汗訓示。如果臣下的腳步跑不過默罕默德，他逃進了別的國家……」

「開弓沒有回頭箭！」成吉思汗決斷地說。

速不台問：「大汗，也把庇護默罕默德的國家看作敵國嗎？」

「為什麼不？」成吉思汗回答得那麼乾脆，顯然他是對自己的力量有著充分的信心。

想當初作為遊牧民族，他的希望不過是為了草原人民的安定，有個祥和的生存環境。哲別領兵戰勝了西遼，木華黎領兵戰勝了金國，十年的對金作戰，使得他開闊了眼界。整個民族從定居民那裡獲得了豐足的衣食，內部蓄積著巨大的戰鬥力，外部則有巨大的誘惑力和財富。西征中亞，本來也只是難以嚥下那口惡氣，對於異民族小覷東方民族的做法，只想給一點兒教訓，讓西域人知道應該「平等待我」。誰知他意外體會到了強權就是公理；體會到了自己的力量有多麼強大，幾乎是攻無不克，戰無不勝。這種自信心的變化，使他說出了極簡短，但極具殺傷力的話，因為這兩支箭一旦射出去，確實不好回頭了。

無疑使哲別和速不台兩人率領的大軍走向了世界的演武場，走向了更廣闊的戰場，走過中亞細亞，走向西亞細亞，直至遼闊的歐羅巴。

成吉思汗為他們送行壯別。他們從不爾罕山帶出來的五千兵馬，現在已經成了三萬。

臨行耶律楚材私下叮嚀道：「兩位將軍，請寬容降服的城市……」

成吉思汗聽見了耶律楚材的話，接道：「但要嚴懲抵抗的城市！」

兩個兵團當天就離開了柴拉香夫河邊的闊克薩萊。他們在離撒馬爾罕十餘里的地方，分成了兩支箭，向預定的目標緊緊地追去。

成吉思汗又命阿拉黑帶領一支軍隊趕赴鐵門關，以截斷南方之敵的可能外援。

兵馬雖已到位，但一切尚未完全就緒，攻城的器械，特別是耶律薛闍督造的，在進攻布哈拉城時起了作用的揚塵車、行天橋、搭天車，還有轟天巨雷，此外還有壕橋、折疊橋、填壕車等等尚未建造。

就在此時，默罕默德臨走時指定的守城悍將阿爾浦、沙亦奇和巴拉點起兵馬主動殺出城來，他們以為可以趁成吉思汗大軍立足未穩之時，展開攻勢，殺他一個措手不及。

成吉思汗將令旗一揮，前出之軍慌裡慌忙後撤。

阿爾浦觀敵料陣，見成吉思汗揮軍後撤，知道敵方立足不穩，立刻發起進攻。花剌子模軍中有六萬土耳其人，受西方訓練，此時擊鼓前進，前隊弓箭手不斷射出箭弩，連連射倒許多成吉思汗的士兵。成吉思汗的部隊開始還能引弓還擊，到後來見花剌子模軍隊越衝越猛，便撒腿奔跑，越退越快，以至一些攻城器都來不及拉走，落在了花剌子模軍手中。

阿爾浦高興極了，戰前他們還作了多種設想，考慮到若成吉思汗預有準備怎麼辦？沒想到成吉思汗會如此大意。他們一鼓作氣追出幾里路，俘虜了數以百計的成吉思汗士兵。

成吉思汗由於騎著駿馬跑得快，箭也追不上他。

突然，赤兔馬被勒得咴咴咴長嘶，然後前蹄趵地穩穩地站住。

成吉思汗拔出他那鷹劍，左右各劃了兩個圈。

說時遲，那時快，一聲號炮響過，左右兩側突然馳出黑鴉鴉一片駿騎，蹄聲如同雷聲滾地而來。片刻工夫已經插到了阿爾浦率領的人馬與城牆之間，截斷了阿爾浦的退路。

好一場混戰，左來之軍中阿爾思蘭、雪格諾克、巴爾朮阿爾特三員虎將，在朮赤的指揮下帶領他們各自國家的精兵，在陣中左衝右突，將花剌子模軍分割穿插包圍成小塊，準備一塊塊吞而食之。

右來之軍由窩闊台親自率領衝向城門，封鎖城內敵人不讓他們出來增援。一時間雙方刀來槍去，殺得鬼哭狼嚎，喊爹叫娘之聲不絕於耳。

城內沙亦奇和巴拉見勢不好，硬著頭皮連連發兵，城門打開，人像潮水一樣吶喊著向外湧，不一刻工夫就有二三千人湧上了戰場，窩闊台想趁機攻進城門，但城門口如同一個巨大的出水口，不停地咕突咕突地向外冒著挺槍持刀的增援部隊。不到一袋煙的工夫已經有四五千人湧出了城外，向窩闊台軍衝擊，窩闊台只帶有二千輕騎，自然不是對手，不得不稍稍後退。

阿爾浦這才明白不是成吉思汗太大意，而是自己太大意，明擺著成吉思汗擺了一個誘敵深入之計，引自己入甕，以便甕中捉鱉。

正在絕望地自嘲，突然聽見城門方向吶喊聲聲，見城內開出救兵，連忙調動部下回擊截斷退路的朮赤軍，由於短兵相接，騎兵軍刀可以發揮威力。阿爾思來和雪格諾克、巴爾朮阿爾特各顯身手，大開殺戒。

這邊正殺得興起，那邊成吉思汗的令旗又已搖動。兩支飛騎，在又一聲號炮聲中瞬間消逝得無影無踪。

在巴拉、沙亦奇的援救下，阿爾浦在丟下了二千餘條死屍後，丟盔卸甲、狼狽地逃回了城。

沒等城裡的人好好包紮一下傷口，沒等城裡人好好做一頓飯填飽肚子。攻城戰就開始了，成吉思汗親自上陣指揮。來自布哈拉和其他城市新加入的士兵，負責將死屍填入護城塹壕，兩千多條適才還活鮮鮮的生命，現在成了攻城的墊腳石。

雲梯架起來了。

射石機和弓弩連發，將轟天雷和飛火槍不停地發射進城。

撞城機在數十名士兵的聯合用力下，一下一下撞擊著城門，能工巧匠真有辦法，他們把撞城機作成浪木一般，尖頭包上尖尖的鐵頭，只要連撞十幾下，再堅固的城門也會被撞出一個洞，洞兒再擴大，就可以用轟天巨雷爆破了。

城頭已經開始了血肉飛濺的搏擊。突然城門洞開了，成吉思汗的士兵正高喊著殺聲，捲起血的浪潮衝入城去，猛地像遇到了堤壩，衝鋒的浪頭一下被阻遏住了。

成吉思汗的士兵驚呼著連滾帶爬倒退出來。

城門口首先出現的是一根巨大的鼻子，鼻子上捲著一個士兵，一出城門就將鼻子上捲的那人往高處一拋，如同射石機拋出的石塊，拋向半空。

一連湧出二十頭戰象，把成吉思汗的士兵全都趕得遠遠的。

塔吉克士兵在大象的馱架上四人一組，各持長約一丈五尺的長槍，可以任意挑刺大象周圍的敵人。

誰也不能奈何那些渾身披著鐵甲的巨靈神。

大象的身後是數不清的花刺子模士兵，這些當然不是阿爾浦的敗兵，他們是一些生力軍。在大象戰鬥隊的鼓舞下他們勇敢出戰。

每隻大象的鼻子上幾乎都捲著一個人，不停地拋向半空，又不停地捲起新的獵物，粗大的象腳從倉促逃跑時跌倒的士兵身上踩過，慘呼聲撕心裂肺，造成的恐懼立刻籠罩在成吉思汗的陣地上空。

大象上的塔吉克士兵此時逞起了威風，他們左挑右搠把士兵們一個個挑翻在地。後面的馬步兵藉大象之威，奮力吶喊著衝鋒陷陣，成吉思汗的部隊只恨爹娘少生了兩條腿。

大象在塔吉克士兵的指揮下把射石機、雲梯統統拖翻在地，粗大的象腳在上面踩過，立刻成了一堆廢物。

成吉思汗連忙讓鳴金收兵。

這一仗損失了一千五六百人，幾乎同花剌子模的軍隊打了個平手。重要的不在這裡，在於士氣讓這大象壓抑了。

一連三天，沒有出戰，一方面等待各部的揚塵車、行天橋、搭天車；還有轟天巨雷等攻城器械運到，一方面需修造更多的雲梯和射石機、壕橋、折疊橋、填壕車等等。

成吉思汗的士兵從沒見過這種能打仗的動物。

成吉思汗的軍官們也從沒經歷過象戰這種戰法，所以無可奈何。

成吉思汗一時也無了主意。如果按老的打法，他怕部下受到很大傷害，因為畢竟不知道那生靈的能量，再有挫折就會大傷士氣。

倒是城裡沙亦奇和巴拉的部隊受到了象戰勝利的鼓舞，天天出城挑戰，妄圖逼退成吉思汗。

成吉思汗召集將領及大臣議事。

各將領也都說不出什麼妙法，有的主張用食物引誘，有的主張挖掘深溝、陷阱。有的主張用利箭射殺。

成吉思汗問耶律楚材：「你說呢？」

耶律楚材出班奏道：「陛下，臣雖然讀過很多書但未見有象戰記載，倒是聽說安南王有過象軍但也未聽對付象軍之法。剛才所議雖也都是辦法，但那都是捕捉野象用的法子，對於這些久經訓練的大象就不一定能奏效了。」

連耶律楚材都無了辦法，那還有什麼咒可唸呢？

正在此時，拔都跑來了，他在金帳外央求宿衛要見汗爺爺。

宿衛稟奏成吉思汗，還未等成吉思汗發話，朮赤已走出去拎住了拔都的耳朵，小聲斥責道：「胡鬧，大汗在議軍機大事，這裡是你來得的嗎？」

「父親，我不是來胡鬧的，我是來獻計的！」

「你獻計？」朮赤哪裡相信一個乳臭未乾的孩子會有什麼破敵之計。

「快滾回去，晚上再找你算帳！」朮赤有些光火了。

不過朮赤話聲未落，成吉思汗已經傳令讓拔都進帳。

成吉思汗已經不那麼小看他的孫子輩了，他覺得這些個小人精，個個進步奇快，這當然有耶律楚材訓練的功勞，但也有他們自身的造化，同樣是孫子，長房長孫鄂羅多就不如拔都來得機敏，肚子裡沒有他那麼多計謀。所以聽說拔都有計，他欣然掀掀鬍子，要他走進帳內說話。

朮赤無法，只得小聲對拔都說：「大汗面前不得放肆！否則送你回你娘那裡去！」

這是最有威力的警告，送他回後方是拔都無論如何不願意的事。他諾諾地應著跟在朮赤的身後走進大帳。

「拔都！我的小鷹，快到爺爺身邊來！」見到孫子，成吉思汗把一切威嚴都撂到了一邊。

拔都應著乖巧地按晉見規矩給成吉思汗叩頭，又給眾位叔叔行了禮，最後一個是給耶律楚材行注目禮。然後才走到成吉思汗身邊。

耶律楚材撫著大鬍子，欣慰地瞇著眼，目視著拔都的一言一行。

拔都走到成吉思汗身邊對成吉思汗道：「爺爺，我的這個辦法只能說給你一個人聽！」

成吉思汗看他急切的模樣又不像頑皮，便附耳過去。

拔都對著他的耳朵眼小聲說了幾句什麼，成吉思汗聽完用鬍子去扎他。全然忘記了此刻是個威嚴的議事場所，親昵地抓住他的頭髮搖了搖。

接著他們小聲商議著什麼。

最後，成吉思汗居然給了拔都一支調兵令箭。

成吉思汗留下朮赤，手一揮，御前會議就這樣散了，人人抱著一個悶葫蘆，走出了大汗的金帳。

一切都準備好了。

一線是箭筒士和掩護箭筒士的帶刀士，二線是長槍手和攻城部隊，馬軍在離攻城步軍後面半里地的高地上。

敵人又一次出城叫陣，依然是以象軍作前導，一字橫蛇排開陣勢。

拔都手持成吉思汗的令箭，出沒在前沿，召集了十幾個飛火槍手和轟天雷手，要他們聽令。

士兵們認得令旗，自然不敢馬虎。單腿跪地，弓張弦緊，只待一聲令下了。

回首再看高坡上的成吉思汗，手中令旗已經揮動。

拔都望見令旗已經揮動，便將令箭往腰後一插，彎弓搭箭，射出第一支飛火槍，直向大象的頭部飛去，不偏不倚正中目標，那飛火槍中了目標後接著炸響，油脂黏在象頭上，燃燒起來。飛火槍落在戰樓中，引爆了花炮爆竹和投擲火藥彈，劈劈啪啪炸得脆響，巨象哪受過此種驚嚇，回身便跑，正踩在身後的步兵身上，慘呼連連，跑出十幾步，大約頭上火灼疼痛難忍，便前腿一曲將頭低下，將著火處抵在地上妄圖撲滅火焰，這一低頭不要緊，由於來得突然，一下將象背上的塔吉克士兵甩了出去。

成吉思汗見小孫拔都的巧計生效，發令點響號炮，此時十幾個飛火槍手一齊發射，轟天雷手也將轟天雷打出，二十頭戰象哪裡還聽塔吉克士兵的控制，像發了瘋似地向回狂奔，打亂了後面弓箭手和帶刀步兵的陣勢，只把他們自己人踩得哇哇亂叫。大象過處一片狼藉。

然而，你使巧計，敵人也不是只會挨打的笨蛋。他們深知「擒賊要擒王」的道理，巴拉竟然派出了兩支敢死隊，悄悄從左右兩邊的下水暗道中潛出，趁成吉思汗注意力集中對付象軍之時，悄悄接近了成吉思汗屹立的高坡。轟天雷聲大作之時他們吶喊著發難，直撲成吉思汗。

成吉思汗立時陷於危難之中。

成吉思汗的宿衛已經發現了這一敵情，他們一齊拔出了蒙古刀。衛護主帥的戰鬥打得十分慘烈，許多衛士在如雨的箭下倒了下去，敢死隊如同發了瘋一樣，不要命地前仆後繼，一時當真險象環生。

照例成吉思汗快馬一鞭，可以迅速離開險地，但他是攻城總指揮，令旗所在萬眾矚目。為此，他巋然屹立不動。只是腰間那把鷹劍有半截已彈出了呑口。

敢死隊越衝越近了，離開成吉思汗大約只有十丈之距，敵人的滿臉怒氣，暴突的眼珠都畢現在眼前。

成吉思汗的鷹劍劍身已半離了鞘。

敵人敢死隊的刀光映在了成吉思汗的臉上。

成吉思汗的鷹劍錚然脫鞘。

說時遲，那時快，一旁突地飛來連珠三箭，衝在前面的敵人當即連串倒地，隨著一道白雲般的雲影飛掠而過，清叱連連、劍光匝匝，觸及劍光的敢死隊非死即傷，八宿衛刀劍齊起，一下封住了成吉思汗前臉正門，緊緊地護衛住了他們的大汗。

成吉思汗的鷹劍索然歸鞘。

白雲飄回來了，成吉思汗一搭手，將白雲接上了自己高大的天山龍馬。「哦！忽蘭！好身手！」他十分高興地親了下她的額角。

忽蘭氣還沒有喘勻，臉上已經綻開了一朵雪蓮一樣的笑容。

窩闊台見大象隊混亂，趁大象只跑進七八頭的光景，便命騎兵藉機衝入城去控制城門。

守城的是康里人，並不奮力抵抗，原來他們以為自己與蒙古人同一祖宗，不過分支不同。事到臨頭，不行，投降就是，犯不上為默罕默德賣命。

這一來窩闊台軍未經苦戰便輕易取下了城門。

城外的士兵見城門失守，無了退路，頓失抵抗之志，連同十幾頭戰象一齊作了俘虜。

十二　東方仙師

當窩闊台的騎兵佔領城門以後，敵軍已經逃遁無影，這時突然湧來數不清的百姓，成吉思汗的士兵原還以為是投誠的，不料近到跟前時紛紛亮出刀斧，砍馬腿、扎馬肚，把騎兵紛紛拉下了馬，剁成了肉泥。這是撒馬爾罕城內居民組織的義軍，這一突然攻擊，使手下的人措手不及，一時間近身肉搏起來，由於這些不怕死的義軍奮力廝殺，城門重又易手。

窩闊台的人被逐出了撒馬爾罕。

而此時花剌子模的主力卻正退守內城。

城門重新收復的消息，並沒有能覆蓋得了像瘟疫一樣的全局失利的消息，它隨著主力退守內城而迅速傳遍全城。

象軍失利，嚴重打擊了撒馬爾罕軍民固守城池抗敵到底的決心。無論官吏還是百姓，人人憂慮重重。成吉思汗軍野蠻屠殺的恐怖消息不是第一次聽到，城外橫屍遍野的慘相已經告訴人們，成吉思汗的士兵有多麼殘忍。

不少人動搖了，有人渴望投降，希望成吉思汗「寬容降服者」的許諾不是虛言。有人相信天命，不想去乞和，也不想去戰鬥。

更多的人喪失了鬥志，因為他們親眼看見了成吉思汗大軍的英勇無畏。

那些義軍雖然鬥志尚存，但能有多大的戰鬥力呢？

六七萬人的主力都縮到烏龜殼裡去了，撒馬爾罕人上上下下都六神無主了。那些大異密、大法官從一開始就想求和，特別是默罕默德出逃，更使得他們了無鬥志。

阿拉浦的失利，巴拉、沙亦黑退守內城便給了他們藉口。

西哈特・穆勒克和阿米特・布祖兒克深夜派人縋城而出，進入窩闊台防地，要求求見成吉思汗。

成吉思汗在戰地接見了他們，答應他們的要求，向他們作了許諾和保證，只要真心投誠，決不傷害，確保他們生命財產的安全。

第二天早晨，伊斯蘭教徒作晨禱的時候，義軍的女人們紛紛從家裡出來拉走了他們的男人，讓他們扔下了刀槍。城門被打開了，早已等候在這裡的窩闊台的士兵一湧而入，大軍源源不斷地開進撒馬爾罕。

得到成吉思汗許諾的西哈特・穆勒克和阿米特・布祖兒克將與他們有關的大臣和屬下，以及他們答應庇護的人都集中在幾個大的清真寺和大異密的家院之中，人數多達五萬。

成吉思汗的部隊已經得了明確的命令，不許騷擾他們，違令者斬。撒馬爾罕外城被突破以後，成吉思汗下令立即要城民參加毀城，居民不分男女一律上城平毀城牆及外壘。

他們還貼出告示：躲藏不出者，必受懲罰。

成吉思汗的軍隊照例又在城中大肆劫掠，很多藏身在地洞、地窖裡的人被搜出殺害。因為他們在劫掠時不希望有人看到。

內城被圍著，阿爾浦驚魂已定，他痛定思痛，認定兵馬未動主帥先遁是撒馬爾罕守衛戰失利的主要原因；而本城守軍之間，互相觀望，不能互相協調，不能團結一心戰鬥至最後一人，便是不能取勝的另一個主要原因。

城門失守，康里人比誰都跑得快，他們的統帥巴里失思、托蓋、色爾西海、烏拉黑首先撤進了內城。而他在城外遭遇成吉思汗軍伏擊時，突厥人沒有發兵馳援，只有土耳其人的將領巴拉和塔亦黑出城相救。

阿爾浦已清楚地看到了撒馬爾罕的悲慘結局，為此他約同巴拉將軍、沙亦黑將軍趁黑夜率軍突圍。他說：「花剌子模如此廣大的國土不會沒有我們的立足之地。」

當夜英勇無畏的阿爾浦和沙亦黑將軍率領一千名決死之士，只說出去偷營，瞞過了康里人和突厥人，從成吉思汗軍的防線上殺出了一條血路，衝出了重圍。

他們尋找默罕默德去了。而巴拉則率軍向窩闊台投降。

攻擊內城的戰鬥在天亮以後打響。

接下來有一部分康里人在托蓋的率領下投降。他們被帶出城外。

只有突厥人和一部分康里人組成的軍隊在巴里失思、色爾西海、烏拉黑的率領下進行頑抗。有一千人退守禮拜五清真寺，他們用火油筒和方鏃箭狙擊成吉思汗進攻部隊，而進攻部隊同樣搞來火油筒還敬守軍，撒馬爾罕城內頓時火光沖天，大街小巷到處都是逃避兵災刀禍的難民，大火四處蔓延，樹木燒成了禿桿、房屋燒得像爛魚的骨架，街道絕大部分都成了廢墟，連宏偉崇高在中亞細亞稱第一的禮拜五清真寺，也化作了一堆瓦礫。連院子裡的石塊都燒得劈啪作響。整個城市飄著濃煙，空氣裡滿是嗆人的煙氣，熱浪滾滾灼人肌膚。眼睜睜看著自己的家園化為灰燼，百姓們捶胸頓足，呼天搶地，悲痛萬分。

畢竟是垂死的困獸了。

內城沒有費多少周折就攻了下來。但是由於各路人馬濟濟一城失去了控制，造成了一片混亂。

除了成吉思汗下令保護的那部分人外，許多居民成了破城的犧牲品。俘獲的突厥人與波斯人被分成兩隊，按十人、百人分組，他們把突厥人的頭髮剃成蒙古式樣，對他們說：「你們和我們是一樣的了，不要害怕。」而到了夜晚，這些突厥軍人和康里軍人，連同他們的將軍，巴里失思、色爾四海、烏拉黑還有一些跟隨軍隊的大異密、大法官都被送進了死亡的海洋。連先前投誠的托蓋也沒有逃脫死亡之翼的覆蓋。

投降總數達三萬人的康里人和突厥人一夜之間全部被屠殺淨盡。

成吉思汗的人說：他們信不過反覆無常的花剌子模的康里軍人和突厥軍人。

成吉思汗就在城外高地上，他騎在那匹赤色天山龍馬上，用剛剛繳獲的一支單筒千里眼瞭望著撒馬爾罕。

烈火熊熊，漫天燃燒。把天空映成了一片橙黃，那烈焰炙烤著撒馬爾罕黑色的夜的雙翼，發出令人毛骨悚然的慘叫聲，那是整個撒馬爾罕在嘶喊。成吉思汗終於發出了笑聲，他仰天長嘯！

——這是我夢中的奇境！

——這是蒙古孛兒帖赤那盼望了多少個日日夜夜的結局！

——長生天你終於幫助鐵木真吐出了胸中沉積多年的惡氣！

當東方的曙色照耀撒馬爾罕城時，那原先氣勢非凡的城牆不見了，任何人都不再認識這座沒有城牆的城市。

除了廢墟還是廢墟。

成吉思汗在城外的廣場上看到了免於死亡的人們，其中有三萬多名工匠，五萬多名俘虜和二十頭大象。

成吉思汗把三萬名工匠分給了各路大軍的將領，成為他們的屬民。從俘虜中選三萬人編成一支簽軍，其餘獲准回家各操舊業，但必須繳納二十萬的那作保命金。由西哈特・穆勒克和阿米特・布祖兒克兩位大臣負責收取。

那支象軍的飼養人牽著大象前來找成吉思汗，請求發給大象食物。

成吉思汗問他：「你這象以前吃什麼？」

象夫回答：「吃原野上的草。」

成吉思汗道：「你是想養著牠們繼續與我戰鬥嗎？」

象夫答道：「不敢！」

成吉思汗道：「那麼放牠們回到田野中去吧，牠們會自己覓食，自己生存！」大象被當場放掉了。

直到兩個月後，成吉思汗體會到了耶律楚材說過的，「一座死去的城市，不會源源不斷地提供財富！」的話是那樣正確，才發出了真正約束全軍的通令：「嚴禁任何軍隊，任何個人傷害百姓、掠奪財物。」

耶律楚材雖然高興，但內心依然惴惴不安，因為他深知一個尚未高度開化的民族稟性的多變。通令雖已下達，但在今後，當他們遇到抵抗，有了犧牲以後，連大汗都很難說不會故態復萌，更何況將領和士兵呢。他唯一能做的是繼續不懈地揄揚大義。

成吉思汗下令，全軍除哲別和速不台兵團外，全部開赴那黑沙不草原休整。他要讓那些變成魔鬼和野獸一樣到處追尋鮮血、女人和財富的士兵恢復他們的人性。

更重要的一點是，成吉思汗已經意識到蒙古原先屠殺劫掠式的民族稟性的落後，而耶律楚材建議的佔領求治方式的先進。為此他向各個城市調配去了許多外地的難民，讓他們在那裡生活，在那裡生產，讓吸飽鮮血的土地重新長出莊稼和果子。他派出了蒙古將領，在將領們的監視下，任用從回教徒中選出來的原居民管理這些城市。在當地無力維持治安的地方則派遣了駐屯軍。在城市和城市之間修築了方便軍隊調動的大道。

在錫爾河和阿姆河之間的廣大土地上，不論是草原沃野還是河洲荒灘，都有蒙古人在指揮這些臣服了的原居民辛勤勞動。

而只有哲別和速不台的兩個兵團不間斷地派來滿身沾滿血腥味的「飛箭諜騎」。

鎮海將軍派「飛箭諜騎」送來了消息，那個東方仙師，那個全真教的大教主長春真人邱處機道長已經接受了大汗的邀請正在西來的路上。

這是他久盼的消息。

他要向這位仙師打聽長生不老的仙方。

——我怕死嗎？

——我會怕死嗎？

成吉思汗不止一次這樣問自己。顯然要是別人來問這個問題一定是笑掉牙的大笑話，或者是騙上天去的大謊話。成吉思汗怎麼可能怕死？他這一生經歷了九死一生，屈辱、災難與他有過不解之緣，當年，仇敵塔亦忽台抓住他五花大綁，讓他像牲口一樣被牽到東牽到西的示眾，隨時都可能殺掉他，但他是鋼刀架在脖子上都不會皺眉的硬漢。與泰亦烏人的大戰中他中了一箭，差點要了命去；在攻打西京的時候，金國的炮火流沙擊中了他的左臂，他連哼都沒哼。

無論如何，他不是怕死的人。

然而，當他一次又一次地問自己的時候，他實實在在地告訴自己：「有點兒怕！」

他真的有點兒怕死了。

那是也遂妃子提出立儲之事以後，他第一次意識到、感覺到老之將至，無可避免。

他怕的不是實際戰場上的那種被殺戮的死亡，因為不僅他有強大的軍隊，任何敵人都不可能戰勝他；因為他有著一大羣在馬背上結識幾十年的義兄義弟，他們之間像共一條性命一樣，從不離棄，有福同享、有難同當。他公正地將各種各樣的恩封賜與他們，他們成了他的股肱之臣，赤膽忠心地守衛在他的周圍。他還有著強大而忠心不二的近衛軍——宿衛，那是一支守衛金帳的最精銳的子弟兵。他們是成吉思汗白天的耳朵、夜晚的眼睛。

對外，他確實沒有什麼可以怕的。

他怕的是衰老，怕的是自然的消亡。因為他壯心剛剛勃發。

自從攻克了西遼、擊敗了西夏，為他打開了一扇西方的大門，他才知道阿爾泰山這邊還有著如此曼妙的世界；自從伐金獲得空前勝利使他瞭解了南方的文明；而花剌子模這一偶發的事件促使他翻越阿爾泰山。一年多的縱橫捭闔，游刃有餘地調動軍隊把花剌子模這頭肥羊一刀一刀地切割吞食。他已經有了吞食更大獵物的胃口，所以他對哲別和速不台兵團說了那句話：「開弓沒有回頭箭。」

他怎麼能死呢？

壯心剛剛勃起呀！

攻下撒馬爾罕那天晚上，近衛軍中軍總管納牙阿，給他送來一個包，那是用波斯毯包裹起來的波斯女人，玉體橫陳，白晰的肌膚好像羊脂白玉，黑黑的頭髮像一片黑色的瀑布，深深的眼窩裡卻是淺藍色的一雙貓兒一樣迷人的眼睛。

等他從波斯女人身上下來時，他感覺到自己還像從前一樣充滿了活力，那種征服的慾望還是那麼強烈。他覺得自己還不老，因為很多人的經驗之談都說雄性的減退是老之將至的驗證。

他還要征服！

他有能力征服！

花剌子模剛剛是開始，在他心底的那隻眼中，他已經看到了波斯、巴格達、印度，還有金國南面的那個宋國……

他不是怕死，而是不能死。

鎮海將軍派「飛箭諜騎」傳來了他久盼的消息，那個東方仙師，那個全真教的大教主長春真人邱處機道長真的就要到了，成吉思汗長長地吁了一口氣，彷彿，有一股長命的仙水正流進他的血管，他企盼著仙師的到來，以向他求取長生不老之方。

默罕默德在哪裡？

雁過會留聲，狼過會留踪。

有人報告在呼羅珊見到過默罕默德，這不會假，因為他率領著一萬精兵，不像一隻鼬鼠，可以隨意打個地洞，隱藏起來，他是蘇丹，一國的國王。

有人報告說他可能在玉龍傑赤。

然而，哲別認為默罕默德是向南渡過阿姆河從巴里黑（今阿富汗巴爾赫）向南逃竄的，不大可能向西。而且從花剌子模舊都玉龍傑赤傳來消息，花剌子模太后托爾罕和許多皇親國戚推舉族人呼馬兒領著兵馬守衛玉龍傑赤，因為他是皇室親屬，立他為蘇丹，他自稱諾魯思王（一日之王，當地民俗，元旦的民族大典上必定有一種一日皇帝的選舉，呼馬兒以此戲稱自己）哲別和速不台兩個兵團旨在追擊默罕默德，無暇顧及玉龍傑赤。他們以風馳電掣般的速度通過各城市，堅守成吉思汗聖諭「降者存之，堅拒者暫捨之」的原則，於是只向成吉思汗發去「飛箭諜騎」報告玉龍傑赤的大致情況。

成吉思汗接到報告，召開御前會議，商議時局。

巴里黑居民早已從撒馬爾罕逃出來的難民口中得知了戰爭慘狀，他們決心選擇不抵抗。派出使節攜帶貢物向哲別軍乞降。

他們向哲別報告了默罕默德在巴里黑的情況：他們說默罕默德告訴城民，國家的軍隊已經無力保護大家了，能夠逃身的趕快逃身保命，蒙古人像阿姆河的洪水，來勢凶猛，不過退得也快，先躲過他們的大浪再說吧！

他們還告訴哲別，聽說默罕默德接受了大異密阿馬多的建議，準備逃到伊拉克的阿傑木去。

這也許是關於默罕默德的最正確的情報了，哲別認準了這一點，便同速不台合兵一處向西南奔尼沙不爾、伊拉克。

默罕默德真的是向尼沙不爾逃去了，他離開巴里黑之前向位於太魯麥德和撒馬爾罕之間的班加普派了一支部隊進行偵察，得知布哈拉已經陷落，不久又傳來撒馬爾罕被成吉思汗奪去的確切消息，於是更加堅定了他向伊拉克逃跑的決心。尼沙不爾是去伊拉克的必經之途，一路上還有馬贊德蘭、哥疾寧（今伊朗沙布爾）、哈馬丹等城市。剛到尼沙不爾，又傳來了他帶出的軍隊中的土耳其軍叛亂，不再效忠於他，這一下更使他驚慌失措。他疑神疑鬼，拋下了大軍，只帶了少數衛隊、侍從以出城打獵為名，悄悄離開尼沙不爾奔伊拉克而去。急急似喪家之犬，忙忙似漏網之魚，一個亡國之君到了風聲鶴唳、草木皆兵的地步，卻也可憐。

哲別軍也就沒有為難巴里黑，巴里黑城倖免劫難。哲別、速不台軍馬不停蹄向西進發，向呼羅珊追去，這是他們經過周密選擇的方向。

十三　美人忽蘭

大汗好久沒進她的帳幕了。

今天近衛軍中軍總管納牙阿又給金帳裡送去了一名金髮碧眼的西域姑娘。據說那是羅斯的斯拉夫人。

她顧不得吃醋。

甚至了無醋意。

大汗已經兩年沒與她同房了，征戰不息常常夜不解甲是一個原因，但更多的是她不想讓他碰，大汗也不想碰她。

憂鬱掛在臉上怎麼能有興趣共赴陽台，雲雨巫山呢？

她離開了帳幕，她要去勞軍，那是成吉思汗吩咐過的事。

她讓宿衛遠遠地跟著，不讓他們打斷她的思緒。

她放轠讓馬兒踽踽獨行，走向草原，看見暮色中的原野，又想起了往事，心中浮現起當初那般柔情，往事歷歷在目。

……她從小就崇拜英雄，當十三翼大戰的消息傳到他們那個密爾乞惕部落時，剛屆妙齡的密爾乞惕美人，人人把她當成月亮女神的忽蘭，就曾想偷偷溜到鄂嫩河去，看看那個在十三翼大戰中與十三個部落三萬人馬艱難作戰的鐵木真。雖然他大敗，但不肯屈服，重新奮起打敗了他的強敵。可是有人告訴了她一個極恐怖的消息說：鐵木真在回師時，架起大鍋煮死了七十個貴族的孩子，聽到這消息她又震驚又痛恨被人傳說成魔鬼的鐵木真。

密爾乞惕是蒙古族的重要一支，首領脫黑脫阿為人強悍，不願意做鐵木真的附庸，於是與其他部落聯合起來與鐵木真作戰。鐵木真對其他部族還能諒解，獨獨對密爾乞惕人不能寬恕，因為他認為密爾乞惕人是真正的蒙古部族之一，有著相同的血統，不應該同他的敵人站在一起。

脫黑脫阿不是鐵木真的對手，被打得大敗而逃。

忽蘭家是密爾乞惕的貴族，父親代叶爾烏遜不願意為無謂的戰爭而流自己屬民的鮮血，更不願與鐵木真為敵，他勸過脫黑脫阿，但他聽不進去，於是代叶爾烏遜不戰而走，帶著女兒脫離了脫黑脫阿的隊伍，他要將自己美麗的女兒獻給鐵木真。

他告訴鐵木真說：「我的女兒是密爾乞惕最美麗的花兒，如果您想摘的話，我可以獻給您。」

鐵木真說：「那你把你那花兒送到我的大帳來，我要請所有的將軍一起來鑒賞，是不是像你說的那樣美麗。」

當她聽見父親告訴他這個決定，要她去陪伴她心目中的魔鬼時，忽蘭哭著跑了。代叶爾烏遜以為女兒是一時意氣，然而，到了晚上還不回來，他就着急了。因為，說好第二天一早要把忽蘭送進大帳的，沒有了人，可怎麼向鐵木真交代？

絲是包不住錐子的，他只能向鐵木真如實稟告。

鐵木真派兵到處搜尋。整整找了十天，最後在一片荒林深處找到了她。

那時她看不見自己的模樣，但感覺得出士兵鄙夷的目光，大約是看見了蓬頭垢面，滿身泥汙根本不像命令中說的，是個密爾乞惕大美人。

她被押到了鐵木真面前，她不願意正視他，斜出的目光滿是不屑。

「妳叫什麼？」她記得鐵木真的第一句話就是這樣問的，毫無感情，冷冰冰像審問犯人。

「忽蘭就是我！」她生性就是這樣倔犟。

「妳為什麼要逃？」

「腿是我的？」

鐵木真一下被她答窒住了。他頓了頓說：「我是說這些天妳躲到哪裡去了？」

「我到過扎答蘭部落、合塔斤部落、還有翁吉剌、塔塔兒……」她說的全都是鐵木真敵對的陣營，不知是故意氣他還是別的什麼，反正她覺得這樣說解氣。

鐵木真覺察到了這一點，他起初是很生氣的，但細想與一個小姑娘計較這些無益，也就把氣壓了下去。他接著問：「妳父親要把妳獻給我，看樣子妳是不同意是嗎？」

「是的！」忽蘭很坦然地回答，語氣中帶有幾分蔑視。

「為什麼？」

「問你自己！」

這倒是使鐵木真納悶的問題。

「你為什麼要把赤那思族的七十個孩子放在鍋裡煮死？」

「我鐵木真？煮死了七十個孩子？哈哈哈哈！」他以狂笑來回答，因為，赤那思部落是從鐵木真的敵人扎木合那裡投奔到鐵木真麾下的，赤那思人與鐵木真一起同心抗敵，他怎麼可能反自殘手足呢？

他不屑回答這個被謊言蒙騙了的密爾乞惕姑娘。他只是揚了揚眉繼續問：「妳為什麼要東躲西藏？為什麼妳們密爾乞惕的朋友沒有一個收留妳。」

「因為不管是敵人是朋友，男人都像發情的野狼，都想撲一隻溫和的小鹿。我不躲行嗎？」忽蘭怒氣沖沖地回答。

鐵木真想，交戰期間，例行的殺戮和搶掠正在進行，柔弱的女子當然是戰利品。當他想到這個拒絕自己的女人，她如果在遭到其他部落青年的調戲汙辱時，敢於如此強烈地反抗這倒可喜可嘉。可是，知道面前站的是鐵木真，卻仍然敢於反抗，這無疑是對他最大的諷刺。

成吉思汗勃然大怒：「妳說，是哪個部落的哪些人對妳不敬？我要把汙辱過妳的人都抓來殺掉。」

當時他的表情憤怒得有點滑稽，本來是想譴責她，然而說出口卻變成了要為她出頭，就像要為她宣誓出征似的。

忽蘭聽了，怒目圓瞪大聲喊道：「你胡說什麼？如果我被人汙辱，還會站在這裡嗎？我寧可死，也不會讓野獸一樣的男人玷汙我。」

「妳喊什麼！密爾乞惕的小母鹿！」鐵木真不相信她的話，他覺得在戰亂之中，敵對雙方都像狼一樣視女人為渴飲，想保持清白幾乎是不可能的。然而她激忿，那面對隨時可以發怒奪去她性命的人，居然如此冷靜沉著。

是的，他看出了她已經做好了必死的準備。

她對他說：「你不會相信，我也不需要你相信，唯有神會辨別真僞。」說這話時她相信鐵木真看到了她臉上那泥汙後面的自豪的微笑。

鐵木真沒有再生氣，他忽然仔細地打量了她一眼，確實，儘管滿臉泥汙，但掩飾不住橢圓形的臉蛋輪廓，尖尖的下巴，以及一口皓齒。他對隨從說：「把這個女人留下來，好好看管。」

「喂！鐵木真，對付一個女人還需要用兵嗎，你算什麼好漢？」

儘管她叫她喊，鐵木真還是命人把她帶進了一座民居。

其實她沒有跟他說真話，為了逃避那突如其來的把自己當成貢品的政治交易。她躲到了引他們父女來到鐵木真這裡的忽爾赤的營帳。

在到鐵木真這裡之前，他們曾在成吉思汗的戰地牧馬場待了好幾天，那位牧馬人，是一位勇士，當年射死扎木台的弟弟紿察爾，引起了蒙古高原一場十三翼大戰的就是他。

在牧場上，人人都說鐵木真是一位了不起的英雄。這令忽蘭芳心怦然，於是隨他來到了忽爾赤這裡，請他引見給鐵木真。

由於鐵木真說要請所有的將軍一起來鑒賞，引起了忽蘭的憤怒。剛剛在心裡豎立的英雄形象頓時大為減色。她這才潛逃，這才把自己弄得髒汙不堪，她不想讓這種輕賤女人的男人佔有自己。

過了兩三天，鐵木真又來了，他揮退了看押她的士兵，走進了忽蘭住的房間，忽蘭正坐在牀上編著自己長長的髮辮。看見鐵木真走進來，她無名火起，跳起身似乎要跟他拚命：「你走！你走！你再朝前走一步我就死給你看！」

鐵木真不知她為何這麼激烈，是連續兩三天把她冷禁在這兒的原因？還是士兵不規矩？

他想問，但是問出口的卻是另一個問題，顯然他對她產生了濃厚的興趣。「沒有刀，沒有繩，你怎麼死？」

「對於想死的人來說，輕而易舉，我可以吞金而死，也可以觸柱死，還可以咬舌而亡。」

鐵木真幾乎要笑出來，她年紀輕輕的怎麼會有這麼多死的招術。不過他很快把臉掛了下來，他突然意識到這不正是面前這位密爾乞惕女人，這些日子以來受盡苦難而產生的絕望的招術嗎！

這個在蒙古高原使所有民族，所有部落望風披靡，聞名喪膽的鐵木真，卻在一個普普通通的女人面前失去威風，更要命的是他無論如何對忽蘭硬不起心腸來。

只有在這時，他們兩人才像好鬥的羊兒似的面對面瞪著，各自舉著自己看不見的心的犄角兒。

鐵木真不細看忽蘭倒也罷了，細細一看，呆住了，這已經不是那個滿臉汙垢的女子了，面前站著的是一個足可閉花羞月的美人。

螓首微抬，額似光亮的皓月，頭髮泛著金黃色澤，彎彎的眉毛，微凹的眼窩裡轉動的是一雙放射著淡藍色光芒的眸子，亮亮的大眼珠美得懾人心魄，皮色白淨得好似一種南國的肌理細密而柔美的綢緞。顯然這是一個帶有西域血統的密爾乞惕美人。

——上天，你怎麼會賜給我這樣一個舉世無匹的仙女。

他走了。沒有再多說什麼。

第二天他再來看她，留下了好多漂亮的衣服和用品。但是門外四周的哨兵卻更密了。

一連三天他都來看她，每天都是騎著汗濕淋淋的馬，有時身上還穿著鎧甲，顯然他是來自戰地，天哪！他每天從戰場下來看她。

真的連鐵木真自己也說不出來為什麼。不過只要來看看她那令人銷魂的美貌，享用曼妙的姿色，那麼這一晚他可以睡得很香甜。

要在過去，任何一個強蠻的女子都過不了夜，不是賜給部下去蹂躪，就是作為不降服的敵人殺掉。而面對著她，尤如一罐蜜水泡化了被戰火烤乾了的僵硬的心。

就在平定了密爾乞惕人的叛亂之後，大軍要回師不爾罕山。

鐵木真又來到了忽蘭住的民居，他對她直接了當地說：「忽蘭，跟我走吧，做我的愛妃，到我的帳殿陪伴我。」

忽蘭不是木頭，她的心早已感知春天的降臨，這些天鐵木真天天無言地來看望她，她早已在心中對自己說：「他不是那樣的魔鬼。」鐵木真已經像一塊磁鐵一樣緊緊地吸引著忽蘭的心——他比想像的還要威武高大——她還看到了人們口碑中講不到的另一面——英雄的柔腸。

她這樣回答鐵木真：「你是真心的嗎？還是一頭鷹攫起兔兒玩弄牠直至牠悲慘地死去？」

「如果不是愛妳，我能留妳到凱旋？」

這倒是真話，如果不是愛，對於一個不肯馴服的女人，他早就可以讓她做刀下鬼了。

「我可以信你的，但是我要問你一句，你是憐憫還是霸權？還是比對待別的女人更加愛著我？」

鐵木真捫心自問：「是最愛嗎？」

確實是最愛，有孛兒帖的時候，還不懂什麼叫愛，那是他和父親也速該去舅舅家，讓舅舅幫助尋一個會生兒子的姑娘。路上他們看到了天上有一隻大鵰在展翅飛翔，於是九歲的鐵木真彎弓搭箭射下了牠，正好被過路的德薛禪見到了，邀請到他們翁吉剌族去作客，德薛禪將自己十歲的女兒叫了出來，那是一個像月亮一樣美麗的女孩。就這樣後來成了他的妻子。

也遂和也速干則是他征討塔塔兒部時得來的戰利品，正是她們兩姐妹的祖父毒死了鐵木真的父親。也正是鐵木真抓住了她們的祖父，將他處死。仇和冤牽扯得分不清絲分不清縷，然而，他將這戰利品帶回自己的帳殿，讓她們永遠侍候自己。因為自己的母親和妻子都被敵人當作牲口押解和汙辱過，因此，他同樣以牙還牙，以眼還眼地對待敵人的妻女，他將他們擄來或者自己享用，或者分給部下。除了一種變態的心理外，哪裡還有柔情和愛？

確實，他對忽蘭才有了一見鍾情的那種怦然心動的愛。

他對她說：「最愛！」

忽蘭進一步追問：「比起愛你的皇后還愛嗎？」

鐵木真感到無法回答，他與孛兒帖是一分情，一分真情。同生共死一起經受戰鬥考驗，經受各種各樣的苦難，他們之間是一種為他生育了四個龍虎豹彪一般的兒郎的夫妻情。

他不知如何來回答忽蘭提出的這個問題。

忽蘭說：「如果對我，有對皇后一樣的愛的話，那麼，今夜我就是你的，你可以奪走我的貞操，如果不是，那麼，不管你如何強硬，我絕不會以身相許，我會以死抗爭。」

沒有話可以回答忽蘭。

他用行動代替了語言。

他向她走去。

他的眼中射出灼熱的光芒，足以熔化忽蘭的身體。

他向她走去。把她逼到牆根。

她說不出話來，有些惘然。

——我應該重複剛才的狠話！

然而，她什麼也沒說。

——你為什麼不再發誓？

男人的懷抱是一隻熔爐，他把她摟在寬闊的懷中，慢慢溫熱她的心。

她像一下子依著了一座大山。

他用火熱的吻回答她的話：「我是真心意地愛著妳的啊！」

她沒有實踐自己的諾言，用死來捍衛自己的貞操。

——那不過是女人，為了扎實自己空虛無底的心的小小詭計。

鐵木真直到這時也不相信在這樣一個動亂紛爭，無法無天，蠅虻逐血的戰場上還會保有一個女人的貞操。

他既然愛她，也就不再計較那種純正。

然而，當他看到她那潔白柔美的身段，高挺的乳峰和豐臀蜂腰時，再也按捺不住雄性的亢奮。

她沒有抗爭，眼裡噙著興奮的淚。

她願意將自己的貞操獻給他。

當他心滿意足地離開他犁過的那片處女地時，他才發現落紅片片，像孛兒帖與他圓房時一樣，在她身下的布墊上留下了一朵朵燦爛的花。

他一下激動萬分地將她擁在懷中，對她喃喃地說：「這一輩子我會好好地待妳！」

從那以後他墜入了愛河，不可自拔，以致「君王常常不早朝」。搞到大將軍木華黎闖帳死諫，才回心轉意。但愛忽蘭之意卻永遠沒有改變過。

她一下走到了也遂、也速干姐妹的前面，成了除了皇后以外的第一妃子。

無論征戰到哪裡，都是她隨軍行動，即使生下了兒子闊列堅，也都是將兒子抱在懷裡，或者裝在皮口袋裡一起行軍。這多年來他們從未分開過。

闊列堅是他們兩人愛情的結晶，生命的昇華。

她是那樣愛著他，把他當成生命的一大部分。

在她的生命中只有兩個人，一個是成吉思汗，一個便是闊列堅，唯獨沒有她自己。

然而，大汗為了王圖霸業，把他的心肝兒子給捨棄在了不知名的地方，交給不知名的人去扶養。

是的，為了進攻金國，為了整個軍隊的士氣，為了那種凝聚力，有時是要捨棄一些什麼的。對於大汗來說，捨棄了闊列堅，他還有朮赤、察合台、窩闊台、拖雷，還有公主們，他還有很多很多，而對於她來說，就是百分之百地失去了她最心愛最寶貝的東西。這摘心摘肺般疼痛唯有她自己知道。

她還記得大汗的話：「假使闊列堅有著堅強的生命力的話，那麼他一定會成長為出色的蒙古蒼狼。」

「不用擔心，是鐵木真的種，一定都是魁梧、健壯的漢子，我鐵木真就是那樣活過來的，九歲喪父，十歲就挑起了家庭的重擔。」

「我說過鐵木真是大汗，也是庶民，我要妳不要把自己當作蒙古的皇妃，妳是鐵木真真心所愛，妳是鐵木真的從卒，是真正的戰士，是戰士就不能有柔腸。闊列堅也是庶民，他應該依靠自己的力量去長大，就像他的哥哥們那樣，一年到頭在疆場上喋血。就像他的侄子輩的莫圖根、貴由、拔都、蒙哥一過十歲就要習騎射，上戰場，建功立業。刀槍無情，誰能說戰場比氈帳安全呢？」

大汗的做法不能說不對，但卻是那樣的絕情，近乎於殘酷。

但她知道，原野裡的狼、狐，當孩子稍長，就會千方百計把牠們攆出家門，自己謀生，去經受物競天擇，適者生存。

但那畢竟是畜類。

大汗的心看起來是那般的殘忍，漸漸地才知道，他是那樣地愛著闊列堅，因為只有這樣才能保存住闊列堅，才能使他將來有一天撒手人寰時，有一個自強的闊列堅，不至於像匹孱弱的病馬，輕易地被其他野獸吃掉。

只有這樣，讓闊列堅有一個常年征戰的母親，而不是常年守梳妝台的母親，在兄弟子侄輩中才能站得穩。

儘管大汗用心良苦，但忽蘭依然無法消弭這種痛苦。征金結束後，本來她想應該可以讓母子團圓了，誰知所託的鎖爾罕失剌老人由於常年征戰，年事已高，不幸去世了。從此失去了挽回的機會。

大汗默不作聲，忽蘭哀痛欲絕，因為隨著老人的去，而帶走了兒子的秘密。

大汗沒提闊列堅半個字，

忽蘭也沒有提到闊列堅。

兩個都是堅強的人。

鎖爾罕失剌老人的靈柩被深深地埋在地下了。

那個秘密是否會同樣深埋呢，起碼忽蘭是絕望了。

所以當我脫拉爾城的叶納勒朮殘殺大汗的商隊以後，大汗來問她是不是出征，她力主出征！因為她要遠離讓她傷心的不爾罕山和鄂嫩河。

她沒有對大汗說出來的是，她要把自己的生命結束在大汗的霸業之中。

她準備去衝鋒陷陣，不準備馬革裹屍還，而準備葬身青山綠水間。

她每天奔走在軍營，為將士們祝福。

她那穿著銀色鎧甲、戴著銀色頭盔、蹬著鹿皮輕底快靴，挎著雕弓，脅著箭壺的身影常常出現在戰場，她出現在哪裡，哪裡就歡聲雷動，哪裡就士氣高昂。

她是全軍最受歡迎的人，是士兵心中的女神。
在士兵中間她感到最快樂。
可是回到帳幕，她就變成了最孤獨、最苦悶的人。
大汗成天忙著，四路大軍調東遣西，一個個難題，一道道險關，都牽扯著他的精力。
各路「飛箭諜騎」日夜奔忙著，把來自東方的木華黎將軍的戰報。
來自不爾罕山大本營的鐵木格的安報。
來自第一軍、第二軍、第三軍和哲別、速不台軍的戰報。
一份份戰報送到大汗的帳幕裡。
作戰會議不斷地召開，新的命令，由「飛箭諜騎」一道道向外發布。
他常常一連幾天不脫征袍，軟甲總是裹在身上。
連耶律楚材大人這樣的文官，也常常在大汗的金帳中坐著迎來黎明。
她不可以再提闊列堅的事去煩惱他。
有一天。成吉思汗進了她的帳幕，對她說：「氈的城拿下來了，忽蘭妳知道是誰的功勞嗎？」

不等忽蘭猜，他就情不自禁地回答：「是拔都和鄂羅多兩個孩子，朮赤居然讓這兩個孩子上陣。他們不僅僅靠蠻勇的士兵，而且靠他們的智慧。忽蘭，我的愛妃，妳代表我去給他們賞賜。」

她想說她不能去，她怕見到他們會想起闊列堅。然而，她什麼也沒有說。作為大汗的從卒，她從來是服從命令的。

當然她也很想見見這兩個孩子，這兩個居然已經會喋血的蒙古蒼狼。

如果闊列堅這樣她該多麼快活啊！

十四　神箭飛向西方

已經年近半百了，哲別還是過著餐風露宿、枕戈待旦的野戰生活。他率領他的軍團，游蛇般地從中亞細亞大地上走著曲曲彎彎的道路，尋找著獵物。一旦發現目標便像箭一般飛撲而去。

瘦瘦的身子，看樣子只有錚錚的鐵骨和筋腱，一扎黑鬍鬚剛剛垂過頸子，標識著他的年齡。他一生都在征戰中渡過，戰爭是他的便餐，那是成吉思汗賞賜給他的機會，如同蒙古獵手一生都在與野獸打交道一樣，他這一生便是為戰爭而生的。從蒙古高原打到了西遼，從金國打到了西夏，如今又西征到了中亞細亞。

自從跟隨了成吉思汗，他感覺到了胸襟有了前所未有的開闊，心情分外開朗。

誰都知道，在蒙古高原上有那麼多的貴族，無論塔塔兒部、兀良哈部、汪古惕部、克烈亦惕部、泰赤烏部還是乃蠻部的首領，他們都是任用自己的親屬擔任將領、大臣。而成吉思汗與眾不同，他任人唯才，在他帳下，只要你作戰勇敢，有指揮才能，就能擔當重任。

大汗說：「英雄不論出身！」

獨當一面的三軍上將中，木華黎、者勒密出身低微；古出古都是木匠；巴歹和乞失里黑是牧馬人，迭該是牧羊人，而他們都是勇敢的人，所以大汗讓他們做將領，率領一支又一支重兵。從不疑問他們會不會忠心，也正因為此，從沒有一個人動搖過對大汗的忠心。

大汗的胸襟有多開闊，簡直像捕魚兒海浩瀚的波濤，即使是他仇敵的部下、子女，他也不計前嫌，速不台是兀良哈部人，納牙阿是泰赤烏部人，失吉忽托忽是塔塔兒部後人，闊闊出是別速惕族人、曲出是蔑爾乞惕人，大汗將他們收為義弟，這些從敵人那裡得來的孤兒，由大汗的母親訶額倫培養成了勇冠三軍的人物。培養他們成了千夫長，尤其失吉忽托忽擔任了蒙古帝國的最高法官——大斷事官。

而他本是一個戴罪之人，在闊亦田大戰時射死了大汗的戰馬，射傷了大汗的頸子，換了誰，任怎麼說也都是死罪，而大汗卻用之不疑。

愛才心癡，大汗忠誠信義。那麼他們怎麼會不忠誠信義，怎麼會背棄這樣的明主呢。鞠躬盡瘁，死而後已，做人的感情波瀾，沒有比這再酣暢淋漓的了。

哲別是軍中唯一不愛穿鐵甲戴頭盔的將領，官拜五虎上將，依然是草原牧民的裝束，只不過那條金腰帶是隨時不離身的，那是大汗給他的賞賜。

蒙古高原統一後，只有西遼在屈出律的統治下與蒙古為敵。屈出律是乃蠻部太陽汗的兒子，是成吉思汗的宿敵，乃蠻部被成吉思汗征服，屈出律為了逃避蒙古軍隊的追殺，於一二〇八年逃到了西遼的都城虎思斡耳朵，西遼王的女兒渾忽愛上了屈出律，西遼王也很器重這個流亡的乃蠻王子，於是招為駙馬。此時正好默罕默德在西方崛起，挑動西遼重鎮撒馬爾罕的守將一起反抗西遼，屈出律看到西遼政局動盪，國王又年邁力衰，不理朝政，於是藉口招納舊部，一邊聚集起乃蠻殘部，一邊從西遼軍中收買將領，亂中奪權，從此西遼成了屈出律的天下。屈出律得了西遼後很快施行暴政，鎮壓不服從自己的人，派出軍隊四出燒殺擄掠，對西遼的屬國橫徵暴斂，他的妻子渾忽信仰佛教，他便使用暴力強迫信仰穆斯林的國民改變信仰，否則處以極刑，這樣一來弄得天怨人怒。

為了消滅屈出律，杜絕後患，同時也為了打通西去的通路，一二一八年，成吉思汗命大將哲別和速不台前去進攻屈出律。

哲別奉命西征，行前大汗專門把他們召到金帳，向他和速不台作了特別交代，大汗對他們說：「屈出律得了西遼，本來可以走富國強兵之路，可是他橫徵暴斂、逼反了穆斯林，真是自取其亡，你們此去，反其道而行之，發布朕的敕令：每個人都可以有自己的信仰，保持祖宗的宗教規矩。」

大汗還特別撥給了他們兩員驍將，一位叫傑斯麥里，原是西遼國國王的近侍，武藝非常高強，歸順成吉思汗後一直在成吉思汗身邊作宿衛，如今命他作哲別、速不台軍的先鋒；一位是兀良哈台，速不台的長子，也是成吉思汗的宿衛，大汗覺得他已經成熟便決意放到前線去錘鍊。

正是大汗的敕令，取得了當地穆斯林的擁護，他們一致認為哲別和速不台大軍是真主派來驅趕魔鬼屈出律的。哲別、速不台領軍橫掃了西遼，傑斯麥里取回了屈出律的首級，哲別、速不台把蒙古的疆域擴展到了花剌子模邊境。

成吉思汗賜給他和速不台各人一條金腰帶，以示獎勵。

這是榮譽的象徵，哲別看得比什麼都重。

哲別隨帶最多的兵器是箭壺，主馬帶八隻，從馬也是八隻，一共十六隻備用箭壺，每壺四十支利箭。而身上左右交叉兩隻箭壺是必不可少的隨身武器。加在一起神箭手哲別的箭竟達到八百支，以此可見每戰他殺敵該有多少了。

他的每一支箭都是自己親手製作的，特別箭鏃的大小，鋼火的控制，箭桿的粗細長短都有他獨特的標準，這也許是他百步穿楊的物質因素之一。

正因為身輕如燕，大宛馬又高大雄健，所以他的馬兒跑得最快，與成吉思汗賜給他的名字「哲別」一樣，不折不扣是一支神箭。

神箭如今向西射去。

軍團越過阿姆河，那裡的巴里黑是阿姆河南岸的第一要衝。出人意外的是巴里黑城沒有抵抗。大約是撒馬爾罕城的陷落，蒙古大軍的聲威震懾了這裡的城民。使得哲別、速不台兵不血刃。

城內名紳派遣代表前來迎接他們，向他們獻城圖及食品，以示臣服。

哲別、速不台沒有傷害他們，接受了他們的貢獻，派了一名沙黑納留下管理這座城鎮。

哲別、速不台率領的成吉思汗軍由槍隊、帶刀士、箭筒士、備乘馬組成的重騎兵、輕騎兵，以及滿載備用武器的輜重隊組成。他們秩序井然，軍容整肅地策馬西進，馬蹄敲打著大地，顯現出軍團強大的、不可戰勝的力量和無尚的威風，他們穿過無邊無際的原野，時而在草原馳驅，時而又翻越山崖，穿越煙鎖霧漫的溪谷。這是一支有著超然戰鬥力的隊伍，是成吉思汗的精銳之一。

成吉思汗用兵手段奇巧百樣，很注意以戰養戰，以戰助戰，只要征服了一個城市，他便會充分運用當地的資源和人力為他的戰略目標服務，當初為了與其他部落作鬥爭，採用招募降卒降將的辦法來壯大實力，到了後來便成了一種戰略手段，利用中原的漢人、東遼的契丹人反對金國，利用西遼的穆斯林反對西遼首領屈出律，而西征以來則常常將俘虜組成簽軍，用他們打頭陣，填城壕，這些俘虜身不由己，不上也得死，上或許還能獲得將領們的賞識，而改善環境，直至改變身分。成吉思汗的戰略是成功的，無論在布哈拉還是撒馬爾罕都收到了成效，用來攻城無堅不摧。而成吉思汗軍本身的傷亡便大大減少。

自然，這樣做不免殘忍，但作為戰爭本身，已經包孕了一切，戰爭是殘忍的總成，為求勝之道，不擇手段就是一種手段。

大汗在為他和速不台準備軍團時，親自點兵，從中軍中挑選了三萬人，這可不是一般的三萬人，個個都是敢闖重陣，勇冠三軍的勇士，這三萬正宗蒙古兵，就是三十萬敵人也不在他們話下。

不過獨眼將軍速不台，突然冒出了一句話：「大汗，耶律楚材大人在講《孫子兵法》時提出過，孫武主張：窮寇莫追！如今大汗派我等追窮寇到天涯海角，不是反其道而行之嗎？」

成吉思汗捻著鬍鬚，笑微微地看著速不台，他對這個個子矮小，性情暴烈的猛將，能夠注意起兵法來倒是甚感意外，不過他很高興，部將能動腦思考問題，這是個好事。

他說：「孫武不是也說過『兵無常勢，水無常形』嘛，打仗要因人因地制宜，你們像雷電一樣追上去，來無影，去無蹤，默罕默德就無法預先設伏對付你們，組織不起對你們的反擊！這個道為什麼就不能反一下？」

「孫武不是主張用兵之法『以眾勝少』，要十倍於敵才能圍困，五倍於敵才能進攻，兵力少了只能避開敵人，可咱們就是要以少勝多，因為朕的鐵騎像閃電，不給敵人時間，一刀刺中心臟，猛虎就會斷氣，『以寡勝眾』是朕的兵法。」

也許正因為大汗如此看重活捉默罕默德這件事，也許因為他們這個軍團是孤軍深入敵後，所以他們兩人誰也不敢馬虎，誰也不敢怠慢。

在巴里黑未作停留，像狼狗一樣嗅著默罕默德的血腥味追踪而去。為了防止敵人的襲擊，他們以百人隊為組，千人隊為團，呈正三角隊形行軍，以梅花陣形駐防，這樣可以對付來自任何一方的進攻之敵。使得這支軍隊嚴密得就像一個攥緊的鐵拳頭。

這也是成吉思汗在他們出征前，會同耶律楚材等文臣武將為他們謀畫的孤軍作戰的策略。

前方是扎哇城。

扎哇城軍民奮力抗擊成吉思汗大軍，抵死不降。

哲別、速不台指揮部隊攻破城池，所有軍人和城民無一倖免，悉數被屠殺。

哲別、速不台大軍勢如破竹，橫掃了花剌子模國中央地區的所有城鎮。

凡是放棄抵抗的地方都原樣保存了下來。

凡是抵抗的城市，哪怕是稍作抵抗的城市，全都化作了灰燼，夷為了平地。

軍團向西前進！

像一股洪流捲過大地。

像一股煽起塵暴的旋風。

更像是一道一閃即逝的電光。

因為成吉思汗的聖旨，就是要他們不顧一切地緝拿默罕默德歸案。後續問題自會有拖雷軍團來解決。

成吉思汗曾對他們面諭：「必須趕在四方的貴族重新聚集在默罕默德的身邊之前，把他解決掉。」

消息傳來，默罕默德在尼沙不爾（今伊朗境內）！

默罕默德在尼沙不爾嗎？

默罕默德確實曾到過尼沙不爾！

默罕默德是從巴里黑逃來尼沙不爾的，到達尼沙不爾城外是下午，他卻在郊外的樹林間等到了天黑才進城。

他怕有人發現他的行踪。

進城以後也是深居簡出，不事聲張。

尼沙不爾是個好地方，波斯的學者這樣讚美它：

如果大地可以和天空相比，
那麼州邑像它的星星，
而在羣星中，尼沙不爾又像星空中的金星。
如果大地像人體，
那麼尼沙不爾以它的精美質地，好像是瞳孔。

聖人穆罕默德之女法迪瑪有詩讚美它：

既然尼沙不爾在大地上就是人中的瞳孔，
人們又何須去八吉打和苦法？
向尼沙不爾致敬！
因為，倘若地上有天堂，那天堂就是尼沙不爾，
若它不是天堂，那就根本沒有天堂。

美麗得像天堂一樣的尼沙不爾沒有使默罕默德的心得到養息。夢幻時時出現在他的腦海裡，就連白天他也會突然地高聲嘶喊，「韃靼人來了，韃靼人來了！快走快走！」虛汗連連，沾濕了他的錦衫。

這天晚上，他在夢中看見了一些身上發光的人，披散著頭髮，臉上遍佈傷痕，身上穿著黑色的長袍，他們一邊踽踽而行，一邊輕輕地拍打著自己的額頭，嘆息的風令人毛骨悚然。

「你們是誰？」他驚問。

「我們是伊斯蘭！」語音中沒有絲毫熱情。

「是的，我一向不相信伊斯蘭，是我褻瀆了神明的穆聖，我發誓，天明我就去朝拜

圖思的神廟。」

「我們是伊斯蘭！」沒有絲毫熱情的話還在響著，不過越來越遠了。

「我們是伊斯蘭！」默罕默德重複著那句話。他想起應該向神明求助，渴取力量。

天亮時他真的記得去朝拜神廟，然而，在神廟門口他看見了兩隻貓在打架，一隻是白貓，一隻是黑貓，從門檻裡打到了門檻外。

他陡然想起——用牠們的「戰爭」來占卜未來，占卜自己的命運。

他選定了黑貓，因為成吉思汗的旗幟是白色的大纛，而自己的常服是黑色的智慧的大氅。

兩隻弓背瞪眼頸毛豎直的貓兒鬥得難分難解，他多麼希望黑貓能取勝，那麼這便是一個吉兆。

他像貓兒一樣趴在地下，為他的鬥士暗地鼓勁。

然而，黑貓「喵嗚」一聲痛呼，落荒而逃，默罕默德一下子癱在了地。

神沒有敬成，就被手下架回了行館。

他一聲聲長嘆。

他手托著自己長長的鬍鬚，哀嘆命運為何如此不公？

確實從他逃出撒馬爾罕開始，青春和幸福，康寧和富足都展著長翼離他而去了，只有衰老的嚴霜加速塗染他的鬚髮。逃命的四肢，開始潰爛，長滿了流著黃水的膿瘡，整個人已經軟弱不堪，命運的金杯裡已經沒有了歡樂的瓊漿，只剩下苦難的殘渣供他吞食。

默罕默德逃過阿姆河以後曾召集手下的將領和謀臣商議對策。

「蘇丹陛下！您不必為撒馬爾罕的陷落而過於傷神，那不是我們無能，而是敵人成吉思汗過於強大。」廷臣勸慰道。

「也許是天意吧！生出這麼一個兇神惡煞的成吉思汗來折磨我。」默罕默德顯得無可奈何。

有的說：「花剌子模都城撒馬爾罕雖然已經陷入敵手，但是我們還有廣大的國土，可以與成吉思汗周旋，還有許多生力軍可以調用。還可以圖東山再起。」

有的說：「撒馬爾罕和布哈拉陷落使得河中地區已經無法恢復原來的秩序，應該集中全力退守呼羅珊和伊拉克。」

有的認為：「應該將軍隊集中到哥疾寧去，在那裡重振旗鼓。進可以恢復河中，退可到印度，保存實力。」

而太子扎蘭丁不同意他們的看法，他摘下插花翎的騎士帽持在腰間，然後曲下單膝對默罕默德說：「蘇丹陛下，對我們花剌子模來說最好的出路是迅速把軍隊召集起來，主動向蒙古人發起進攻。根據兒臣對軍隊實力的瞭解，這一點並不是做不到的事。」

默罕默德搖了搖頭，頭上的裹頭白帽顯得十分沉重，多少日子以來一直不離身的鎖子甲，也似乎將他壓得直不起腰來。他懼怕蒙古人的箭，尤其聽說追兵的首領是個百發百中的神箭手，曾經差一點要了成吉思汗的命，所以他那鎖子甲終日不離身。他已經心灰意冷，無論如何再也提不起神來，他已經喪失了雄心壯志，雄圖大業對他來說已經是很遙遠的事了。

扎蘭丁心裡可是明白，花刺子模的失敗有一半在於國家內耗不止，以太后為首的廷臣時時窺覷著蘇丹王位，近衛軍中有著許多不同派別，各地方的異密們獨立傾向很濃，父親哪敢將軍隊集中在一處？

他沒有打算在自己國境上與成吉思汗軍會戰，只是把軍隊分散在各大城市中，在各個城市中儲備了大量武器和糧食，這也許是致命的弱點，分散了抗敵的力量，肇致了撒馬爾罕的陷落。對於父親來說不是敗於成吉思汗就是失權於他人，結果是一樣的。雖然有充盈的國庫、精良的武器，可是沒有國之中堅的將領，不能凝聚士氣，再好的裝備也是白費。如今樹倒猢猻散，都城一失，民氣大傷，真不知尼沙不爾還有幾天日子好過。

扎蘭丁心裡一直在盤算著，到底要不要讓父親將蘇丹之位禪讓給自己，他覺得自己應該也可以挑起抗戰這副重擔。

他鼓起勇氣對默罕默德說：「如果蘇丹不打算抵抗，要到伊拉克去，那麼請把軍隊交給我，讓我帶人去奪取勝利。」

扎蘭丁有勇氣、有膽略，在政治和軍事上都有才幹，遠比喪魂落魄的默罕默德要強，他提出的這一方略是花剌子模免於滅亡的最後希望，只要花剌子模組織起有效的抵抗，即使是打了就跑的遊擊戰，那麼離開本土萬里之遙的成吉思汗軍隊也將難以持久。

默罕默德早已嚇破了膽，他根本聽不進去，「不要說了！不要說了！你根本不是蒙古人的對手，他們是什麼？是魔鬼撒旦的兵馬！」

「蘇丹陛下，您應該相信您的人民，他們是不願做亡國奴的，您應該相信您的兒子，決不是貪生怕死之輩！」

「這麼說，你的父親是貪生怕死之輩了？」扎蘭丁反覆陳詞激怒了默罕默德。

「父親！」

他斥責扎蘭丁道：「你說的全是兒戲，蒙古人攻城略地勢如破竹，是不可抵擋的。告訴你，我的福星已經殞落，什麼也不中用了。」

「父親您怎麼總是長他人志氣，滅自己威風？」

默罕默德把手一揮，他再也不願聽扎蘭丁說話。他心裡卻早已定下了去哥疾寧的決心。

尼沙不爾的官員們處於羣龍無首的境地，很希望他們的蘇丹能留下來領導他們抗戰，當然他們沒有親眼見到撒馬爾罕陷落的慘境，沒有見到血腥屠殺造成的屍橫遍野，否則他們也就不會堅持按古蘭經的教義去堅持守土了。

默罕默德曾勸他們：「集中的羣眾避不開，也打不退蒙古軍，蒙古軍如來到尼沙不爾，這聞名的州郡，眾賽德爾的駐地，他們決饒不過一個活人，而會讓所有的人都喪生刀下，你們的妻兒也會被貶為奴隸，那時再逃也來不及了，不如你們現在就分散。」

默罕默德如果作為普通人這樣說無疑是一種明智的規勸，而作為國主顯然會動搖軍心民心。

而尼沙不爾的城民也有他們自己的習慣思緒，在光榮的《古蘭經》中流放被比作重刑，人類愛戀故土，背井離鄉好像靈魂離開了軀殼。所以大家不同意分散。

扎蘭丁十分惱火，但他又深知父親受刺激、驚嚇，神經又脆弱，這些近似白日夢囈的話是不能作數的。於是他搬出《古蘭經》裡的話對他說：「真主說過，如非主判定彼等遷徙，主必於今世懲治彼輩。」

扎蘭丁對默罕默德說：「大家不同意分散，您也就不必要多操這份心了。」

默罕默德見大家無意接受他的忠告，便下令道：「雖然強兵堅城無法抵擋蒙古軍隊，但修繕城池仍是必要的。大家就去幹吧！」

當他說完這句話時，去意便又已萌生了，他覺得尼沙不爾仍是個險地，不可久留。於是將嬪妃、子女和母親送到了哈倫堡。

為了使尼沙不爾有個治理的官員，不致像一盤散沙，默罕默德下令讓法合魯、吉亞、穆智兒共同治理尼沙不爾政事。

同時調派他信任的宰相和大臣、花剌子模議會的大異密舍里甫丁做尼沙不爾的總督。

舍里甫丁從玉龍傑赤城趕來，準備接掌權柄，然而，就在離尼沙不爾兩站遠的地方，突然發病一命嗚呼。

哲別軍的前鋒已經離他們不遠了，默罕默德慌裡慌張點起人馬連夜遁逃。

本來默罕默德逃離撒馬爾罕時還帶有一支實力不小的近衛軍，然而這支軍隊的大部分人是康里人，是太后那一族的子弟兵。他們見默罕默德大勢已去，於是在中途準備謀殺默罕默德。幸得有別魯爾，別魯爾原是布哈拉的守將，布哈拉失守後，他逃出絕地，向西逃到了奈撒經阿必瓦爾再到薩布扎特爾。當他得知有人要謀害默罕默德時，他單騎趕到默罕默德駐蹕地向他報告，並護衛了默罕默德一夜，那一夜默罕默德換了數個帳幕，擁衾未敢安寢。等天亮再去看那空帳，上面插滿了箭。正由於他的警惕躲過了夜間的一場謀殺行動。

他對誰也信不過了。

默罕默德讓扎蘭丁到巴里黑去瞭解敵情，而自己以上山狩獵為藉口，跨馬踏上了流亡的新路程。

他把許多隨他從撒馬爾罕一起逃出來的部下拋在了後面。

顯然，他認為：逃生，知道的人越少越好。

扎蘭丁只走了兩站路，就風聞哲別、速不台軍團正在橫渡錫爾河，他連忙折回去，得知父親已經走了，他知道尼沙不爾不是久留之地，為了不驚動城裡的百姓，他帶著他的一支親隨軍馬追隨著父親的馬蹄印而向喀玆維因追去。他要把繼承權要到手，為的是中興花剌子模。也只有把繼承權抓到手，他才能施展救國救民的抱負。

扎蘭丁帶著人緊緊地追趕著逃跑起來一溜煙的蘇丹。默罕默德已經神經質了，他仍是看見誰都說蒙古人如何凶猛，他不知道這是長他人志氣，滅自己威風。扎蘭丁心中有著說不出的氣惱。

尼沙不爾的守軍早已聞風喪膽，國主已經開溜，哪裡還有心戀戰，三十六計走為上，不等哲別、速不台軍圍城，便棄械遠遁了。

哲別派使者向尼沙不爾的官員穆智爾、吉亞宣諭，要他們投降並供應糧草及食品。穆智爾前去覲見哲別、速不台，對他們說：「我是替我們的蘇丹看守這座城市，你看他們這些老頭兒和牧師，怎麼敢有反抗之心，你們在追趕蘇丹，如果你們打敗他，這片國土便是你們的，我們也將是你們的奴僕。」他們進獻禮物貢品，奉上糧草，表示臣服。

哲別對他們說：「不要進行反抗，凡有蒙古使者和蒙古人來，你們應該去迎接，而且不要仗恃城池堅固、兵馬勢眾而作無謂抵抗，只有這樣你們的房舍財物才能得保安全。我發給你們一份憑證。今後，如有其他蒙古軍到來，只要出示這塔木花（蓋了印的文書），可免騷擾。」

說畢交給使者一份用維吾爾文字寫成的塔木花和一道根據成吉思汗頒發的聖諭寫成的文書，那聖諭上說：「諸王諸將及全體臣民：你們應當知道，萬能的主已經將起自日出之地，直到日落之地為止的全部地區賜給了我們，凡降順者，慈恩將施及其身及其妻妾、子女和家族，可以得到赦免，而不投降的反抗者，將連同他的妻妾、子女、族人一起殺死。每到一地凡出降迎接大軍者，獲得赦免；抵抗者全部殲滅。」

尼沙不爾因此沒有流血，和平佔領。

哲別嚴格按成吉思汗的聖諭執行，無論何地只要投降，就免殺戮。他在尼沙不爾留下了一名沙黑納監督管理這座新得的城市。

速不台的大軍曾攻破剌夷城，扎蘭丁召集起來的三萬部隊被這一消息嚇得四散逃竄，默罕默德當時也在軍中，遇上了追趕他們的成吉思汗軍小部隊，幸好他們不知默罕默德在軍中，默罕默德才逃過一劫。

默罕默德在前面逃，哲別、速不台軍團在後面追，已經使他成了驚弓之鳥。有消息傳來，默罕默德已經轉到哈倫。

在那裡也只停留了一天，得到幾匹駿馬就向巴格達快馬加鞭逃去了。

為了活捉默罕默德，哲別、速不台軍迅即揮軍緊追不捨。他們從尼沙不爾兵分兩路，哲別向西北方向的志費因（今伊朗扎哈台）、馬贊德蘭（今伊朗馬贊德蘭）至剌夷（伊朗德黑蘭南）；速不台向西南經扎木向圖思（伊朗馬什哈德北）達密干（伊朗達姆甘）、西嫫娘（伊朗塞姆南）、伊斯法愣等地追去。許多城鎮沒有攻破，便棄之不顧，他們的目標只有一個——捉拿默罕默德歸案。然而兩軍都沒有能追到默罕默德，經一番周折，兩軍在合爾拉爾城合兵一處。再尋默罕默德踪跡。尼沙不爾。

大軍已經過去，只有來往前方後方的「飛箭諜騎」還不時從城外飛越。軍人日漸稀少，謠言的翅膀又硬了起來。

有人在傳：蘇丹已經到了伊拉克，在那裡召集舊部與蒙古人決一死戰，打了個大勝仗。

還有人傳：呼羅珊的軍隊與花剌子模的軍隊加在一起，足有五十萬，一人一泡尿，可以把蒙古人淹死。

更有奇怪的傳言：成吉思汗已經被射死了。

羣情莫名其妙地高漲起來了，蠱惑的魔鬼在人們的心裡產下了災難的卵，正在孵化成可怕的爬蟲向四面八方蠕動。

有人在尼沙不爾郊區的沙的阿黑悄悄集結，蠢蠢欲動。哲別留下的沙黑納向他們發出警告。要他們投降，不要被謠言所蠱惑。但他得到的是粗暴的拒絕。

就在此時一支簽軍在他們的將領昔剌扎丁的帶領下，驟然反水，他們殺死了圖思城的沙黑納，並且把人頭送到了尼沙不爾。

穆智爾慌了，他知道，因為這顆人頭，尼沙不爾將有千萬顆人頭落地。他痛罵昔剌扎丁是頭蠢到家的蠢驢。

圖思城是哲別軍的後勤基地，那裡監管著許多俘虜來的工匠，那個叫阿布托拉巴的監理，躲過暴動的簽軍，逃到了俄斯托瓦，把圖思的沙黑納遇害和圖思現在的混亂，向留在俄斯托瓦照看備用軍馬的驍將呼瑟帖木爾作了報告。

呼瑟帖木爾一面遣人急報正在途中的拖雷殿下，一面點動他手下三百騎，急奔圖思。他認為不管敵我兵力有多懸殊，成吉思汗的士兵都沒有理由怯敵。戰鬥應該是自覺的行動。

默罕默德此時在何處呢？

默罕默德原想在烏茲維因西北幾十里的一處高山古要塞避難，但只住了幾天，得知成吉思汗軍得了尼沙不爾又發兵來追，於是，又從這裡逃向伊拉克的巴格達，每到一地默罕默德都住不滿一、二天，成吉思汗軍就急馳而至，默罕默德馬不敢卸鞍，人不敢脫袍，一程又一程地逃跑躲避，像喪家之犬，亡走哈倫堡，又從哈倫堡逃向可疾雲，從可疾雲逃向馬贊德蘭。

亡國之君只顧奔命，隨從一個個離他而去，等到到達馬贊德蘭，最後一名侍衛也已離他而去，默罕默德獨身一人，兩手空空，東奔西竄，疲於逃命，他哀嘆：「天下之大，為什麼沒有我一寸藏身之處。」

馬贊德蘭的埃米爾（城主）向他進言道：「裡海中有個小島叫阿巴斯昆（即今之休魯・阿達島）離這裡約有三五天行程，你到那裡，諒蒙古騎兵也就無法再追了。」

事已如此，窮途末路，不去那裡又到哪裡呢？

默罕默德登上一條帆船，飄飄搖搖地駛進了白雲藍天的滄海之中。

哲別、速不台軍團在哈倫未得到默罕默德的消息，於是他們馬不停蹄、兵不卸甲追尋著默罕默德的踪跡殺向裡海沿岸諸城去了。

從這以後，這兩個軍團便像放出去的鷂，杳無了音訊。

但成吉思汗知道，他們是不會違背他的旨意的，「開弓沒有回頭箭！」這是他的訓誡。

「咬住默罕默德不放」，這是他給他們的任務。

他相信無論追擊到什麼地方，他們都會緊緊地咬住默罕默德不放的。

這個使命在哲別、速不台來說是最崇高的。

在脫離成吉思汗萬里之遙的西方，神箭還能忠於他的主人嗎？這無疑對成吉思汗的統馭戰略是一個很好的檢驗。

十五　城下歧見

玉龍傑赤（今烏茲別克境內之烏爾堅奇）。

阿姆河下游的一座輝煌無比的大城。

從東方興都庫什山晶亮的冰峰上流下來的雪水，一路經千川百流的匯合，到玉龍傑赤已經變成了一條湟湟洋洋的大河，阿姆河從這裡向前流不多遠便注入裡海。

玉龍傑赤是鹹海周邊一個最大的都市。

玉龍傑赤城被阿姆河分割成兩半，有一座大橋把兩半城市連成了一體。

玉龍傑赤被包圍了起來。

本來據守在這裡的是默罕默德的皇太子扎蘭丁，因哥疾寧部下叛亂，便會同鐵木爾·密里克將軍一起去了哥疾寧。這個鐵木爾·密里克就是堅守忽氈的那位英勇不屈的守將。他的船隊在遭遇橫江鐵索阻攔以後，一面對兩岸作戰，一面捨舟登陸乘馬而行，終於突出重圍，輾轉來到了玉龍傑赤與太子扎蘭丁會合。

扎蘭丁得此勇將，高興萬分，準備多多倚重這樣的忠貞之士，整軍經武，去收拾殘局。

哥疾寧兵變，他更是得倚重鐵木爾•密里克這樣的將領去解決。

許多皇親國戚留在城裡，那些突厥、康里將領平日裡爭權奪利個個如狼似虎，太子一走，更是無人能夠節制，於是便羣龍鬧海、各自為政。整個玉龍傑赤沒有一個人能說了算，於是人心更加浮動，出現了一片混亂。呼馬兒雖是皇太后的族人，負責玉龍傑赤的防衛事宜，但他為人顢頇無能，不可能有什麼大的作為。

哲別、速不台早就得到了這個情報，兩軍團旨在追擊默罕默德，無暇顧及玉龍傑赤，於是向成吉思汗發去「飛箭諜騎」報告這一情況。

成吉思汗接到報告，曾召開御前會議，商議時局。

大臣們一致認為戰局已經按大汗原先的構想完成多半。由於戰略運用得當，一開始調動哲別軍團向撒馬爾罕東南方側翼迂迴佯動，造成了大包圍的態勢，給默罕默德造成了一個錯覺。將比蒙古軍團多得多的兵力（其時花剌子模國總兵力有四十餘萬），分散據守各城市，形成了巨大的戰略漏洞，成吉思汗利用了默罕默德的漏洞，輕易地圍起了撒馬爾罕，然後對各戰略要點進行各個擊破，最後攻克了都城撒馬爾罕。

撒馬爾罕的攻克表示河中諸洲已經平定。

玉龍傑赤四周的城市像氈的、俄節漢、布哈拉等都已攻克。

玉龍傑赤像大河中的一座孤島，上漲的戰爭洪水再漲幾寸就可能淹沒它，必須趁熱打鐵。此外托爾罕太后的存在，也是一種威脅，她既然可以立呼馬兒當蘇丹，說明她還有巨大能量和抵抗之心。

成吉思汗同意大家的分析，當即決定讓察合台和朮赤帶領他們的兵團沿阿姆河向西進攻玉龍傑赤。

太子扎蘭丁處理了哥疾寧兵變，安撫了部下並交給鐵木爾・密里克帶領回玉龍傑赤，然後隻身趕赴裡海中的阿昆巴斯小島，為了花剌子模，他不死心，一定要向蘇丹要到兵權。

蒼茫的裡海，風高湧大，扎蘭丁乘坐一條漁船駛進了滔天白浪之中。

船到海島附近，漁家抱了一堆破爛衣服進艙焦急地對他說：「太子殿下，快快！快將您的衣服脫下。換上這……」

「為什麼？」扎蘭丁不解。

「因為蒙古人來了！」

「蒙古人到了海上？」

「可不，他們已經在這海中諸島搜查多日了，您看，那條船就是……」船家手指著不遠處的一條大船。

扎蘭丁看到了在風浪中顛簸的那條船，但船頭上並無蒙古士兵。

「換！必須換，您這身衣裝太過顯眼了……弄不好會連累我們大家一起沒命的。」扎蘭丁只好摘下佩劍，脫下錦袍軟甲，船家將兵器和甲冑接過去，扔進了大海。然後用鍋灰將他的臉抹花，白淨的皮膚頓時汙穢。

在冬日裡海凜冽的風中兩船相遇了，確實，哲別的人馬坐著船正在海中諸島搜查。

「喂！幹什麼的？」對面船上有人發問。是土耳其語。

「打漁的！」一個水手揚著網，另一個船家邊說邊扔過去兩條大魚。

「船上沒藏什麼人吧！船尾那是什麼人？」

「沒有，那是夥計！做飯哪！」

兩船相擦而過。

船家長長地吐了口氣，把跳到喉嚨口的心重又按了回去。「謝天謝地！草原騎士不習慣水上生活，個個暈船，在艙裡忙著吐呢，所以才沒有過船搜尋。算您命大！」

扎蘭丁上了阿巴昆斯島。第二天他的弟弟鄂斯拉克和渥肯丁也來到了海島。

鄂斯拉克一直在玉龍傑赤，眼看城中諸將爭權造勢，各人都想擁立自己的人，情勢發展叵測，所以也出奔離開了玉龍傑赤，不少將領不願參與無謂的內耗，也跟隨鄂斯拉克出走，於是城中兵力減為六萬。

可是，一連兩天，他們都沒能見到他的父親。默罕默德已經皈依了伊斯蘭，成了虔誠的伊斯蘭教徒。他遵守戒律，每天五次祈禱，敬聽伊瑪木給他朗誦《古蘭經》，眼淚汪汪地懺悔，發誓一旦收復國土，一定對人民實行仁政，行使正義。

第三天，島外傳來消息，哲別軍團在海上搜尋未獲，復又回軍搜捕包圍了哈倫堡，活捉了他的母親、嬪妃，殺了他的幼子。

默罕默德一下癱了下去，世界一下子變得一片昏黑。

哈倫堡陷落，母親、嬪妃被捉，幼子被殺帶來的悲憤，孤立無援帶來的絕望，死亡的恐懼……各種各樣的情感在他心頭翻滾，往事如潮湧現。

……他那奴隸出身的父親由於他的聰明才智而成了塞爾柱克的大臣，被塞爾柱克蘇丹任命為花剌子模地方總督，他的父親利用西遼與塞爾柱克打仗的時機，消滅了塞爾柱克王朝最後一個蘇丹，並取而代之，作為奴隸的兒子，他同父親一起備嚐過艱辛；作為總督的兒子，他又接受過無數臣民的歡呼；作為花剌子模新君他縱橫捭闔，巧使計謀，先是在西遼的協助下，打敗了古耳人的入侵，佔領了興都庫什山以西的廣大地區（今阿富汗西部），迫使古耳人的蘇丹俯首稱臣。一二〇九年又拒納貢品殺死使者，與西遼決裂。他聯合了撒馬爾罕的統治者共同反抗西遼，最終獲得獨立，成了這一大片土地的主人，接下來征服波斯，向巴格達用兵，把花剌子模發展成了一個巨大的帝國，他儼然成了伊斯蘭世界的最高領袖。這是他一生中最輝煌的時刻。

一個強大的國家是在他的手裡誕生的，然而，又是在他手裡走向了滅亡，這不能不使他痛心疾首。

他病了，一病不起。

他對扎蘭丁說：「孩子！我不是個昏庸的人，不是不明白失敗的原因。我只是無能為力。我們的祖先是奴隸，因此沒有自己的族人可以組織自己的軍隊，只好花錢僱傭軍人，成吉思汗的軍隊是因共同的血統而團結，而我們的軍隊是因金錢而團結……」

扎蘭丁固然並不同意父親把失敗歸咎到這一點上，但他也深知內部不團結是失敗的一個重要原因。但父親不能審時度勢，輕率地挑戰，然後又膽怯地逃跑，不能堅強地同戚黨鬥爭，釀成了帝國內部的許多缺陷，一個猶如心臟一樣的國王，如此軟弱不堪，那如何能使四肢有力呢，這是他人格力量的缺陷。然而，事已至此，再論何益。

他只是安慰他，好好養病。

默罕默德知道自己去日無多，他把兩個兒子找到身邊，取出了已經準備好的詔書和佩劍，對扎蘭丁和鄂斯拉克、渥肯丁說：「復國大任在爾兄弟身上，鄂斯拉克、渥肯丁你們要聽你哥哥的指揮。」說完他長長嘆息一聲，瞑目而逝。

兄弟三人大哭一場，想父親生前八面威風，君臨天下，如今含恨死去連件像樣的衣服也沒有，只能以他隨穿的一件襯衣作隨葬。卒年為一二二〇年十二月十一日。

不過默罕默德臨死倒是作了一件明白事，他作了一個決斷，把王位和兵權交給了有勇有謀的扎蘭丁，立他為繼承人。廢除了皇太后托爾罕亂點的諾羅思王——呼馬兒。

扎蘭丁拿著默罕默德的遺詔，回到了玉龍傑赤。他可不是奏凱而還，也沒有人擺開排場迎接新君。城裡的守將擁有六萬多人馬，如果能讓扎蘭丁統一指揮，那麼，與蒙古大軍決一死戰，未必見得輸個精光。然而，呼馬兒等人忌憚扎蘭丁本領高強，便想暗害他，想趁夜悄悄地把他幹掉。

有人向扎蘭丁透露了這個陰謀，扎蘭丁聽到這個消息後，不由仰天長嘯：「天哪，花剌子模不亡還亡誰？」

確實，大敵當前，亡國滅種之劍已經高懸，那些庸碌之輩，還在那裡忌才妒賢，爭個高下。

扎蘭丁不得不走！

扎蘭丁不能不走！

他手下缺乏必要的軍事力量，雖然花剌子模在玉龍傑赤城裡還有六萬人馬，但那是突厥康里軍隊，是絕不會聽從他的調遣的，他只有逃離玉龍傑赤，另尋出路。

扎蘭丁連夜逃出虎穴狼窩，跟隨他的人中有鐵木爾・密里克的三百餘精兵。

玉龍傑赤即將陷入重圍。

成吉思汗派他的三個太子前來奪取中亞大地最後的堡壘。他說：「灌木都砍光了，只有最後這一片喬木立在草原濕地，漏網的狐、貛、狍、狼都麇集在那裡，好好去捉吧！」

耶律楚材等朮赤、察合台、窩闊台走了以後，這才向成吉思汗奏本，他說：「臣以為三位太子，用一即可。」

成吉思汗斜眄了耶律楚材一眼未置可否。

他知道耶律楚材想說什麼，他不相信戰爭沖不淡弟兄之間的齟齬。所以他沒有收回成命。

玉龍傑赤之戰雙方從一開始就似乎沒有一個主帥。

朮赤是成吉思汗委派的主帥，但察合台有他獨立的軍團。統一蒙古後成吉思汗分封給他們的人丁，朮赤是九千戶；察合台是八千戶，窩闊台和拖雷各五千戶。出征時從征的人馬就從自己的分封中擢出。所以察合台有他自己的行動權。

戰爭似乎是按慣例和程序在進行。

朮赤派遣的先鋒部隊三千人抵達了玉龍傑赤，但他們並不急於進攻，他們只是駐紮在離城七八里地遠的隱蔽之處，然後派出使者，送出了勸降信。

玉龍傑赤方面竟無人作主回覆。

使者空手而回，因為無人接見他，他只有把勸降書用箭射在呼馬兒居住的宮門上。

成吉思汗軍派出了一隊騎兵，打馬接近了城門，守城的士兵發現了逼近來的成吉思汗兵，只有十數人，以為是成吉思汗派來向他們示威的，再望望後面並無後續部隊，也無大軍紮營，於是膽壯氣豪地打開城門，要給這些膽大妄為的成吉思汗軍一點教訓。要他們知道如此兒戲地顯示傲慢是要吃大虧的。他們並沒有向呼馬兒報告，不過即使報告，呼馬兒也未必會作出什麼有效的反應，因為他天天宿醉，不睡到日上三竿是不會起牀理政的。

好「英勇」的守軍，不分步兵馬軍，連帶百姓一起輕率地湧出城門，向那一小隊成吉思汗騎兵襲去，好像那是幾隻蹦蹦跳跳的野兔，或者踢一腳就會蜷縮成一團的刺猬。

成吉思汗軍士兵真的好像被追得驚惶失措的小獸，時而驚奔，時而又回頭張望，然後再奔逃。

他們一路丟棄裝備，什麼箭囊、刀、槍，什麼盔帽、圓盾，走一路，丟一路，只是不丟他們的坐騎，一個個像驚弓的鳥兒飛快地逃離了花剌子模士兵的視線。

步兵馬軍和城民歡叫著，有的還唱著得勝的歌。他們拿著拾獲的成吉思汗軍士兵的遺棄物向著成吉思汗軍士兵逃逸的方向叫罵著難聽的言詞。

他們班師了。他們覺得成吉思汗軍膽小如鼠。

這一夜城裡如同逢了節日。

呼馬兒手下的斐里敦古里將軍卻笑不出來。

第二天，來了三小隊成吉思汗騎兵，紅光一閃，一匹火紅色大宛馬衝出本隊，馬上竟是個稚氣未脫的孩子，不過他也身著柳葉甲（在皮革上縫製柳葉狀鐵片的鎧甲），戴黃銅頭盔，頭盔頂上飾著馬鬃，護臉的部分沒有放下來，因此稚氣的臉上透射出一股機敏的目光。他腰間挎著頑羊角弓，箭壺裡裝滿了駝骨箭，左手提著馬韁，右手提著一支槍，槍尖鋒利無比，閃著銀亮的光芒。他來到城前，指名索還他們昨天丟棄的裝備。

城上的士兵，「羅羅！」地喊著什麼，脫下褲子，露出屁股，羞辱他們。

那名小將也不吭聲，彎弓搭箭，只等城上人的屁股一閃白光，立即弓響箭飛，別看人小，可是練得百步穿楊功夫，箭無虛發，城上傳來嗷嗷的叫聲。

城門打開了，城裡的人馬如狼似虎地殺出來，那名小將挺槍來戰，可是不到三個回合，就虛晃一槍，唿哨一聲，打馬回身逃奔。見成吉思汗軍又開始逃竄，城裡的軍馬，怪聲亂叫著追趕起來，這一回他們追的比昨天更急，那個小將手忙腳亂，倉皇中竟掉下馬來。他們見有如此良機，合力去抓。然而，那小將功夫了得，落地一縱身，隨即又上了別人的馬。兩人一騎逃生去了。

成吉思汗軍的不堪一擊，大大地鼓舞了士氣，更多的人湧出城來，他們奮力追趕著，一直追到離城二三里遠的城郊那個叫巴吉的地方。

突然，那位蒙古小將發出一聲長嘯，三小隊成吉思汗軍士兵立即勒馬回轡，穩如泰山地站定了身子，隨著一聲口令，所有軍馬重新排隊列陣。

城中追兵正在驚疑之時，田野傳來一片吶喊聲，頓時伏兵四起，千軍萬馬從平地崛起，而且成了一隻碩大的口袋，無論花刺子模軍隊向哪個方向突圍，都好像碰上了銅牆鐵壁，那些勇猛無比的成吉思汗鐵騎，從他們埋伏的地方——從牆後、溝壕、草叢，從四面八方舉著明晃晃的蒙古彎刀和長槍殺向了包圍圈中的士兵和城民，他們像無數支利箭穿插分割。利刃之下，斷首者噴血，殘肢者慘嚎，大地突然變成了一片屠場。

剛才他們還像虎狼，頃刻間他們成了小獸，成了羔羊，任蒼狼將他們撕成碎片。一千多人，一個也沒逃出蒙古小將設下的小小圈套。

那些沒有闖入包圍圈的士兵，慌忙回竄，然而在他們身後突然冒出了許多穿著花刺子模軍裝的人，跟著一起跑回了城，闖進了海必蘭門，城門隨即被化了裝的成吉思汗軍控制了起來。

這是朮赤的人，那員驍勇多謀的小將就是他的兒子——拔都，一個學習成吉思汗狡獪戰術的最優勝者。

拔都已經將他的人隨潰兵混入城裡去了，而且控制了海必蘭門，但朮赤還是下令在夜晚將臨時，把佔據海必蘭門的士兵撤回原有的營地。

呼馬兒耽於酒海，城裡的將領終於爆發了憤怒吼聲，白白犧牲了一千多人，一切都是在無序的狀況下發生的。

斐里敦古里將軍組織了五百名敢死隊，準備抵抗成吉思汗軍的入侵。第二天天一亮，他們個個渴飲了酒漿，全副武裝出城與再次來誘敵的成吉思汗軍拚殺。

他們得勝了，擊退了成吉思汗騎兵，還大有斬獲，他們把俘虜的腦袋砍下來，吊在城頭上示眾。

那天夜晚，朮赤、察合台、窩闊台的大軍開到了玉龍傑赤城下，經過巡視，他們在城外作環形部署，駐屯了下來。

按照要求，宿營之地必須選在高處，主將營帳必須面向東方。在這個營帳周圍，由武裝的騎兵巡察，每一營帳都備有兩匹馬，不分晝夜都是備好了鞍的，萬一那個營帳有事，也好及時救援。而其餘的馬，全都散放在外，任牠們自由吃草，至於晚餐升火做飯，必須在日落前做好，日落後要將營帳移至敵人看不見的地方，只有改變了生火地點和宿營地點，才能防止敵人夜間偷襲。然而，日間一仗，先頭部隊受創，使得將領們憤怒不已，顧不得行軍疲勞，連夜磋商對敵之策，下令部隊枕戈待旦，因此，也就用不著移營了。

察合台主張天亮即行強攻，朮赤則認為初到一地情況不是很熟，遽爾進攻太過卒然，主張先禮後兵，仍然要勸降為上，攻心為上。

哥哥畢竟是哥哥，察合台有氣也只能先聽著，第二天又派人進城送信招降。結果令朮赤失望，令察合台高興。城中軍民經過半天磋商，主戰派佔了上風，拒絕投降。

勇氣是有的，民氣是旺的，但是作為假蘇丹和軍隊的統帥呼馬兒仍然耽於酒鄉，不能出謀定策組織有效防守。於是只有讓大將斐里敦古里率軍抵抗了，幸而城民們紛紛拿起了武器，成了一支支生力軍。

眼看勸降無望，成吉思汗大軍只有準備攻城一途了，由於玉龍傑赤城處於裡海濕地，四周沒有山，缺乏石頭，射石機也就無用武之地，有隨軍工匠建議用樹木代替，他們砍下大樹，截短代替炮石，並將大樹在水裡浸泡過，以增加重量。一邊準備，一邊仍派人不斷地勸降，即使使者被殺，人頭懸在城牆上，朮赤也在所不惜。直到征調的大隊簽軍從遠方趕到，開始按命令填平了護城溝壕，朮赤才下令進攻。

進攻先從海必蘭門開始，接著，其餘軍隊按選擇好的城壘單薄的地方全面展開，上百架投石機和數百支飛火槍、震天雷以及無數弓箭把大木塊和箭矢像冰雹一樣向城頭傾瀉而去。血與火調制著一幅幅慘烈的圖景。戰士們嫻熟地將登城雲梯架起來，如同猿猱般嫻熟地登城，戰爭已經將他們鍛鍊得像進草原揀蘑菇一樣自如。為了防止城上的滾木壘石和箭矢，前面幾排人幾乎全都持有重盾，個個身穿鎧甲。掩護攻城戰士的神箭手在離城只半箭之遙的地方。

但是他們低估了玉龍傑赤人的抵抗決心和力量，一架雲梯被城上的士兵推歪傾倒，雲梯上的戰士像秋天搖動的老柿樹上的柿子，七零八落摔落在地，摔得筋斷骨折。登上城頭的士兵也被城上持長槍的士兵搠翻擲下城來，一時死傷狼藉。

然而，勇士畢竟是勇士，一架架雲梯再一次豎起來，在雷霆般的吶喊聲中，一隊隊口叼著鋼刀，雙手扶梯的勇士，再一次衝鋒陷陣。而且在攻城部隊的吸引下，城下正有大隊簽軍在挖掘著城根，他們的任務是破壞外壘的根基，然後毀城。

城頭已經豎起了一面大旗，城上已經打開了一個突破口，戰士們以更快的速度向上攀登，更多的雲梯豎了起來。

近身肉搏開始了，刀光劍影，血花飛濺，殺聲震天動地。

突然，有無數城民奔上城頭，他們一個個手端著冒著火苗的石油盆，走到城邊向城下潑去，沾上石油的成吉思汗軍士兵，即使有重盾、鎧甲，也擋不住無孔不入的石油。燒著的人像一個個火團在地上翻滾，慘呼聲裂空驚天。

玉龍傑赤由於石頭來源奇缺，所以城牆是用石、磚夾土築成的，正因為城基不是很雄厚，所以築城時修了內外兩道，主城突破後還有副城，守軍在副城上配備了大量弓箭手，等成吉思汗軍士兵突上城頭，便萬箭齊放，登上城去的士兵犧牲很大。但他們前仆後繼，似洶湧的浪潮，不息地湧動。由於各個攻城部隊紛紛得手，這裡攻陷，那裡失守的消息牽制和困擾了斐里敦古里，影響了他的指揮決心。海必蘭門被越來越多的蒙古人登上了城頭，戰爭的血線向內城移去。

呼馬兒在內城上目睹了成吉思汗軍隊的威猛及無情的殺戮，又見城外旗幟獵獵，援軍不絕，這一切使他心膽俱裂。他認為成吉思汗軍確實是無法戰勝的，玉龍傑赤逃不過布哈拉、撒馬爾罕那樣的覆滅命運，他在血火紛飛的戰場上，不但沒有親自拿起弓箭或者刀槍，說幾句鼓舞人心的話，反而悄悄地溜下了城頭，失去了蹤影。

攻進城去的成吉思汗軍士兵使用石油筒焚燒房屋，用弓弩射殺反抗者。然而，玉龍傑赤的人民是不屈的，面對屠殺，他們紛紛拿起了武器。

巷戰開始了，城內所有街道、所有角落，都有手拿刀槍的城民，哪裡有成吉思汗軍，他們就奔向哪裡，儘管明知是衝向死亡，但他們卻無所畏懼。

每個街頭都有戰鬥，每條巷尾都有刀光在閃動。

每座房屋都在流血。

每條街道都在燃燒。

每個城民都在吶喊。

這是與死亡抗爭的憤怒吶喊。

天漸漸黑了下來，面對如此頑強的抵抗，朮赤怕黑夜成為玉龍傑赤人的天下，因為他的士兵不熟悉地形地物，退路又窄，於是不得不鳴金收兵。只是派重兵守住了被打開的海必蘭門。

第二天凌晨，戰鬥又繼續進行，城內軍民抗敵必死之心沒有絲毫動搖。察合台揮軍逐屋爭奪，每一座房屋都成了墳場，躺滿了成吉思汗軍士兵和玉龍傑赤城民的殘肢斷首的屍體，城池小半被毀，房屋被焚，城民的財物、珍寶也燬於戰火。

外壘正在簽軍的手中加速毀壞。

朮赤作戰地巡視後回到軍帳。

他找來察合台和窩闊台對他們講了戰地情景，認為察合台軍殺孽太重，這樣下去，玉龍傑赤最後將蕩然無存。弟兄兩人因此而發生了分歧和爭執。

朮赤說：「如此毀滅，攻下玉龍傑赤將什麼也得不到。」

察合台說：「當務之急是拿下玉龍傑赤。」

朮赤說：「目前看玉龍傑赤城民反抗決心很大，主戰派佔了上風，因此戰鬥不可能一蹴而就，應該作長期圍攻的打算。」

察合台道：「玉龍傑赤是大汗征服中亞的最後一個重要戰略目標。盡快攻下，刻不容緩。」

朮赤說：「父汗教導我們，面對羣情如熾的敵手，必須使他冷靜下來。」

察合台道：「一匹烈馬，你是慢慢等牠改了性子再騎呢，還是跨上去征服牠？」

朮赤：「玉龍傑赤將來是我的領地，父汗已經將欽察以東的大片地區劃給我管轄，我不願意看到赤地千里。所以我要求停止火攻，給將來的百姓留一點生存的地方！」

看來，朮赤像是接受了耶律楚材的規勸，已經懂得了擴疆戍守的道理。但察合台卻覺得朮赤是和他過不去。

朮赤的話說得很明白了，察合台也不好再多說什麼。

一連十多天過去了，成吉思汗軍隊按朮赤的命令只是緊緊包圍城市，不讓任何人進，也不讓任何人出。

察合台忍不住，他幾次向朮赤請戰，甚至與朮赤吵了起來。但朮赤就是不讓他倉促進攻。一個月過去了，人馬在城外享受著初冬的陽光。玉龍傑赤地處裡海低地，北邊有鹹海，即使是初冬，也還是綠草茵茵，非常利於戰馬冬養。不過朮赤沒忘記敵人，經常不斷地出動小股人馬前去騷擾。同時派人進城和主和派接觸，向他們表明，之所以不進攻，是為了防止毀滅掉這個美麗、富裕的城市。朮赤耐心等待著這個城市內部起變化。而且他已經覺察到了這其中的變化，因為，陸陸續續有人逃出這個城市，他們害怕的不光是戰爭，還有飢餓。

察合台卻對乃兄的軟攻辦法甚為不滿，他決定自行其事。

窩闊台見二兄齟齬，也無辦法，只得在中間調和。

由於停止了火攻，察合台提出使玉龍傑赤斷水的新招。玉龍傑赤城跨阿姆河而建，城裡的居民都是打阿姆河水飲用，截斷水源便會使城中軍民陷入新的恐慌。

朮赤同意這一方案，但提出不能倉促上陣，因為橫跨阿姆河的那座橋處於城市中心，河道從城中穿過時，在上下游都已經設置了重重河障，順河突破進佔大橋，確實可以控制阿姆河兩岸，達到斷絕水源的目的，但必須估計到敵人可能有的反擊力量，防止反包圍。

察合台認為，敵人的主力都被吸引在四城，大橋是防守最弱的地段，不用過慮。

窩闊台認為大哥二哥的意見都對，綜合在一起也就全面了。這樣可以防止出現進攻上的漏洞。

然而，察合台不等朮赤作兵力部署上的調整，就發令命自己的兵馬，突擊阿姆河大橋。

曙色迷濛。不知什麼時候從阿姆河上飄來了一團團霧，像是有人往大地、河流裡倒入了牛奶，漫溢著灌入河中，又稀釋了爬上河岸，越上樹叢，向兩側的城市瀰散開去，使一切景物變得那麼迷離。

阿姆河水永遠那麼潺潺地唱著，即使在霧中也可以使人感覺到它那打著旋的浪是每個音節的高點，而低聲嗚噝的一定是音節的低點。

察合台足足調集了三千人馬，趁霧帳高掛時，偷偷地向阿姆河上的那座大橋摸去。戰馬都裹了蹄子，防止發出巨大聲響。

雖然馬匹如此眾多，卻不會發生戰馬亂嘶的現象，因為，成吉思汗規定，馬匹初生一兩年，要在草地上進行調教訓練，三年以後方可用作戰馬，這時的戰馬即使一、兩千匹聚集在一起也不會嘶鳴，戰士上馬不控，下馬不繫，馬匹也不會逃逸，完全適應作戰的需要。成吉思汗還要求將士愛惜馬力，像愛惜自己的子嗣一般，不許無節制地追敵或者行獵，設立從馬制度，一個騎兵要配幾匹從馬，通過換乘來節省馬力。這也是成吉思汗的取勝之道。

大隊人馬悄悄接近了大橋，佔領了大橋兩側。

然而，就在此時，教堂鐘聲鏜鏜響起，那急惶惶的點兒分明是在報警。

這決不是教徒們作早禱的時刻。朮赤立即意識到了這一點，奔出大帳傳令點動兵馬。他認為一定是有人違令出擊，被敵方發覺而報警。大霧之中，一切顯得深不可測，調兵的動靜只有聲音可以表達。也只有透過聲音才能辨別。

一切都已經晚了。斐里敦古里指揮了一萬多軍隊，一萬八千多城民，以十倍於敵的力量埋伏在這裡，等成吉思汗軍上了橋，他們立即拉斷了橋柱，橋的兩端像紙紮的一般，輕飄飄地瀉入了阿姆河。原來察合台部毫不隱蔽地進行偵察，使城民對成吉思汗軍的企圖有所察覺，於是派人把阿姆河橋的橋柱鋸斷了三分之二，調集了重兵只等察合台部上橋。

斐里敦古里作了孤注一擲的準備。

阿姆河橋一斷，察合台部的士兵和戰馬像餃子下鍋一樣蹋里撲魯掉下河去，兩岸伏兵吶喊著衝殺過來，察合台部只得倉促應戰。

鮮血染紅了阿姆河水，河上盡是飄殍，不少活著的人在水面揮舞著求救的手。結果：一方是空前的勝利，一方是空前的慘敗。

——戰爭表現了勝利者的殘忍，也表現了失敗者的殘忍。

——流血灌溉的復仇種子總是長得又快又大，血腥的艷麗之花開放在人類漫長的世紀。

察合台部三千人馬幾乎被守軍全部砍殺，得以生還的只有很少幾個。

玉龍傑赤城的軍民士氣空前高潮，因為他們打破了成吉思汗軍不可戰勝的神話。他們用滿河的死屍和染紅的河水向世人昭示：只要團結戰鬥，什麼樣的強敵都是可以打敗的。

朮赤十分生氣。他對察合台說：「你忘了父汗教會我們怎樣使用兵法的嗎？」

朮赤發火不是沒道理，因為根據成吉思汗頒佈的秘密作戰法典：萬一敵人堅守城塞，就放出牛羊及馬羣去騷擾敵陣；假如敵人設置防馬柵欄的話，己方騎兵就應將城塞團團圍困起來，並射箭騷擾敵人，一旦進入持久戰，敵人必定缺乏糧草，此時再慢慢迫近，但是還不要立即攻城，一定要等敵軍疲憊不堪時，再行突擊。萬一兵力不足，就以木板、樹枝拖地，轟起灰土，讓塵土飛揚，造成援兵很多很多的假象，藉此動搖他們的信心。而後再行進攻，此時必能擊破敵軍。

朮赤就是領會了成吉思汗這些要點，才決定自己的戰略戰術的，勿庸置疑，朮赤比起察合台要心細得多，智謀也高深得多。

戰爭進入了膠著狀態。

朮赤下令停止進攻，他仍然要用圍困之法來迫使玉龍傑赤人低下他們高昂的頭。

一個月過去了，又一個月過去了。天寒地凍的冬季是不適合進攻的，於是只好等待開春。大軍在異國用練兵打發著難熬的冬天。自然，玉龍傑赤人更為難熬。

請續看下冊

從小汗到一代天驕：成吉思汗傳奇
(上)大漠蒼狼

(原書名：征服者：成吉思汗大傳 [上]大漠蒼狼)

作者：江上鷗
發行人：陳曉林
出版所：風雲時代出版股份有限公司
地址：10576台北市民生東路五段178號7樓之3
電話：(02) 2756-0949
傳真：(02) 2765-3799
執行主編：劉宇青
美術設計：吳宗潔
業務總監：張瑋鳳

出版日期：2023年11月 新版一刷
版權授權：李榮德
ISBN：978-626-7369-05-0

風雲書網：http://www.eastbooks.com.tw
官方部落格：http://eastbooks.pixnet.net/blog
Facebook：http://www.facebook.com/h7560949
E-mail：h7560949@ms15.hinet.net
劃撥帳號：12043291
戶名：風雲時代出版股份有限公司

風雲發行所：33373桃園市龜山區公西村2鄰復興街304巷96號
電話：(03) 318-1378
傳真：(03) 318-1378
法律顧問：永然法律事務所 李永然律師
北辰著作權事務所 蕭雄淋律師

行政院新聞局局版台業字第3595號 營利事業統一編號22759935

定價：320元

國家圖書館出版品預行編目資料

從小汗到一代天驕：成吉思汗傳奇 / 江上鷗著. -- 臺北市：風雲時代出版股份有限公司, 2023.10
冊； 公分

ISBN 978-626-7369-05-0 (上冊：平裝). --

857.7 112013446